Sten Johansson

Ne eblas aplaŭdi unumane

SERIO ORIGINALA LITERATURO

STEN JOHANSSON

Ne eblas aplaŭdi
unumane

Romano

MONDIAL

Mondial
Novjorko

Sten Johansson:
Ne eblas aplaŭdi unumane

Originala romano en Esperanto

Kovrilo: Mondial

Kovrilfoto: La urbeto Älvsbyn, Svedio
© Marcel Köppe (www.marcelkoeppe.se)

ISBN 9781595693945

www.librejo.com

Enhavo

Ĉapitro I

Forlasinte la arkon, sago neniam revenos

Kvarope ni suriris la kajon ĉe trako 3 en la centra stacidomo. Paĉjo insistis anhelante porti unu el miaj valizoj, dum mi mem trenis post mi la alian. Ankoraŭ videblis neniu trajno.

"Ĉu vi maltrafis ĝin?" diris Panjo, ŝajne kun grajno da espero en la voĉo.

"Tute ne. Restas preskaŭ dek minutoj."

"Ĝi certe malfruas", diris Nahid svedlingve.

Kaj efektive. Tuj la laŭtparoliloj ekeĥis: *La rapida trajno kvincent kvardek du de Kopenhago al Stokholmo kun laŭhorara ekira tempo dekkvina nul kvar alvenos je la dekkvina dudek. La malfruiĝon kaŭzis semafora paneo.*

"Kaj kio do kaŭzis la semaforan paneon?" replikis Nahid.

La laŭtparoliloj tamen nenion informis pri tio. Anstataŭe Paĉjo ŝajnis preta elbuŝigi iun el siaj ĉiamaj persaj proverboj, do mi atendis ion pri sago kiu ne revenos al la arko, aŭ eble pri kamelido kiu perdiĝos en dezerto, sed evidente li trovis neniun trafan. Jen vere escepta okazo!

"Ĉi tio ŝajnas omeno", li svage diris. "Ĉu vi vere certas pri la afero? Ja ekzistas bonegaj lernejoj ankaŭ ĉi tie, ĉu ne? Ne necesas iri al Stokholmo."

Kompreneble li ne diris 'Stokholmo' sed 'Estogholmo', sed tion mi ne atentis. Jam kiel infano mi kelkfoje devis helpi la gepatrojn pri iuj svedaj vortoj, sed ilian akĉenton mi rimarkis nur kiel adoleskulo, kiam unu el miaj amikoj ridante provis imiti mian patron. Nu, mi donis al tiu amiko baton al la kapo pro lia rido, sed poste mi dum kelkaj jaroj tre hontis pri Panjo kaj Paĉjo, ĉar ili ne sukcesis forlasi sian misakĉenton. Nun mi delonge sciis ke al plenkreskulo simple ne eblas akiri perfektan prononcon de nova lingvo, dum al infano tio okazas aŭtomate kaj senpene.

Ĉiuokaze mi ne trovis forton respondi. Ni jam milfoje tradraŝis la temon de mia onta studloko.

"Adaptiĝu, Paĉjo", mialoke respondis Nahid, ĉi-foje perse por ne senutile inciti lin. "Ĉi-lande oni klopodas sendependiĝi. Neniu plu vegetas eterne ĉe la gepatroj!"

Mi sciis ke ŝi pledas pli multe por si mem ol por mi. Post du jaroj ŝi devos plenumi la saman batalon, kaj estante knabino, ŝi sendube alfrontos pli malfacilan taskon. Aŭ eble ne, ĉar se diri la veron, ŝi estis la partizano de la familio. Mi mem bezonis unu jaron post la abituro por tondi la umbilikan ŝnuron. Jaron, dum kiu mi laboretis, aŭ pli ĝuste laboregis, kvankam nur dum la limigitaj horoj, kiam oni bezonis min en McDonald's. Mian ĉefan atenton mi dediĉis ne al tiu pangajnado sed al la komputiko, kaj nun mi finfine ekstudos ĝin en la plej prestiĝa loko, la Reĝa Teknika Altlernejo en Stokholmo. Nahid sendube ne bezonos tian kvarantenon, kiam ŝi abituros post du jaroj. Se mi bone konis ŝin – kaj ĉu mi ne konus la propran fratineton? – ŝi havos la necesan studateston por ekstudi kion ajn ŝi volas. Ĉi-momente tio estis medicino, sed mi ne surpriziĝus se ŝia plano en du jaroj plene ŝanĝiĝus.

La atendado jam tedis min, kiam la trajno el Kopenhago finfine alveturis sur la trako kaj bremsiĝis antaŭ ni kun grincado kaj fetoro. Mi kaptis ambaŭ valizojn, malhelpis al Paĉjo eniri la vagonon post mi kaj kapsignis adiaŭe al Nahid, kiu hipokrite ŝajnigis tute ne zorgi pri mia foriro. Dume Panjo elsputadis admonojn sen fino.

"Aŭskultu Mehdi, komprenu ke en la altlernejo necesos mem studi tre skrupule, neniu alia zorgos pri vi, kaj ne eblos festadi, tiam vi ne prosperos, kaj ne spitu mian fraton, memoru ke li raportos al mi kiel vi kondutos, kaj evitu la najbarojn, ĉar li diras ke estas amaso da droguloj kaj krimuloj en la kvartalo, sed ne eblas trovi pli bonan loĝejon, kaj revenu hejmen dum semajnfino almenaŭ ĉiumonate, ni pagos la bileton, kaj..."

La vagonpordo aŭtomate fermiĝis, kaj mi vidis malklare tra la fenestro ke ŝi plu parolas. Paĉjo levis la manon, sed Nahid jam turnis la dorson al la trajno.

Komence mi loĝos ĉe onklo Parviz kaj lia familio en la antaŭurbo Alby. De tie eblos iri per metroa trajno al la altlernejo, sed mi jam guglis ke la veturo daŭros tri kvaronhorojn, kion mi trovis ĝene longa. Mi ja kutimis bicikli, kien ajn mi iris. Sed trovi propran loĝejon en Stokholmo estis utopio por ĉiu ajn, kaj komprenble des pli por malriĉa studento el la fora Skanio.

Mi do komencis miajn studojn en la sveda ĉefurbo, dum hejme en Malmö tuj apud la maro oni inaŭguris la nubskrapulon *Turning Torso*, la plej altan loĝdomegon de Nordio, kaj fore en Ameriko la uragano Katrina atakis sudan Usonon kaj inundis Nov-Orleanon. Mi antaŭvidis ke la studado postulos grandan fortostreĉon, sed mi efektive ne havis gravan problemon pri ĝi. La fama studenta vivo sendube estis vigla, sed ĝi ŝajne okazis plejparte en la urbocentro kaj en la universitata ĉirkaŭaĵo, norde de la centro. Mi male loĝis ĉe la geonkloj, fore sudokcidente, kaj la vojaĝado tien-reen lacigis min eĉ pli ol la studado.

Onklo Parviz ne multe zorgis pri mi, krom ke li ŝatis rakontadi al mi pri sia bela junaĝo en Tehrano. Evidente Roŝan kaj Kamal, liaj infanoj, jam ĝissate aŭdis liajn rakontojn, ĉar ili ĉiam strebis malaperigi sin, kiam li komencis pri tio.

Ŝirin, lia edzino, de temp' al tempo interrompis lin kun akraj memorigoj pri malpli belaj memoroj, pro kiuj ili iam fuĝis de tie. Sed cetere ŝi plene plonĝis en la ĉiutagan vivon ĉi tie en Svedio, kiun Parviz ŝajne ne tre aprezis. Krome ŝi atentis pri mi kaj preskaŭ ĉiutage kontrolis ke mi revenas ĝustatempe de la prelegoj kaj seminarioj. Ŝi konis mian horaron preskaŭ pli bone ol mi mem. Kaj ŝi senlace avertis min pri la bandoj el senlaboraj krimuloj nestantaj en la kvartalo, ĉe la metrostacio kaj ties butikaro, kaj en la ŝtuparejoj de la domturoj, kie ili vendis drogojn. Fakte, tiuj avertoj estis tute nebezonataj. Mi vidis nenion ajn allogan ĉe tiuj idiotoj, kaj cetere la geonkloj loĝis en vicdomo iom sude de la kvartalcentro.

La gekuzoj aĝis dek du kaj dek kvar, kaj ambaŭ estis iom tro dresitaj por mia gusto – de la patrino, komprenenble, ĉar la patro delonge perdis sian povon gajni la naturan respekton, al kiu li aspiris en siaj revoj. Kamal, la knabo, kelkfoje provis disputi kun mi pri komputiludoj aŭ alia temo, sed li facile lasis sin venki en la vortoduelloj. Kiam komenciĝis la aŭtuna futbala sezono, li klopodis inciti min pri la matĉoj inter Malmö FF kaj lia preferata Hammarby, sed mia limigita intereso efike mortigis tiujn provojn. Des pli ĉar oni atendis ke la pokalon finfine gajnos la teamo Djurgården, same malestimata de ni ambaŭ.

Sed la ĉiutagaj vojaĝoj vere estis elĉerpaj. Feliĉe Alby estis nur la tria stacio de la metrolinio, do mi plej ofte trovis sidlokon matene survoje al la altlernejo, kaj nur fine, ŝanĝinte la linion, mi devis stari. Posttagmeze mi ĉiam povis sidiĝi almenaŭ post la ĝenerala tohu-vabohuo en la centra stacio, kie multaj eliris. Precipe tio eblis kiam mi lernis elekti la mezon de la trajno, kiun evitis multaj stokholmanoj, ĉar ili volis esti laŭeble proksimaj al la staciaj elirejoj.

Tamen la tempo pasigata en tiu senluma tunelo ŝajnis plena vivodaŭro. Hejme – ĉar dum ĉi tiuj monatoj mi plu sentis ke Malmö restas mia hejmo – mi eĉ atingus la centron de Kopenhago en duono de la tempo necesa por traveturi la subgrundon de Stokholmo. Kaj hejme mi eĉ vidus la ĉielon kaj la maron dum almenaŭ duono de la veturo. Ĉi tie la solaj eventoj, kiuj rompis la grotan senton, estis la mallongaj ekbriloj de taglumo kun vidaĵo de akvo kaj aero, kiam mi preteriris la Malnovan Urbon, kaj dum la rapida transiro super la lageto Albysjön proksime al la celo aŭ elirpunkto de la veturo.

Kio fakte surprizis min ĉe la geonkloj, estis la naturo. Hejme ja troviĝis multe da belaj parkoj, kaj en iuj el ili oni eĉ povus imagi paŝi tra vera arbaro. Cetere la fama fagaro, al kiu mia lerneja klaso kelkfoje ekskursis por ekzerci nin pri orientiĝa kurado, tute similis tiujn urbajn parkojn. Ĉi tie apenaŭ ekzistis io, kio meritis la nomon parko, sed tuj forlasante la kvartalan centron kaj la loĝdomaron, oni venis en vere sovaĝan arbaron kun rokoj, densejoj, marĉoj kaj lagoj. Tio por mi estis fremda kaj samtempe loga kaj iomete timiga sperto. Unufoje mi eĉ en dimanĉo promenis ĉirkaŭ la lago Albysjön, sed por tio mi bezonis pli ol du horojn, kaj la sekvo estis frotvundoj sur la kalkanoj.

En Germanio oni instalis la unuan virinon kiel kancelieron, kion onklino Ŝirin salutis kun ĝojo, dum onklo Parviz estis malpli entuziasma.

"Memoru ke ŝi estas burĝo kaj pastrido, kiu helpis nuligi la socialismon en Germanio", li rimarkigis.

Ŝirin tamen ŝajnis al mi ne tre aprezi tiun specon de socialismo. Laŭdire ankaŭ ŝi iam estis komunisto, kiam ili vivis en Irano, sed en Svedio ŝi evidente paliĝis en iaspecan socialdemokraton, dum Parviz plu flegis siajn junulajn revojn.

Dume, kiam oktobro fariĝis novembro kaj poste decembro, mi vidis la taglumon pli kaj pli malaperi eĉ dum miaj malmultaj liberaj horoj. Fakte mi tute ne sentis ke mi loĝas en la ĉefurbo. Mia sento estis vivi en kelo, kiel tiu ulo de Dostojevskij.

Do, la propono de mia samkursano Viktor estis bonvena ekbrilo tra la mallumo.

"Johan, la ulo en kies apartamento mi loĝas, trovis laboron en Londono. Do ni bezonas novan loĝanton. Estos provizore, ĉar li eble iam revenos, sed kredeble nur post jaroj. Kion vi opinias?"

Kompreneble mi tre ĝojis pro la invito de Viktor, kaj ankaŭ iom surpriziĝis, ĉar ĝis tiam mi ne multe interrilatis kun li kaj neniam vizitis lian loĝejon. Nu, efektive mi malmulte societumis kun ĉiuj kursanoj. Mi tuj akompanis lin por rigardi la apartamenton kaj la ĉambron, kiu eble estos mia, kaj por renkonti Filipon, la trian loĝanton, kiu studis biologion. Temis pri apartamento en ordinara loĝdomego, pli precize dekduetaĝa domturo, en la kvartalo Bergshamra nur du kilometrojn for de la universitato kaj kvar de la Teknika Altlernejo. Fakte, per la metrolinio ĝi situis nur du staciojn for de la Altlernejo, sed Viktor kaj Filip atentigis ke ili kutime biciklas.

Ĉio plaĉis al mi. La sola afero, kiu maltrankviligis min, estis la kosto. Ĉe la geonkloj mi ja pagis pro la manĝoj kaj teorie ankaŭ iom pro la loĝado, sed tiu parto estis pli-malpli simbola. Ĉi tie mi havos veran lupagon.

"Mi plenumas kelkajn horojn da telefona helpo ĉe interretkonekta firmao", diris Viktor. "Verŝajne ankaŭ vi povus fari tion. Precipe semajnfine oni perlaboras sufiĉe bone. Kaj estas komforte labori hejme. Ĉu mi demandu?"

Mi kompreneble jesis, kaj jam post semajno mi devis partopreni en enkonduko en la plej kutimajn demandojn kaj problemojn. Estis malmulte da novaĵoj por mi. Mi jam renkontis la plej multajn problemojn pri komputiloj kaj interreto ĉe miaj parencoj kaj konatoj hejme en Malmö. Mi eĉ konis la kliŝan reciprokan demandon "ĉu vi jam kontrolis, ke la elektra ŝtopilo estas ene?"

Komence de februaro mi do prenis miajn malmultajn aferojn por ekmigri norden per la kutima metroa linio, nur du pliajn staciojn ol normale. La geonkloj iom elreviĝis, ĉar mi jam forlasas ilin. Kaj same la gepatroj, kiam mi telefone rakontis al ili.

"Ĉu tiuj knaboj bone studas?" demandis Paĉjo. "Ĉar alie ili eble havos malbonan influon al vi. Vi devas rezisti, se ili tro emas festi kaj drinki. Sciu ke forlasinte la arkon, sago neniam revenos."

Sed Panjo diris precize la malon de tiu paĉja proverbo.

"Kompreneble vi ĉiam povos reveni al mia frato kaj bofratino, se tio ne bone funkcios. Memoru ke la familio ĉiam subtenos vin. Mi esperas ke ne estis problemoj kun ili, ĉu?"

"Ĉio en ordo", mi trankviligis ŝin. "Ili ja estas tolereblaj, plej ofte. Temas ĉefe pri la distanco. La geonkloj ja loĝas duonvoje al Malmö, sed nun mi ekloĝos preskaŭ en vidodistanco de la Altlernejo."

"Ne troigu, fileto. Do, ne temas pri knabino, ĉu?"

"Ne timu, Panjo. Vi ne aviniĝos ĉi-jare."

"Ho, ne ŝercu pri tio, Mehdi. Kaj ne laboru tro multe pri tiu telefonado. La studoj plej gravas. Ni povos helpi pri mono, se necese."

"Mi scias, sed mi ŝatus esti sendependa."

"Ha, sendependa! Neniu homo sendependas. Ni estas familio, ĉu ne?"

Bone, ni ja estis familio, kaj ĝi reagis tute kiel kutime. Nenio ŝoka nek surprizaj en tio.

Principe ni havis sistemon kun alterna respondeco pri purigado de la komunaj kuirejo, vestiblo kaj salono, sed praktike tio sufiĉe lamis. Pri manĝoj kaj la propraj ĉambroj ĉiu zorgis pri si. Feliĉe la koramikino de Filip, kiu studis en Upsalo, plej ofte venis al li dum la semajnfinoj. Do, vendrede posttagmeze, antaŭ la alveno de Moa, oni ofte vidis lin kolekti rubon en la kuirejo, lavi vazaron kaj haste treni la polvosuĉilon tra la salono, sakrante pri la pigreco de Viktor kaj mi. Evidente li ne volis tro ŝoki ŝin per la kutima rubeja aspekto de nia kuirejo.

Miaflanke mi tenis la propran ĉambron en akceptebla ordo, sed mi ne ŝatis purigi post la aliaj. Tamen la triopo, aŭ eĉ kvaropo en la semajnfinoj, interrilatis eĉ pli glate ol mi antaŭvidis. Praktike ni vivis paralelajn vivojn, kaj ĉiu zorgis pri siaj propraj aferoj. Iufoje Viktor, mi kaj du aliaj samkursanoj iris urbocentren por bierumi, sed hejme ni ne multe festis. Regis sobra etoso kun studoj, laboro kaj malmulte pli.

Moa studis pedagogion en Upsalo, kaj unufoje akompanis ŝin amikino de tie por pasigi la semajnfinon kun vizitoj al butikoj kaj teatro en la ĉefurbo. Ŝia nomo estis Frida, kaj laŭ sia parolmaniero ŝi devenis el ie en la nordo. Vendrede vespere ni ĉiuj, krom Viktor, kiu telefonlaboris en sia ĉambro, sidis kun vino kaj fromaĝo en la salono.

"De kie vi venas?" Frida demandis min post kelka tempo.

"Ĉu vi ne peovas aŭdi tejon?" mi diris, iom troigante miajn skaniajn diftongojn.

Ŝi ridis, eble iomete embarasite.

"Bone, sed ĉu vi naskiĝis en Svedio?"

"Certe. Se vi konsideras Skanion sveda. Fakte mi naskiĝis en la sama kvartalo kiel Zlatan."

"Ha, do en tiu Rosengård, ĉu ne?"

"Prave, en tiu fifama loko. Sed la familio delonge loĝas en alia parto de Malmö."

"Sed de kie venis viaj gepatroj?"

"Irano. Ili havis etan disputon kun la ajatolo, kaj oni solvis la aferon tiel ke li restis kaj ili foriris."

Nun neniu plu ridis, kiel mi intencis. Humuro ja estas malfacila arto, kaj cetere la babilado baldaŭ deviis alitemen. Pli malfrue vespere mi tamen havis okazon fari reciprokan demandon al Frida.

"Vi venas el Nordlando, ĉu ne?"

Ŝi ridetis oblikve.

"Ĉi tie ĉiuj diras 'Nordlando', sed tio estas pli ol duono de Svedio kun multaj diversaj provincoj. Mi venas el Norda Botnio."

"Bone. Fakte mi neniam estis pli norde ol Sälen, kiam kelkaj amikoj venigis min por skiado, aŭ pli ĝuste ĉefe por bierumado, se diri la veron. Sed tio eĉ ne estas en Nordlando, ĉu?"

Ŝi ne respondis, nur ridis kaj trinketis vinon. Ŝiaj lipoj ŝajnis al mi intense malhelruĝaj, ĉu pro la vino, ĉu pro lipruĝo. Cetere ŝi ne havis tre apartan aspekton: meze svelta, mezblonda, proksimume same alta kiel mi. Tamen estis io en ŝiaj manieroj, kio vekis mian intereson. Ŝi ŝajnis trankvila kaj senafekta, kaj tio plaĉis al mi. Tiuvespere ŝi surhavis malhelbluan robon sed neniujn juvelojn aŭ galanterion.

"Ĉu ankaŭ vi studas pedagogion?" mi ŝanĝis la temon.

"Jes, sed por vartejoj. Moa ja estos lerneja instruisto. Ni loĝas en studentaj ĉambroj ĉe la sama koridoro. Mi ŝatus loĝi kiel vi ĉi tie, sed malfacilas trovi loĝejon ankaŭ en Upsalo. Mi iom envias vin."

"Nu, mi havis bonŝancon, simple. Pli ĝuste, mi povis ekloĝi ĉi tie dank' al Viktor. Sen kontaktoj ne facilus."

"Vi pravas. Necesas kontaktoj."

Pli ol tiom ni ne vere interparolis tiufoje. Sed post semajno mi demandis Moan, ĉu ŝi pensas ke Frida venos denove. Ŝi ridetis kun tre aluda mieno.

"Kiel mi sciu? Se vi volas, do invitu ŝin."

Ŝi donis al mi la telefonnumeron de Frida sen montri surprizon. Malgraŭ tio mi bezonis ankoraŭ semajnon, kolektante la necesan kuraĝon por finfine telefoni.

Estas strange ke diversaj dialektoj donas tute malsamajn impresojn pri la karaktero de la parolanto. Stokholmanoj sonas fieraĉe, gotenburganoj bonhumore, smolandanoj humile kaj nordlandanoj fidinde, negrave el kiu el la nordaj provincoj ili venas. Kiel sonas ni skanianoj al aliaj, mi ne scias, sed ĉiuj aliaj svedoj ŝajne malamas nian akĉenton. Aŭ eble ili sekrete amas ĝin, ĉar ili tre ŝatas imiti ĝin, kvankam ĉiam kun senescepte malsukcesa rezulto.

Fakte mi neniam rimarkis ke Frida imitas mian parolmanieron. Eble ŝi faris tion en mia foresto. Sed kiam ni renkontiĝis, ni ja ofte amuziĝis pri niaj malsamaj parolmanieroj. Kiam ŝi ripete demandis, kion mi ĵus diris, mi kelkfoje aldonis kelkajn lokajn esprimojn, kiujn mi normale ne uzus, nur por inciteti ŝin. Tiam ŝi ridis kaj reciprokis per tute enigmaj esprimoj en io, kion ŝi nomis kamparana idiomo de ŝia regiono. Sed normale mi ne havis problemon kompreni ŝin, kaj baldaŭ ankaŭ ŝi ŝajne alkutimiĝis al mia akĉento.

Cetere, kio gravis kompreneble ne estis la akĉentoj, sed tio ke niaj ĝeneralaj karakteroj bone akordis. Post ŝia unua surpriziĝo, kiam mi telefonis al ŝi, mi neniam rimarkis ke ŝi hezitas renkonti min. Unuafoje ni nur promenis babilante kaj poste disiĝis kun brakumo iom embarasa. Sed duafoje – aŭ pli ĝuste triafoje, se kalkuli ŝian originan viziton kun Moa – ŝi restis dumnokte en mia ĉambro, en mia lito. Tiam mi jam sentis kun certeco ke ŝi estas la ĝusta. Kaj ŝajne ŝi sentis ion similan reciproke. Ni ne multe parolis pri amo, ĉu pro embarasiĝo, ĉu pro nebezono. Sufiĉis la agoj, la kunestado, la babilado pri ĉio kaj nenio, la karesoj. Ĉio jam estis evidenta.

Du-trifoje mi vizitis ŝin en Upsalo, kie ŝi venigis min al la katedralo kaj foren al iuj vikingaj teraltaĵoj, sed plej ofte ŝi venis al mi.

Urbocentre ni promenis tra la Malnova Urbo, slalome inter turistoj, kaj plu al la suda kvartalo. Tie ŝi ŝatis vagi inter la restantaj lignaj dometoj de iamaj malriĉuloj, kien mi mem neniam ekhavus la ideon iri.

"Jen mi ŝatus loĝi kun vi", ŝi foje diris, montrante al tia ligna domo sur monteto. "Ĉu ne?"

"Jes, tio estus romantika. Sed eble iom malmoderna."

"Mi supozas ke ĝi hodiaŭ havas ĉiajn komfortaĵojn."

"Se jes, ĝi apenaŭ plu estas por ni malriĉuloj."

Al tio ŝi ridis, kaj mi sentis ke mi tre ŝatas ridigi ŝin.

En la komenco ŝi neniam telefonis al mi, do mi devis kontakti ŝin. Tamen ŝi ĉiam sonis tre ĝoja respondante kaj babilis pli flue ol mi. Kaj baldaŭ ŝi komencis sendi al mi mallongajn tekstmesaĝojn. 'Teda prelego', ŝi foje tekstis dum posttagmeza lekcio. 'Ĉu same ĉe vi?' Aŭ vespere: 'Soleca. Ŝatus esti kun vi.' Tiam mi ne tekstis ree sed tuj telefonis por aŭdi ŝian voĉon. Verŝajne ĝuste tion ŝi volis.

Nia seksumado ĉiel estis plaĉa. Komence ŝi devigis min uzi kondomon, sed post kelkaj monatoj ŝi akceptis glutadi pilolojn. Krome ŝi instruis al mi prokrasti kaj helpi al ŝi atingi orgasmon antaŭ ol mem lasi la bridon. Ŝi estis mia tria ino, sed mi baldaŭ komprenis ke kun la du antaŭaj mi sendube estis mizera amoranto. Nu, kion fari? Supozeble neniu naskiĝas lerta sur tiu kampo. Kaj eble la plej grava diferenco estis ke al Frida mi unuafoje vere enamiĝis.

Ĝis nun mi dormadis sur matraco metita senpere sur la plankon, sed en junio ni iris kune al IKEA kvazaŭ iaj geedzoj por aĉeti duersonan liton. Ŝi ekhavis dumsomeran laboron en Stokholma antaŭurbo, kaj mi laboris plu por la interreta kompanio, kvankam somere mi ricevis malpli da laborhoroj ol mi dezirus. Tamen mi ne havis grandegajn elspezojn, do mi elturniĝis.

Mia ĉambro vere estis iom malgranda por du personoj, kaj Frida de temp' al tempo sufiĉe koleris pri la festado kaj malordemo de Viktor. Eble ŝi kolerus ankaŭ pri mi, sed mi strebis konduti zorge kaj jam tenis tute nenormalan ordon en la ĉambro. Do ĉio pasis pli-malpli glate.

Aŭtune ŝi reiris al Upsalo por sia lasta studjaro, kaj ankaŭ mi plu studis. Mi jam antaŭtimis ke la rilato eble ne daŭros, sed iel ŝajnis al mi sufiĉe bona afero renkontiĝi nur semajnfine. Ĉiuokaze mi ne plu devis ĉiutage purigi kaj ordigi la ĉambron.

Ĉapitro 2

La ĉielo havas saman koloron, kien ajn vi iros

Post sia ekzameno Frida ricevis proponon pri firma posteno en Tierp, kelkdek kilometrojn norde de Upsalo. Mi klopodis persvadi ŝin anstataŭe veni al Stokholmo.

"Tio ja estas nur urbeto, ĉu ne?" mi diris. "Ĉu vi vere ŝatus vivi tie?"

"Nu, mi supozas ke ĝi similas al Älvsbyn, kaj tie mi ja travivis preskaŭ dudek jarojn."

"Tamen vi konas neniun tie."

"En tiaj lokoj oni pli facile ekkonas homojn ol en urbego."

Finfine ŝi tamen cedis kaj preferis veni al mi en Stokholmo. Firman postenon ŝi ne ricevis tie, sed estis facile ekhavi portempan laboron en infanvartejo. Do ŝi denove ekloĝis ĉe mi, kaj ni komencis serĉi propran apartamenton. Montriĝis ke en la ĉefurbo tia serĉado estas tasko simila al plentempa laboro.

Dume la rilato de Filip kaj Moa finiĝis, kaj li komencis kune kun Viktor vizitadi bierejojn kaj studentajn diskotekojn. Plej ofte ili revenis nokte, laŭte babilante kaj ridante, kio vekis nin ambaŭ en nia IKEA-lito. Fojfoje Frida ellitiĝis por silentigi ilin.

"Ĉu vi iam aŭdis pri homoj kiuj devas labori dumtage? Ĉar vi revenis hejmen, do iru dormi, damne!"

Ŝi neniam vere incitiĝis, sed ofte mi devis elteni ŝian malbonan humoron en la sekva tago.

Iufoje Viktor revenis kun akompano de ino, kaj tiam ni devis aŭskulte partopreni en ilia seksumado. Sed ne eblis ja plendi pri tio. Pli ofte la situacio estis mala; niaj kunloĝantoj devis aŭdi la amoran vivon de Frida kaj mi. Entute la kunloĝado kun aliuloj komencis iom embarasi nin.

Temis ankaŭ pri tio ke mi pli kaj pli ĝuis la kunestadon kun Frida kaj ŝatus ke ni vere estu gesolaj, kiam ni duopis. Ne nur dum la seksumado sed en ĉiaj situacioj – matenmanĝante en la kuirejo, televidante ian ridindan ludprogramon, diskutante filmon, kanton aŭ romanon, kiun ni ambaŭ konis, kuirante, duŝante nin, petolante kaj moketante unu la alian pri bagateloj kiel niaj dialektoj aŭ malsamaj kutimoj pri ĉiaspecaj hejmaj aferoj. Mi ne sentis min tute libera pri tiaj aferoj, kiam Viktor kaj Filip ĉeestis en la apartamento.

Sed kompreneble, precipe en la ama kunvivado mi preferus esti sen atestantoj. Kiam ni sidis sur la sofo, spektante televidan filmon pli kaj pli malatente por anstataŭe dediĉi nin unu al la alia, la komentoj kaj rigardoj de niaj kunloĝantoj ĝenis nin. Mi ŝatus, se mi povus dum la postmanĝa lavado de la vazaro ĉirkaŭpreni ŝin, detiri de ŝi la T-ĉemizon kaj malzipi ŝian ĝinzon. Kaj eĉ en mia ĉambro, trans fermita pordo, mi tute ne aprezis ke aliaj homoj partoprenu en la agado, aŭdante ĉiun el ŝiaj ĝemetoj kaj eble eĉ la spiregojn kaj ritmajn moviĝojn de niaj korpoj. Mi ne trovis nature ke Viktor kaj Filip scias, ĉu Frida aŭ mi orgasmas la unua. Kaj kiam mi *ne* sukcesis kontentigi ŝin, mi volis ke tio restu privata afero inter ŝi kaj mi.

Fakte ni ofte sentis nin pli gesolaj ekster la hejmo. Ankaŭ en ĉi tiu parto de la ĉefurbo la naturo estis proksima kun arbaro kaj montetoj, kaj ĉi tie ĉeestis ankaŭ la maro en formo de du longaj golfoj inter la kvartaloj. Mi ŝatus iri naĝi kun Frida, sed ni ne havis proksiman naturan naĝejon, kaj ŝi ne tre ŝatis halnaĝejojn pro la kloro en la akvo. Ŝi tamen tre ŝatis promeni, kaj ni ofte piediris tra la botanika ĝardeno de Stokholmo, kiu situis tre proksime apud unu el la golfoj. Kelkfoje ni iris laŭ la kruta bordo de la pli norda golfo ĝis la iama reĝa kastelo de Ulriksdal, kie ni admiris la malnovajn konstruaĵojn kaj la parkon. Tie ni jen piknikis, jen manĝis ion en proksima kafejo. Alifoje ni transiris la golfon kaj promenis laŭ la bordo en kelkaj riĉulaj antaŭurboj, de kie ni poste povis reveni hejmen per ĉarma trajneto.

"Ĉu vi povus imagi loĝi en tia luksa vilao?" ŝi foje diris, montrante al palacosimila domo meze de perfekte flegita ĝardeno kun vidaĵo al la maro.

"Certe. Kun vi kaj niaj dek infanoj. Kaj dudek servistoj."

"Vi ja ne ŝatas kunloĝi. Do vi ne povus elteni servistojn en la domo."

"Ni konstruigu kabanon por ili fone de la ĝardeno. Aŭ ili loĝu en nia domturo kaj venu nur por servi nin dumtage."

"Jes", ŝi konsentis. "Pli bonus tiel. Alie vi certe enirus al la servistinoj dumnokte."

Mi ridis kaj brakumis ŝin. Kial mi serĉus iun alian ol ŝin dumnokte? Ridinda ideo!

Nahid venis viziti nin dum lernejaj ferioj. Ŝi nun frekventis la lastan jaron de la gimnazio, do ŝi jam estis praktike plenkreska. Malgraŭ tio Panjo telefone devigis min promesi ke mi zorge gardos ŝin dum la vizito, por ke nenio okazu al ŝi, kvazaŭ ŝi estus infano.

"Verŝajne tio signifas ke vi ne renkontu knabon", mi diris al Nahid, kiam ni sidis kune triope en nia salono.

Nahid nur paŭtis.

"Mi fajfas pri knaboj", ŝi diris. "Sed Panjo supozas ke Stokholmo estas danĝera loko. Ŝi ankoraŭ ne ĉesis grumbli pri tio ke vi ne plu restas ĉe la onklo."

"Estas amuze", mi diris, "ĉar la stokholmanoj emas kredi ke Malmö estas danĝera urbo."

Ŝi ridis, montrante ke tio por ŝi estas absurda ideo.

"Certe temas pri tio ke oni timas lokojn nekonatajn", diris Frida. "Ankaŭ kelkaj el miaj familianoj havas tre strangan imagon pri Stokholmo."

"Kaj kio pri Malmö?" mi demandis.

Ŝi pripensis.

"Mi dubas, ĉu ili havas ian ajn ideon pri Malmö", ŝi diris. "Krom ke ne eblas kompreni la skanianojn."

Je tio Nahid denove ridis.

"Nu", ŝi diris, "kiam mi iras al Kopenhago kun amikoj, Panjo neniel admonas min. Mankas al ŝi logiko, simple."

Ni manĝis la kutiman rizon kun raguo. Por ŝpari monon mi plej ofte uzis kurkumon en la rizo, sed ĉi-foje mi escepte uzis safranon, ĉar la fratineto ĉeestas.

"Ĉu vi daŭre volas studi medicinon?" mi demandis. "Se jes, vi venos ĉi tien aŭtune, ĉu ne?"

"Nu, mi verŝajne studos en Lund. Laŭ tio kion vi diris, ne eblas trovi loĝejon en Stokholmo."

"Sed Nahid, se vi studos en Lund, vi ne sukcesos forlasi la hejmon. Ĉu vi ne memoras kion vi diris, kiam mi ekiris ĉi tien? Necesas sendependiĝi!"

"Ne timu, Mehdi. Mi ja sendependas. Ne dubu. Mi simple ne bezonas fuĝi foren."

Panjo informis sian fraton en Alby pri la stokholma vizito de Nahid, do ni devis iri tien por festa vespermanĝo. Ankaŭ Frida venis kun ni, kaj tio estis la unua fojo, kiam ŝi renkontis miajn geonklojn. Nahid antaŭe avertis ŝin ke oni sendube plejparte babilos perse, sed almenaŭ en la komenco la geonkloj devigis sin paroli svede, pro ĝentileco. Poste ili forgesis tion, kaj tiam Frida plejparte parolis kun miaj adoleskaj gekuzoj. Roŝan scivolis pri kiel estas labori en infanvartejo, kaj Kamal pavis pri siaj komputilaj lertoj. Eble li volis iel konkuri kun mi, sed Frida jam delonge tediĝis aŭdi pri tiaj teknikaĵoj. Ĉiuokaze ili ambaŭ ankoraŭ estis sufiĉe bone edukitaj por ne ĝeni ŝin. Kaj Kamal havis gravajn zorgojn defendi sin kontraŭ vortaj pikoj de Nahid, kiu klopodis ĉiel embarasi lin. Entute ili ĉiuj ŝajnis ĝui la kunestadon. Verŝajne mi mem estis tiu, kiu sentis malplejan komforton.

La pladoj kompreneble estis tro multaj kaj tro strangaj, ĉar onklino Ŝirin klopodis prezenti la iranan kuirarton kiom eble plej impone. Tamen Frida brave provis ĉion, kaj nur Nahid rifuzis kelkajn specialaĵojn.

Nahid restis ĉe ni preskaŭ semajnon. Ŝi kaj Frida sufiĉe bone interrilatis, sed mi rimarkis ke ŝi trovas Fridan iom tro inerta. Nahid mem estis viglulo, kaj la plej multaj el ŝiaj amikinoj estis almenaŭ same viglaj kiel ŝi. Tamen mi bedaŭris, se ŝi efektive restos en Skanio postabiture. Mi antaŭvidis ke malgraŭ sia laŭdira sendependo ŝi restos sufiĉe kontrolata de la gepatroj. Mi dubis ke ŝi sukcesos havi propran vivon, kiel mi.

La tempo pasis. Filip jam estis preta pri sia ekzameno kaj serĉis laboron, kvankam li plu sekvis iun kroman kurson dum li atendis respondojn de diversaj institucioj. Mi esperis ke li ekhavos laboron ie aliurbe, por ke Frida povu transpreni lian ĉambron, sed tiel ne okazis. Do ni plu kunpuŝiĝis en mia ĉambro, kie mi krome ofte laboris en la vesperoj. La interrilatoj de ni kvar kunloĝantoj jam vere grincis, sed mi ne sciis kiel lubriki ilin.

Fine de 2008 mi jam komencis verki mian inĝenieran diplomlaboraĵon, kaj Frida plu laboris en infanvartejoj de la antaŭurbo Solna. Ŝi dumlonge restis en unu sama vartejo sed malgraŭ tio ne ricevis firman postenon. Tamen tio ne tre gravis, ĉar estis facile ekhavi tiaspecan laboron. La nombro de infanoj senĉese kreskis, sed evidente oni edukis maltro da pedagogoj. Aŭ eble tro multaj forlasis la profesion pro la peniga laboro kontraŭ avara salajro.

Je Novjaro ni eksciis neatenditan novaĵon. Johan, la posedanto de nia apartamento, jam de jaroj loĝis kaj laboris en Londono, sed nun li fariĝos ia agento de sia kompanio en Svedio, do li baldaŭ revenos al Stokholmo. Kaj ĉar li nun havos sufiĉan salajron, li ne plu bezonos dividi la loĝejon kun aliuloj. Do ni ĉiuj kvar post nelonge estos sendomaj.

Mi konfesas ke dum kelka tempo mi panikiĝis. Mi ja ne povus reveni al la geonkloj kaj gekuzoj en Alby. Aŭ eble mi ja rajtus reveni, sed mi ne imagis plu elteni tian vivon, kaj ĉiuokaze ne eblus loĝi tie kun Frida. Do, kiel elturniĝi?

Ni intensigis la serĉadon eĉ de provizora restadejo, sed vane. Frida rekomencis paroli pri la laboro en Tierp, kiun ŝi iam rezignis. En tia urbeto certe ne estus malfacile trovi loĝejon. Kaj neeviteble tiuj pensoj post iom da tempo kondukis ŝin al la solvo.

"Ni revenu al Älvsbyn. Mi certe trovos laboron tie, kaj vi ja povos telefone labori ĉie ajn kaj dume verki vian diplom-laboraĵon, ĉu ne? Ni sendube sukcesos lui apartamenton, kaj se ne tuj, do ni povos dumtempe loĝi ĉe miaj gepatroj. Ili havas sufiĉan spacon en la domo."

Unue mi simple ridis.

"Kiel do reveni?" mi ekkriis. "Mi estis tie sume dum semajnfino aŭ nur iomete pli!"

Tio okazis komence de la pasinta somero. Ni faris viziton en la hejmo de ŝiaj gepatroj, kaj mi preskaŭ freneziĝis, ĉar regis senĉesa taglumo dum dudek kvar horoj tage kaj nokte. Kaj la homoj ŝajne ne multe atentis, ĉu estas tago aŭ nokto. Je la tria matene ili vizitis la najbarojn por kafumi. Je la kvina ili iris fiŝi. Mi ne atingis kompreni, kiam ili efektive dormas. Nia plano estis resti dum semajno, sed mi sukcesis aranĝi ke ni iom mallongigis la viziton.

"Nu, vi ja ŝatis tiun viziton, ĉu ne?" diris Frida. "Sed kiam oni loĝas kaj laboras tie, estas same kiel en aliaj lokoj. Ĝi ne estas ia sovaĝa ĝangalo!"

"Ĉu ne? Al mi ĝi ŝajnis sufiĉe sovaĝa."

"Ne troigu. Ĝi estas tute normala sveda urbeto kun kelkaj butikoj, kafejo, picejo, fervoja stacidomo, lernejo kaj kelkaj infanvartejoj. Kaj cetere Luleå estas proksima, nur sesdek kilometrojn for, kaj eĉ malpli al Piteå kaj Boden. Efektive Älvsbyn situas sufiĉe centre."

Mi kore ridis pri tiu ŝerco. Sesdek kilometrojn al mezgranda urbo kun feruzino. Kaj tion ŝi nomas centra! Sed baldaŭ mi devis konstati ke ŝi tute ne ŝercas.

"Ĉiuokaze mi esploros unue pri laboro kaj poste pri loĝejo", ŝi decidis. "Dume vi povas pripensi, ĉu akompani min aŭ ne."

Dum kelka tempo mi rigardis ŝin silente por esplori, ĉu ŝi vere estas serioza. Mi jam sufiĉe bone konis ŝiajn mienojn, kaj nun mi devis konstati ke ŝi estas mejlojn for de ajna ŝercemo. Ni sidis en la dormoĉambro, mi ĉe la skribtablo kaj ŝi enlite, kun la dorso apogita al kusenego. Viktor kaj Filip ambaŭ sidis en la salono, dividante boteleton da viskio, sed mi forte sentis ke la muroj havas orelojn.

"Aŭskultu, Frida", mi diris emfaze sed mallaŭte. "Mi ne intencas dum mia tuta vivo telefone klarigi al stultaj pensiuloj kaj aliaj, ke ili provu reŝalti la komputilon, aŭ kontrolu ĉu ĝi havas retkonekton, aŭ mendu novan pasvorton, se ili forgesis la malnovan. Post la ekzameno mi serĉos verajn laborojn. Mi tre dubas, ĉu tiaj ekzistas en via vilaĝeto."

"Sendube ili ekzistas en Luleå. Aŭ eĉ en Piteå. La plej multaj homoj ĉe ni laboras en tiuj urboj. Kompreneble, necesus aĉeti aŭton."

"Ĉu aŭton? Por atingi la laborejon? Ĉu ne iras trajnoj?"

"Ekzistas busoj, sed ilin uzas ĉefe adoleskantoj. Plenkreskuloj aŭtas."

"Ĉiuokaze la ĝusta vicordo ŝajnas al mi unue trovi laboron, poste serĉi loĝejon, en la loko kie ni laboros, ne en tute alia loko, kie vi hazarde naskiĝis. Cetere, mi ĉiam aŭdis ke regas senlaboreco en la nordo, kaj ke homoj migras suden por trovi laboron."

"Oni migras suden ĉefe por studi. En Stokholmo aŭ Upsalo aŭ Umeå."

Ŝia perspektivo mirigis min. Suden al Umeå! Laŭ mi tiu estis alia nekonata urbo en la fora nordo, sed por ŝi ĝi situis sude. Preskaŭ tricent kilometrojn sude, ŝi poste klarigis.

"Ĝuste tial ofte mankas specialistoj en Norda Botnio", ŝi plu klarigis. "Homoj kun universitata ekzameno el la sudo ne svarmas tie. Por tiaj homoj estas nenia senlaboreco."

Mi tre dubis pri ŝia argumentado. Ŝi jam de kvin jaroj vivis en Upsalo kaj Stokholmo kaj kredeble eksentis ian romantikan nostalgion pri sia hejmregiono. Do, por montri al ŝi ke ne estus tiel facile, mi decidis serĉi laborojn tie. Fakte, mi trovis nur unu taŭgan anoncon pri laboro, ĉe privata konsulta firmao en Luleå. En la letero mi klarigis ke mi ekzameniĝos nur post du-tri monatoj, kiam mia diplom-laboraĵo estos preta, kaj ke mia kunvivantino devenas el la nordo kaj deziras remigri tien. Tiuj cirkonstancoj plus mia nesveda nomo certe signifos ke oni ne dungos min. Jen mia firma supozo. Tial mi ŝokiĝis ekscii ke oni volas renkonti min por intervjuo kaj memkomprenbele pagos la flugvojaĝon kaj hotelan tranoktadon.

Dume Frida kontaktis la komunumon de Älvsbyn, kaj post du semajnoj ŝi jam havis kontrakton pri firma posteno kiel varteja pedagogo, kaj oferton pri luado de triĉambra apartamento en domo de la komunuma loĝejkompanio, kun eblo tuj ekloĝi tie, ĉar ĝi ne havis ĉi-momentan luanton. Al mi tio ŝajnis sufiĉe suspektinda. Vaka apartamento sen luanto? Tio ja devas esti diable mizera truaĉo.

Ĉio ĉi okazis laŭ rapida ritmo, kaj same rapide alproksimiĝis la dato, kiam revenos Johan por okupi sian loĝejon. Viktor kaj Filip fariĝis portempaj subluantoj de konatoj, dum Frida kaj mi pakis niajn aferojn por transporto norden. En la tago post mia laborintervjuo en la urbocentro de Luleå, ni ambaŭ alvenis aŭtobuse al Älvsbyn kaj povis malŝlosi la pordon de nia propra apartamento. Ĝi situis en la teretaĝo de trietaĝa betona domo ĉe Hjortronstigen, la Pado de Marĉaj Rubusoj.

Estis la fino de marto kaj ĉio estis kovrita de neĝo, sed dumtage ne estis tro malvarme. Mi sidis ĉe mia skribtablo, kiu dum la unua semajno rolis ankaŭ kiel manĝotablo, rigardante al la eksterfenestraj pinoj kaj betuloj. Kiam la suno brilis sur ilin, la neĝo sur la betulaj branĉoj degelis kaj falis teren, tiel ke la branĉetoj kvazaŭ risorte resaltis supren. Estis amuze rigardi tion. Mi ekhavis la senton ke la naturo ĉi tie estas animita.

Do, la ĉielo estis same blua kiel hejme, kaj la suno brilis blindige pro la reflektanta neĝo. Trans la betuloj mi videtis vastan malferman strion da neĝkovrita tero. Laŭdire tio estis rivereto kondukanta al la rivero, ankoraŭ kaŝita sub glacio kaj neĝo. Mi vidis spurojn de motorsledoj, kiuj kondukis tra la arbareto direkte al la rivero. Supozeble oni iris tien por fiŝi tra truoj en la glacio. Mi estis centprocente konvinkita ke mi neniam riskos la vivon per tia frenezaĵo. Se mi volus tagmanĝi fiŝaĵon, mi prefere irus en la mala direkto, al la urbeta centro por serĉi ion en la frostujoj de la ĉefa manĝaĵvendejo.

Ĉapitro 3

Ve al la *dugh* de Lejla, tro da akvo kaj maltro da jogurto

Post semajno kaj duono la konsulta firmao en Luleå sciigis ke oni volas dungi min. Oni proponis ke mi komencu tuj kaj laboru duoble kun mia antaŭulo dum tri tagoj semajne, rezervante du tagojn por mia diplom-laboraĵa verkado.

Do, jam en la dua semajno de aprilo ni ambaŭ iradis al niaj respektivaj laborejoj, Frida piede al sia infanvartejo, kiu situis kilometron for trans la centro de Älvsbyn, kaj mi aŭte al la gubernia ĉefurbo Luleå. La aŭto estis malnova Volvo laŭdire bone flegita, kiun vendis al ni onklo Bengt, kiu estis frato de Lennart, la patro de Frida. Bengt havis plurajn malnovajn aŭtojn en iama stalo de la bieno, kie li loĝis, dekon da kilometroj sude de la urbeto. Li mem riparis kaj beligis ilin, kaj li garantiis al ni la bonan funkciadon de nia Volvo. Komprenble mi ne povis scii, kiom valoros tia parola garantio, nek kiel amika efektive estis la amika prezo, kiun li postulis.

Antaŭ nur kelkaj semajnoj, la ideo aĉeti Volvon ŝajnus al mi absurda. Se mi ial aĉetus aŭton, mi kredeble elektus la plej malmultekostan azian markon, eble ian Hyundai. Sed nun mi komprenis eĉ sen diskuto ke ĉi tie oni ne veturas per tia ladskatoleto. Sufiĉis rigardi la neĝplugaĵojn ambaŭflanke de la ŝoseo, kaj imagi ilin trioble pli altaj meze de la vintro, por kompreni ke ĉi tie oni veturas per sveda Volvo. Kaj se mi restos ĉi tie dum la venonta vintro, mi devos espori pri garaĝo aŭ almenaŭ antaŭhejtilo por la motorbloko, por certigi ke ĝi startos en matenoj kun severa frosto.

Dum nia unua tempo en la propra komuna apartamento mi havis iomete malrealecan senton, kvazaŭ mi estus meze de songo. Ĉio en mia vivo ŝanĝiĝis per unu fojo, kaj nun mi kvazaŭ vagis, serĉante orientiĝon. Sed la stabila kaj fiksa punkto en tiu vivo estis Frida. Mi ege feliĉis vivi kun ŝi en propra loĝejo, sen ĝenado fare de aliaj kunloĝantoj. Komence ni kondutis sufiĉe ridinde, ĝuante la lukson estadi gesolaj suverenoj de nia privata spaco. Ni seksumis en ĉiu angulo de la apartamento kaj je ĉiu libera horo. Foje, kiam iu sonorigis ĉe la pordo, ni rapidis revesti kaj redecigi nin antaŭ ol malfermi. Alifoje ni simple fajfis pri la vizitanto, ŝajnigante ke ni ne estas hejme, esperante ke oni ne jam aŭdis niajn voĉojn tra la pordo. Ĉiuokaze temis nur pri familiano de Frida, kiu volis babili, kafumi aŭ proponi al ni iun utilaĵon por nia hejmo.

Ĉio do fluis glate. La patrino de Frida donacis al ni potojn, paton kaj ĉian manĝilaron, da kio ni antaŭe posedis nur malmulte. Aliaj parencoj donacis aŭ pruntis al ni tablon, seĝojn, sofon, telerlavilon kaj alion, ĝis ni havos okazon mem aĉeti ĉion bezonatan. Dume pasis aprilo, kaj la neĝo en la urbeto pli kaj pli transformiĝis en malpuran degelkaĉon, sed ĉirkaŭe, en la kamparo kiun mi trairis duoble trifoje en ĉiu semajno, la tero daŭre portis sian bele blankan kovrilon. Kelkfoje la matenoj estis frostaj, kaj la ŝoseo ekhavis perfide glaciajn makulojn, sed la aŭto kompreneble havis sekurajn vintrajn pneŭojn kun najletoj, kaj mi baldaŭ alkutimiĝis al la stirado. Pli malfacile estis kompreni ke aliaj stirantoj absolute malrespektas la rapidec-limon de la vojo. Ĉiutage preterraketis aro da aŭtoj, kiuj poste rapide malaperis antaŭ mi. Feliĉe la trafiko estis maldensa, en la mala direkto eĉ preskaŭ nula, kaj la vojo etendiĝis rekta kaj sen krutaj deklivoj. Nur sur la dudek lastaj kilometroj proksime al Luleå la trafiko iom pli densiĝis.

Vico da parencoj kaj iamaj amikoj de Frida aperis vizite ĉe ni. Kiam mi revenis hejmen post labortago, ŝi ofte sidis en la kuirejo kafumante kun iu. Evidente oni trovis tion mirinda, se ne diri eĉ stranga, ke ŝi revenis el la ĉefurbo en sian naskiĝlokon. Sed plej stranga komprenebla estis mi. Dudekfoje mi devis rakonti, ke mi devenas el Skanio, kiel sendube aŭdeblas. Kaj tamen sekvis la ĉiamaj demandoj kaj komentoj.

"Ĉi tiom da neĝo vi certe ne havas en Irano, ĉu?"

"Mi ne vere scias. Mi neniam vizitis Iranon."

Kompreneble kelkaj prefere demandis, ĉu plu daŭras la milito en Irako. Alifoje temis pri tio, ĉu oni manĝas buterpanojn en mia lando, aŭ cinambulkojn, aŭ trinkas laktokafon, aŭ uzas saĝtelefonojn, kaj tiel plu senfine.

"Ĉu ekzistas hamburgeroj, de kie vi venas?"

"Jes, ni havas hamburgerojn ankaŭ en Malmö. Sed la urbo sendube pli famas pro la falafloj."

"Ĉu estis tre malfacile por vi enveni en Svedion?"

"Nu, verŝajne mia patrino suferis dolorojn, kiam ŝi naskis min en la hospitalo de Malmö."

Krom tiaj demandoj, mi rikoltis komplimentojn pro mia bona sveda lingvo, kio sendube estas rara sperto por skaniano en Norda Botnio. Entute la scivolemo plej ofte estis kombinita kun pozitiva sinteno al mi. Verŝajne ili supozis ke iu, kiun Frida sukcesis venigi al Älvsbyn, devas esti funde sendanĝera homo.

Anita kaj Lennart, la gepatroj de Frida, loĝis en propra domo el la sesdekaj jaroj en la suda parto de Älvsbyn. Jen kie ŝi kaj ŝiaj du gefratoj, Heidi kaj Niklas, pasigis la infanaĝon kaj junaĝon. Entute, la familio de Frida plejparte plu loĝis en la regiono. La fratino Heidi loĝis sola en apartamento en la centro de la urbeto kaj laboris kiel instruisto pri muziko en la elementa lernejo. La frato Niklas loĝis en Luleå kaj laboris kiel ĉarelŝoforo en la ŝtaluzino, sed li ŝajne pasigis pli-malpli ĉiun semajnfinon ĉe la gepatroj aŭ kun malnovaj amikoj en Älvsbyn.

"Ŝajnas ke vi estas la sola el via familio, kiu iam transloĝiĝis suden", mi diris al Frida post familia renkontiĝo ĉe ŝiaj gepatroj. "Kaj eĉ vi ja revenis ĉi tien. Evidente vi havas fortan ligon al la loko, ĉu ne?"

"Vi eraras", ŝi diris paŭte. "Mi havas kuzinon en Umeå kaj kuzon en Sundsvall. Kaj ankaŭ Heidi ja studis sude, en Umeå. Cetere, Panjo havas duonfraton en Borlänge, mi pensas, sed ni ne havas kontakton kun li."

Denove mi forgesis ke el ŝia vidpunkto Umeå situas fore sude en Okcidenta Botnio, do en tute alia provinco. Mi pensis pri miaj parencoj en Irano, en Germanio kaj Britio, pri la geonkloj en Stokholmo kaj pri tiuj, kiuj volis migri en Usonon sed ne sukcesis pri tio, kaj mi ridetis. Umeå, Sundsvall kaj Borlänge ŝajnis al mi iom malvasta kaj limigita mondo, se kompari. Tamen mi diris nenion. Ŝi kredeble komprenus tion kiel kritikon, se mi menciis ilin, kvankam mi ĉefe miris pri la malsamaj cirkonstancoj de vivo.

Komprenble ŝiaj gepatroj ofte invitis nin al si, kaj cetere ne necesis invito por viziti ilin. Krome Lennart ofte aperis ĉe ni, preteste alportante iun aferon, kiun ni eble bezonos, laŭ lia supozo. Preskaŭ ĉiudimanĉe ni tagmanĝis ĉe ili, kaj tiam Niklas ĉiam ĉeestis, manĝegante el la pladoj de Anita, kaj ofte ankaŭ Heidi partoprenis.

Komence de la somero Niklas fojfoje alvenis kun virino kaj ties kvinjara filino, sed tiu interrilato ŝajne ne daŭris tre longe. Iel li impresis min kiel eterna fraŭlo.

Pri Heidi la afero estis iom pli mistera. Ŝi neniam havis akompananton, sed en kelkaj semajnfinoj oni uzis ŝian foreston por aludi pri ŝia kromlaborado. Nur post sufiĉe longa tempo mi ekkomprenis, pri kio temas. Ŝajne ŝi havis sekretan amrilaton kun sia laborĉefo, la lernejestro. Li estis kvardek-iom-jara viro loĝanta kun edzino kaj infanoj en Piteå, kiu almenaŭ unufoje semajne devis kromlabori vespere post la ordinaraj laborhoroj, kaj tion li evidente faris en la dormoĉambro de Heidi, antaŭ ol reveturi hejmen. Verŝajne ŝiaj kolegoj konsciis la aferon, kaj eble eĉ lia edzino suspektis ĝin. Frida kaj la familianoj neniam rakontis ĉi tion malkaŝe sed per aludoj. Kiam Heidi ĉeestis, precipe Niklas kelkfoje estis sufiĉe krude insinua, tamen ŝi nenion neis nek klarigis, sed simple ignoris la komentojn. Entute ŝajnis al mi ke ŝi ne tre zorgas pri la opinioj de aliaj. Ankaŭ laŭ aspekto ŝi ne tre similis sian fratinon sed estis pli alta, maldika kaj iomete pli malhelblonda. Verŝajne ŝi heredis tion de Anita, dum Frida pli similis al Lennart.

Somere la dimanĉaj tagmanĝoj plej ofte havis formon de kradrostado en la ĝardeno. Komprenenble Lennart estis tiu, kiu prizorgis la rostilon, dum Anita preparis ĉiujn kromajn pladojn. Ankaŭ el la najbaraj domoj oni ofte sentis la karakterizan odoron de rostado, kaj de temp' al tempo aŭdiĝis ridoj kaj krietoj de homoj gajaj kaj duone aŭ eĉ plene ebriaj. La vivo en tiu kvartalo el unufamiliaj domoj tute konfirmis miajn antaŭjuĝojn.

Lennart kaj Niklas neniam laciĝis fari al mi komentojn kaj demandojn iomete mokajn pri Irano aŭ pri Islamo. Precipe kiam oni rostis porkaĵon mi devis ĉiufoje ripeti ke mi ja povas manĝi tion, kvankam mi normale preferas aliajn viandojn. Kaj eĉ glutinte unu glaseton da brando mi devis ĉiufoje klarigi, ke mi ja trinkas alkoholon sed tamen ne deziras pluan drinkon. Vere Frida klopodis haltigi ilin por iel subteni min, sed ili plene fajfis pri ŝiaj kontestoj. Kaj al mi tio ne vere gravis. Mi jam de jaroj alkutimiĝis al tia sinteno ĉe kelkaj homoj, kvankam ĉi-familie oni persistis pli ol kutime.

Ankaŭ Anita, la patrino, estis scivola, sed en pli pozitiva maniero. Ŝi tre aprezis ekzotaĵojn kaj evidente konsideris min rara ekzotulo. Dume Heidi ŝajne tute ne zorgis pri mia persono. Almenaŭ komence.

Mi ŝatis mian laboron. La etoso inter la ses dungitoj estis bona kaj la labortaskoj stimulaj. Kiam mia antaŭulo finis sian laboron kaj malaperis al pli prestiĝa firmao en Stokholmo, mi povis mem respondeci solvante diversajn informteknikajn problemojn ĉe niaj klientoj, kiuj estis sufiĉe diversspecaj. La tasko memstare evoluigi projektojn, tamen kun eblo diskuti kun la kolegoj en okazo de bezono, tre konvenis al mia temperamento. Post kelka tempo mi povis fojfoje labori unu tagon en la hejmo, sed mi jam alkutimiĝis al la vojaĝado tien-reen. Dum mi stiris la aŭton laŭ la sufiĉe enuiga ŝoseo, mi povis cerbumi pri laborproblemoj aŭ pri la vivo ĝenerale. En la pelmelo de Stokholma metrovagono tio kredeble ne funkcius same glate, sed ĉi tie mi eniris ian monotone meditan mensostaton, kiu estis novaĵo por mi. Efektive la transloĝiĝo kaj nova laboro signifis grandan ŝanĝon, kiu okazis surprize facile.

Mi liveris mian diplom-laboraĵon al la Altlernejo kaj atendis la daton, kiam oni traktos ĝin en seminario kaj espereble aprobos ĝin. Ĉio ligita al la Altlernejo jam post kelkaj monatoj fariĝis iel fora kaj fremda en mia konscio. Mi ne plu havis kontakton kun Filip, sed de temp' al tempo mi parolis kun Viktor, kiu iom postrestis pri sia studado. Ŝajne lia serĉado de nova loĝejo rabis de li multe da atento, kaj krome li renkontis inon kun la sama problemo. Entute la vivo en la ĉefurbo komencis ŝajni al mi iom absurda.

Jam printempe la familio de Frida foje invitis nin al manĝo de la fifamaj fermentintaj botniaj haringoj. Sed tiam ŝi sukcesis iel eviti la aferon por ni.

"Tamen ne pensu ke vi evitos tion por ĉiam", ŝi diris tiufoje. "Kiam komenciĝos la nova sezono, ni devos partopreni almenaŭ unufoje. Sed en la printempaj ladskatoloj la enhavo estas pli forta pro la plua fermentado."

Ĉio ĉi por mi estis volapukaĵo, sed ŝi klarigis ke oni tradicie ekmanĝas la fermentintajn haringojn de la jaro nur en la fino de aŭgusto, kaj tio estas pinto de la norda kalendaro. Fakte, ŝi mem ne tre aprezis tiun nordlandan specialaĵon, kaj dank' al tio mi ĝis nun ne konfrontiĝis kun ĝi. Sed finfine mi devos alfronti ĝin.

"Tiam zorgu ne trinki tro da brando", ŝi admonis. "Novuloj ofte drinkas tro multe por glutigi la haringojn, kaj poste ili malbonfartas ne pro la fermentintaj haringoj sed simple pro la alkoholo. Plej bone estas trinki lakton."

Nu, trinki lakton mi certe ne povis konsideri, kaj pri brando mi ĉiam evitis eksceson, sed ŝiaj vortoj donis al mi ideon. Se tiuj botnianoj igos min kundividi ilian regionan specialaĵon, mi ja povus alporti mian propran. Do, kiam en varmeta posttagmezo fine de aŭgusto la familio kolektiĝis en la ĝardeno de Anita kaj Lennart, mi preparis kaj alportis kruĉon da *dugh*. Tiu certe efikos pli bone ol brando aŭ lakto, mi pensis.

Sur la ĝardena tablo jam staris diversaj pladoj kaj trinkaĵoj, kiam ni alvenis. Baldaŭ Anita alportis kaserolon da vaporantaj terpomoj el la aparta regiona speco, kiu laŭdire estis nepraĵo je ĉi tia okazo. Kaj Lennart alportis sitelon da akvo.

"Ĉar ni havas novulon inter ni, indas malfermi ĝin subakve", li diris. "Tio ja ne vere necesas pri la novaj, sed ni iom dorlotu la sudlandan knabon."

Mi komprenis absolute nenion sed antaŭtimis ke oni iel baptos min per la sitelo. Ĉu ili neniam ĉesos mokŝerci pri Islamo? Tamen Heidi bonvolis klarigi.

"La odoro iĝas malpli forta, se oni elladigas la konservaĵon subakve", ŝi diris.

"Necesus ankaŭ manĝi ilin subakve por eviti la odoron", sarkasme aldonis Frida.

Efektive Lennart kuspis la ĉemizmanikojn, kaptis elladigilon kaj mergis unu skatolon en la sitelon. Post nelonge li eligis ĝin, vaste suprenfaldis la malfermitan kovrilon, kaj odoro kvazaŭ de furzo, putraj ovoj kaj io akre ranca disvastiĝis super la tablo.

"Hm. Interese", mi diris.

Dume la familianoj, kun escepto de Frida, volupte enspiris la fetoron kaj kvazaŭ fakule prijuĝis ĝin.

"Ŝajnas bona", diris Heidi.

"Mi apenaŭ flaras ion ajn", asertis Niklas. "Ĉu restas neniu el la lastjaraj?"

Mi prenis mian kruĉon, kiun mi ĵus diskrete surtabligis, kaj verŝis al mi glason da *dugh*.

"Kio do?" diris Anita surprizite. "Ĉu vi kunportis propran lakton? Tio ja ne necesus. Ni havas lakton, kompreneble, se iu preferas tion."

"Estas acidlakto, ŝajne", konstatis Niklas, flarante super la kruĉo.

Mi ne komprenis, kiel li povis identigi alian odoron ol tiun de la fermentintaj haringoj, kiu peze ŝvebis super ni ĉiuj.

"Estas *dugh*", mi klarigis. "Bonvolu preni, se vi ŝatus gustumi. Kirlita jogurto kaj glacia akvo kun iom da salo kaj pistitaj folioj de mento."

Ĉiuj resaltis dorsen kvazaŭ de veneno, krom Anita, kiu efektive verŝis al si iomete kaj gustumis ĝin.

"Freŝe", ŝi poste diris. "Mi pensas ke mi gustumis ion similan antaŭ kelkaj jaroj, kiam mi feriis en Turkio kun amikino."

Sed nun ja temis pri la haringoj. Heidi montris al mi kiel filei haringojn kaj meti ilin sur pecon da hordea folio-pano kun tranĉaĵoj da terpomo kaj cepo.

"Depende de persona gusto eblas aldoni ankaŭ maturan fromaĝon aŭ ion alian", ŝi aldonis. "Poste metu duan panfolion supre kaj ekmanĝu ĉion kiel sandviĉegon."

Dume la viroj verŝis brandon kaj bieron kaj komencis tosti. Mi mordis pecon de la sandviĉo, maĉis kaj glutis. Iom sala, iom acida, sufiĉe fiŝa, sed ne malagrabla.

"Tute en ordo", mi konstatis, prenis ankoraŭ maĉaĵon kaj poste trinkis mian jogurtakvon.

Ankaŭ Frida manĝis du haringojn, sed sen vera entuziasmo.

"Estas iomete kiel la lesiva gado je Kristnasko", ŝi diris. "Neevitebla devo unufoje jare. Pli ofte ol tiom jam estus tro."

"Frida, vi pasigis tro da tempo inter la moluloj de Upsalo kaj Stokholmo", diris Lennart bonhumore. "Nun vi bezonas readaptiĝi. Mi proponas manĝi fermentintajn haringojn unufoje semajne ĝis vi estos tute saturita."

"Amuze", ŝi respondis. "Sed ne eblas readaptiĝi, ĉar mi neniam aprezis ilin. Estas nur ridinda tradicio. Iam la homoj estis tiel malriĉaj, ke ili ne povis aĉeti sufiĉe da salo por ĝuste pekli la haringojn. Pro tio naskiĝis ĉi tiu anstataŭa metodo. Sed hodiaŭ salo ne plu mankas al ni. Do kial daŭrigi pri ĉi tiu surogato?"

La protestoj necesigis pliajn glasetojn da brando, kaj Lennart malfermis duan doson, jam sen mergi ĝin en la akvositelon. Mi ne rimarkis diferencon koncerne la odoron. Ĉio jam estis plena de la putra fetoro.

"Mi scivolas, ĉu tiu odoro ne ĝenas la najbarojn", mi diris. "Ĝi ja devas penetri en iliajn ĝardenojn."

"Male. Ili salivumos kaj iros al la butiko por aĉeti kelkajn skatolojn", diris Lennart.

Poste li turnis sin al la familianoj.

"Nu, kion vi diras pri la ĉi-jaraj?"

"Bonaj, laŭ mi", diris Anita.

Heidi ne respondis sed prenis pli da haringoj kaj komencis filei ilin.

"La ĉi-jaraj neniam egalas la lastjarajn", konstatis Niklas, tamen ankaŭ li prenis pli multajn.

"Fakte la ĉi-jaraj estas la plej bonaj, kiujn mi iam ajn gustumis", mi diris kaj rikoltis riĉan aklamon. "Kaj precipe kun la *dugh*", mi aldonis.

Mi tamen supozis ke la mento de mia jogurt-akvo estis superflua spico ĉi-kaze. Ĝia aromo iel perdiĝis en la konkuro.

Ĉapitro 4

Kiu semas hordeon ne rikoltos tritikon

Monatoj pasis, la aŭtuno kaj vintro pasis, la botniaj haringoj plu fermentis en siaj dosoj, kaj mi komencis senti ke ĉi tiu parto de la mondo estas mia hejmo, almenaŭ provizore. Mi ekhavis pli kaj pli grandan certecon en mia laboro, kiu estis sufiĉe varia por ne iĝi enua. La lokanoj kritikis la vintron, dirante ke tiel malmulte da neĝo oni ne vidis en dudeko da jaroj, kaj ke sendube tion kaŭzas la tutmonda varmiĝo. Al mi la kvanto tamen estis tute sufiĉa. Mi lernis ĉiam havi etan neĝoŝovelilon en la kofro, por povi forigi almenaŭ etajn neĝamasojn, kiuj malhelpis ekiri per la parkumita aŭto. La samon mi cetere proponus ankaŭ al skaniaj aŭtoposedantoj, ĉar tie la vento kutime blovas la malmultan neĝon, deponante ĝin en ĝenaj lokoj. Plue mi lernis forskrapi glacion de la aŭtoglacoj. Kaj mi efektive aĉetis elektran motorhejtilon.

Onklo Bengt invitis nin al fiŝkapta ekskurso per motorsledoj sur lago situanta inter arbarkovritaj montoj. Mi trovis la aferon terure teda, kaj ĝuste tiam mi vere ne sentis min hejme en la regiono. Sed tio estis escepto. Fojfoje ni iris al koncertoj kaj restoracioj en Luleå kaj Piteå. Se diri la veron, dum la jaroj en Stokholmo mi apenaŭ pli ofte eliris, parte ĉar mi tiam estis malriĉa studento.

Tuj apud la urbeto Älvsbyn situis monteto kun slalomdeklivo, kaj dufoje Frida venigis min tien por deklivskii per pruntita ekipaĵo. Mi ja ŝatis la rapidan glitadon, sed mi malpli aprezis kiam ĝi ĉesis pro miaj faloj. Tamen tio ja estis iom distra, kaj por la sekva vintro mi eble lasos min persvadi aĉeti proprajn ilojn. Sed fine la vintro pasis, alvenis printempo kun ŝvelantaj riveroj kaj foliantaj betuloj, kaj subite iutage denove estis somero.

Ni pasigis semajnon en Skanio kaj ambaŭ iom tediĝis de miaj gepatroj, kiuj senĉese demandis, kiam ni remigros al suda Svedio. Nahid alvenis por renkonti nin, sed ŝi havis praktike neniom da libera tempo pro sia somera laboro en la hospitalo de Lund. Poste ni pluiris al Danio, kaj fine ni pasigis ŝvitigan semajnon sur Sicilio, aŭ plejparte en la Mediteranea akvo, por eviti la preman varmegon.

Reveninte al Älvsbyn ni faris ekskursojn al diversaj vidindaĵoj en la regiono. La plej impona sendube estis grandega torento en

Piteälven, la sama rivero kiu kvindek kilometrojn pli malsupre kviete preterfluis nian hejmon. La muĝado de la akvo estis surdiga, kaj ni paŝis laŭ la torento en densa vualo el ŝvebantaj akvogutoj, dum ĉiama loka ĉielarko superis nin. Ĉirkaŭe la deklivoj kovritaj de malhela picearo kreis impreson ke ni tre malproksimas de ĉio, kaj tio efektive ja estis tute vera, kvankam Frida eble ne konsentus.

En la sekva jaro Frida komencis plendi pri sia pezo kaj figuro. Unue mi ne multe atentis tion, pensante ke virinoj ĉiam babilas tiel. Ŝi ja havis plaĉan figuron, kvankam estis fakto ke ŝi ne plu estis same svelta kiel iam. Tio tamen ne ĝenis min.

"Kulpas la kontraŭkoncipaj piloloj", ŝi asertis unu tagon post intensa kaj kritika sesio antaŭ spegulo.

"Kiel do? Tiujn vi ja glutas jam de jaroj."

"Jes, kaj dum tiu tempo mi senĉese grasiĝas."

"Vi troigas. Tamen, se tio ĝenas vin, do ĉesu pri ili."

"Bone, mi ĉesos, kaj vi rekomencos pri kondomoj."

"Nu... Ĉu tio vere necesas? Mi ja povas esti singarda. Cetere ne estus katastrofo, se vi..."

"Kion? Ĉu vi volas infanon?"

Mi pripensis. Ĝis nun mi eĉ ne konsideris tion.

"Eble ne tuj, sed iam, sendube. Ĉu ne?"

"Estas tro frue, ŝajnas al mi. Mi ŝatus unue iom vivi."

"Kompreneble", mi konsentis. "Do, se tio estas gravega, simple daŭrigu pri la piloloj. Sed eĉ sen ili ni sendube povos prokrasti la bebon."

Post tio ŝi plu glutadis ilin dum kelka tempo, sed ekde la sekva printempo, provinte sian bikinon, ŝi ĉesis pri ili. Eble ŝi volis ribeli kontraŭ mia maskla superregado. Aŭ eble ŝi simple pensis pri sia bonfarto.

Komence ni zorge atentis la datojn, kaj en dubaj okazoj mi interrompis antaŭ ol ĉuri, sed iom post iom ni iĝis malpli striktaj. Kaj komence de la aŭtuno en unu merkredo ŝi sidis ĉe la kuireja tablo kun ia testilo enmane, kiam mi revenis hejmen de la laboro.

"Jen rigardu!" ŝi diris kun decida tono.

Mi do rigardis kaj vidis purpuran strekon.

"Kion ĝi signifas?" mi diris, rigardante ŝin esplore.

"Ke estas pozitive."

"Ĉu pozitive? Kiel do pozitive?"

"Mi estas graveda, kompreneble."

Ŝia mieno estis nek feliĉa nek malfeliĉa.

Ja ekzistis neniu kialo por dubi aŭ surpriziĝi. Mi sciis ke la sekuraj periodoj ne vere sekuras, kaj ju pli ni vastigis ilin, des malpli ni povis certi pri ili. Kaj ankaŭ mia interrompado ne estis tre fidinda, eĉ kun plej alta grado de sinrego. Kvankam la plej multaj semoj falas apud la vojo, ĉiam kelkaj pli avangardaj sukcesas eskapi antaŭtempe. Do mi devus atendi ke la naturo finfine superos niajn artifikojn, tiel ke unu semo falos sur la bonan teron.

"Ĉu vere?" mi tamen diris por gajni tempon. "Ĉu estas certe?"

"Mi supozas ke jes. Fakte *mi* estas certa."

"Bone. Nu... Tio estas en ordo, ĉu ne?"

Ŝi faris enigman grimacon.

"Ĉu vi ĝojas?" ŝi diris. "Vi ja volis ke ni iom prokrastu."

"Ĉu? Laŭ mi tion diris *vi*. Ĉu vi do ne volas ĝin?"

Ŝi prokrastis la respondon, rigardante min. Mi iris al ŝi, tiris al mi seĝon kaj sidiĝis apud ŝi, tiel ke mi povis meti brakon ĉirkaŭ ŝiajn ŝultrojn. Samtempe mi rigardis ŝin. Nun ŝi havis seriozan mienon.

"Jes", ŝi diris. "Mi volas ĝin."

"Bone do", mi diris. "Ankaŭ mi."

"Ĉu vi diras la veron?"

"Certe. Kial prokrasti? Nun estas bona okazo. Nu... ne nun, sed post kelkaj monatoj, kompreneble."

Enpense mi kalkulis monatojn.

"Do estos iam printempe", mi diris. "En majo, ĉu ne?"

Ŝi kapjesis preskaŭ neglekte sed poste ekrigardis min pli intense.

"Provizore ni diru nenion al aliaj, ĉu ne? Ankaŭ ne al la familioj. Ĉu vi konsentas?"

Mi konsentis.

Dum la aŭtuno mi ofte demandis ŝin, kiel ŝi fartas kaj ĉu ŝi ion rimarkas de la gravedeco. Mi aŭdis ke gravedulinoj matene sentas naŭzon kaj ofte vomas, sed Frida fartis pli bone ol iam ajn antaŭe. Tamen io evidente okupis ŝian menson, kaj en novembro ŝi unuafoje menciis, pri kio ŝi pensas.

"Ni devus ekserĉi domon, ĉu ne?" ŝi diris en unu vespero, kiam ni ĵus malŝaltis la televidilon.

"Kian domon?"

"Domon por loĝi, stultulo. Propran domon."

Mi komprenis nenion.

"Ni ja loĝas ĉi tie. Estas bone, ĉu ne? Aŭ ĉu vi opinias ke ni bezonos pli vastan apartamenton?"

"Ne apartamenton. Propran domon", ŝi ripetis. "Kun infano ne eblas daŭre loĝi en apartamento."

"Ĉu ne eblas? Mi kaj Nahid loĝis en apartamento dum niaj tutaj infanaĝo kaj junaĝo."

"Tio estis en Malmö, Mehdi. Ĉi tio estas Älvsbyn. Apartamento ne estus vera hejmo de familio kun infanoj."

"Ankaŭ ĉi tie ja loĝas familioj ĉirkaŭ ni. Kun pluraj infanoj. Estos bone por nia bebo havi amikojn, kiam ĝi kreskos."

"Sed ili estas enmigrintoj. Ĉe ni la familioj loĝas en propra domo. Junuloj, divorcintoj, maljunuloj povas loĝi en apartamento."

Mi rigardis ŝin konsternite. Jen aperas tute nova virino, ŝajnis al mi. Mi komprenis absolute nenion.

"Do vi ne volas loĝi inter enmigrintoj, ĉu?" mi diris amare. "Vi ne volas ke via infano ludu kun infanoj de enmigrintoj. Kial vi do elektis umi kun filo de enmigrintoj?"

"Ĉesu! Ne miskomprenu min intence, Mehdi! Mi simple volis klarigi ke la lokanoj ĉi tie, ni kiuj naskiĝis en la regiono, kutimas loĝi en unufamiliaj domoj. Temas ne pri luksaj vilaoj. Vi ja konas la domon de Panjo kaj Paĉjo. Ĝi estas nur skatoleto, sed ilia propra. Kaj tie mi pasigis la infanaĝon, kun Heidi kaj Niklas. Ĝi estis tro malvasta, sed nia domo."

Mi kontemplis ŝian diraĵon, klopodante kompreni ŝin.

"Ĉiuokaze ni ne havas monon por tio", mi diris.

"Neniu havas. Oni pruntas de banko."

"Sed la prunton oni devos pagadi, ĉu ne?"

"Jes, sed tiam oni kvazaŭ pagas al si mem, ne al la loĝejkompanio. Kaj ĉi tie la domoj ne kostas plurajn milionojn, kiel sude. Fakte la monata kosto povos esti pli malalta ol nia nuna lupago."

Mi forlasis la sofon kaj iris kuirejen por preni bieron.

"Ĉu ankaŭ vi volas unu?" mi vokis al Frida.

"Ne, dankon."

Mi revenis al ŝi kaj glutis iom da biero.

"Aŭskultu, Frida", mi poste diris. "Mi ne havas sperton nek talenton prizorgi domon. Oni sendube devas senĉese ripari ion, refarbi la fasadon, purigi la defluilojn, pritondi la arbojn kaj tiel plu, mi eĉ ne imagas ĉion."

"Nek mi havas tian talenton", ŝi respondis, "sed ni lernos. Kaj miaj parencoj helpos. Por komenci, ili certe helpos al ni trovi domon kaj prijuĝi, ĉu ĝi estas bona. Ne maltrankvilu. Ĉi tie oni helpas unu la alian."

"Ĉu ni ne atendu almenaŭ ĝis post la apero de la Bulko?"

'La Bulko' estis nia provizora nomo de la bebo.

"Tiam ni havos aliajn zorgojn. Prefere ni trovu ion kaj translogiĝu antaŭ tio."

Mi efektive sentis ke la afero evoluas iel aŭtomate, aŭ almenaŭ sen mia rego. Kiam mi konsentis migri norden, mi ŝajne subskribis kontrakton kun multaj etliteraj klaŭzoj, kies enhavo malkaŝiĝas nur iom post iom.

Entute mi neniam havis fiksan planon por mia vivo. Iam mi elektis la natursciencan studprogramon de la gimnazio, ĉefe ĉar ĝi ebligos ion ajn estonte, kaj ĉar la gepatroj instigis min. Poste mi pli kaj pli profunde interesiĝis pri komputado, kaj mi ekstudis en Stokholmo por ekhavi konvenan distancon al la gepatroj, kaj ĉar tie situas plej prestiĝa altlernejo. Kie mi estonte laboros, tiam ne tre gravis al mi, ĉu en Stokholmo, en Malmö aŭ alilande.

Kaj poste mi renkontis Fridan kaj enamiĝis al ŝi. Tiam mia plej grava zorgo estis, ĉu ŝi vere amas min, kaj ĉu nia amrilato daŭros. Se jes, mi supozis ke ni restos ie en la ĉefurba regiono. Mi ne atendus ke ŝi akceptus translogiĝi kun mi aliloken. Eble mi havis nesufiĉan memfidon. Iel ŝajnis al mi ke la neatendita reveno de Johan, la posedanto de la apartamento, pro kiu ni perdis nian stokholman loĝejon, estis la faktoro, kiu kaŭzis ian ĉenreakcion de ŝanĝoj. Verŝajne mi imagis nian ekloĝon en Älvsbyn kaj mian eklaboron en Luleå kiel ion portempan, efemeran. Sed paŝon post paŝo mia vivo ekiris laŭ nova itinero, antaŭe ne imagebla.

Eble tamen estis stulte pensi pri ĉenreakcio. Pri la fakto ke mi estos patro ja ne kulpis Johan. Tion faris mi mem, nedubeble. Kaj se mi absolute ne volus loĝi en propra domo, necesus tion diri klare kaj definitive al Frida. Ŝi ja ne povus devigi min. Sed ne precize tiel staris la afero. Mi ne nepre malvolis aĉeti domon; mi simple ne nepre volis tion fari. Eble temis ĉefe pri tio ke mi ne ŝatis, se la direkton de mia vivo regas iu alia, eĉ se tiu estas mia amata koramikino. Kaj eble ne plaĉis al mi ke ŝi ŝajne havas tian vivoplanon, kiu mankas al mi, kaj ke mi nur nun ekkonas ŝian planon.

Praktike ni tamen iomete prokrastis la aferon pri domaĉeto, ĉar Frida ankoraŭ ne volis diri ion pri sia gravedeco al la familioj. En la fino de novembro oni tamen povis vidi ke ŝia ventro iom dikiĝis, almenaŭ kiam ŝi estis nuda, kaj la mamoj jam de kelka tempo ŝvelis. Sed antaŭ ol rakonti ion al aliaj, ŝi havis mesaĝon al mi.

"Mehdi, se la Bulko estos knabo, vi devos akcepti ke mi ne permesos al vi fari tian aferon pri li. Li rajtos mem decidi pri tio, kiam li estos plenkreska."

Mi rigardis ŝin senkomprene. Pri kio ŝi nun umas?

"Fari kion?"

"Vi scias. Ĉirkaŭĉizi... ne, kiel ĝi do nomiĝas? Pritranĉi, kiel al vi."

Mi ridis laŭte. Ŝi vere estis amuza.

"Mi ĉiam pensis ke vi ŝatas ĝin tia, kia ĝi estas", mi diris.

Ŝi rigardis min senvorte kun tre ironia mieno.

"Cetere 'cirkumcidi' estas la vorto", mi aldonis. "Vere, Frida, ĉu ni ne povus iom atendi pri tiaj decidoj? Ankoraŭ ja estas nur bulko."

"Ne, ni ne povas atendi. Neniu tia tranĉado, ankaŭ neniu bapto, nenio. Ĉiu homo rajtas mem decidi, plenkreskinte. Oni ne trudu tion al infanoj. Precipe ne korpan aferon."

"Vi scias ke mi ne estas religiema. Nek miaj gepatroj."

"Tamen ili cirkumcidis vin."

"Tio estas tradicio. Kaj tio estas bona ankaŭ por vi."

Ŝi paŭtis.

"Ne konfuzu la aferon. Temas pri tio, kion oni rajtas fari al infano, kaj kion ne."

"Ne troigu", mi diris. "Oni cirkumcidas knabojn ankaŭ pro aliaj kialoj."

"Tio estas alia afero. Mehdi, aŭskultu. Mi ne permesos. Se vi ne akceptas tion, mi vere ne scias kiel fari. Jes, mi ja scias. Mi ne povos vivi kun vi."

"Ne diru tiel, Frida."

Mi metis la brakon ĉirkaŭ ŝin, sed ŝi liberigis sin.

"Diru, ĉu vi akceptas", ŝi prononcis per streĉita voĉo.

"Kompreneble mi akceptas. Mi neniam proponis cirkumcidi la Bulkon. Mi eĉ ne pensis pri tio. Cetere, mi kredas ke ĝi estas knabino. Ĉu mi devas promesi ne vesti ŝin per hiĝabo? Aŭ ne edzinigi ŝin naŭjara?"

"Ne ŝercu, Mehdi. Mi estas serioza."

"Mi komprenas. Vi estas tre serioza. Kaj iom antaŭjuĝa."

Ŝi rigardis min hezite.

"Ĉu vere antaŭjuĝa? Mi scias nur, ke oni pritranĉis vin, do kiel mi sciu, kion vi volos fari, se vi havos filon? Vi diris ke tio estas tradicio. Nu, eble viaj gepatroj volos daŭrigi la tradicion? Ĉu estas antaŭjuĝo demandi pri tio?"

"Bone, bone. Ne timu miajn oldulojn. Ili ne influos nian vivon. Kaj mi promesas nenion fari al lia eta pisilo, se montriĝos ke la Bulko havas tian."

Ĉapitro 5

Kvar muroj donas liberecon al homo

Do ni komencis serĉi domon aĉetotan per mono, kiun ni ne havis. Ni ne kontaktis makleriston, ĉar Frida opiniis ke tio estas stultaĵo de urbanoj kaj sudanoj. Fakte, la serĉado longe restis plejparte teoria afero, ĝis ni finfine informis ŝian familion. Per tio ili ankaŭ eksciis pri la naskota bebo, kio komprenerble tre ĝojigis la ontajn geavojn. La ontaj geonkloj ŝajne malpli interesiĝis. Aŭ eble ili trovis nian Bulkon malbonvena memorigo pri tio, ke ili ambaŭ estas gefraŭloj, kvankam pli aĝaj ol Frida.

Nu, ankaŭ Frida kaj mi plu restis gefraŭloj, almenaŭ laŭleĝe. Ĝis nun mi eĉ ne pensis pri tio. Mi konis neniun, kiu geedziĝis, tio estas neniun el nia generacio. Nun ni de temp' al tempo diris unu al la alia, ke ni devos iam informiĝi pri la leĝaj aferoj rilate al la komuna infano, kaj eble eĉ pli al la eventuala komuna domo. Ĉu estus avantaĝo leĝigi nian rilaton el iu vidpunkto? Sed la tempo pasis, kaj tio estis nur unu el kelkaj aferoj, kiujn ni devus iam esplori.

Frida antaŭe havis la ideon ke en la regiono svarmas domoj aĉeteblaj je tre favora prezo. Tio sendube iam estis vera, pro la malmultiĝo de laboroj kaj sekva formigrado de junaj homoj. Dum la lastaj dek kvin jaroj, la loĝantaro ŝrumpis je dek procentoj, sed lastatempe la situacio ŝajne iomete ŝanĝiĝis. La loka labormerkato de Älvsbyn ja ne estis tre vigla, sed la relativa proksimeco al urboj pli grandaj – laŭ tio, kion oni ĉi-regione konsideris proksima kaj granda – signifis ke lastatempe iom da homoj efektive ekloĝis ĉi tie. Mi ne estis la sola novulo en la urbeto, kaj Frida ne estis la sola reveninto. Kaj ĉar precipe en Luleå jam estis certa manko de loĝejoj, la merkato por domaĉetanto ĉi tie ne plu estis same favora kiel antaŭ kelkaj jaroj.

Do, dum la paso de la vintro ni iris rigardi kaj prijuĝi entute kvar domojn, el kiuj du en Älvsbyn kaj du en la kamparo iom ekster la urbeto. Unu el ili estis terure kaduka domaĉo, kiun nek ni nek iu alia finfine volis aĉeti je ajna prezo. Alia male estis ĵus renovigita luksa vilao, kiun fine aĉetis iu riĉulo el Boden. Pri la du ceteraj ni iom diskutis, ĉu ni volas ilin kaj kiom ni pretus pagi, kaj dume ili estis venditaj al pli agemaj homoj.

Mi ĉiam ŝatis naĝi kaj iam kutimis regule vizitadi halnaĝejon, se ne ĉiusemajne, almenaŭ ĉiun duan semajnon. En Älvsbyn ekzistis malgranda halo kun unu baseno, kaj dum du jaroj mi vizitadis ĝin, kelkfoje kun Frida, sed plej ofte sola. Lastan aŭtunon oni tamen provizore fermis ĝin por riparado kaj renovigado. Tiam la plej proksima naĝejo estis en Boden, sed laŭ mi estis tro longa vojo tien-reen nur por naĝado. Do mi kelkfoje naĝis en Luleå post la laboro, sed ial mi ne ŝatis plilongigi la tempon, kiun mi pasigis tie. Ok horoj da laboro plus tagmanĝa paŭzo plus preskaŭ du horoj da veturado tien-reen ŝajnis al mi pli ol sufiĉe. Tamen mi bezonis iom movi la korpon.

"Ni ja havas skispuron tuj apud la loĝejo", atentigis Frida. "Kial ne aĉeti skiojn por skikurado?"

"Mi neniam skikuris", mi respondis. "Dum mia junaĝo mi ne havis okazon. Kaj kiel vi scias, mi ĵus komencis alkutimiĝi al deklivskiado."

"Mi montros al vi. Ankaŭ mi delonge ne skikuris. Miaj skioj restas en la gepatra domo. Eble restas eĉ tiuj de Niklas, kiujn vi povus uzi unuafoje."

Tiel tamen ne estis, do mi devis aĉeti skiojn, skibastonojn kaj ŝuojn, kiuj kompreneble estis tute aliaj ol tiuj por deklivskiado. Kaj poste Frida ekinstruis min pri la arto fali en neĝon – fali alterne ambaŭflanken, fali dorsen sur la postaĵon, fali antaŭen sur la nazon. Ĉiufoje mi devis sufiĉe peni por rekolekti ĉiujn krurojn kaj brakojn, skiojn kaj bastonojn, malimpliki ilin kaj restariĝi sur la skispuro por plu treni min ankoraŭ kelkajn metrojn antaŭen ĝis la sekva falo, dum Frida staris apude ridante kaj de temp' al tempo helpante min el la komplika pozicio. La tagoj, kiujn mi jam pasigis sur la skideklivo, tute ne helpis ĉi tie.

Inter nia loĝejo kaj la rivero situis malalta terdorso kun pinoj, kaj sur tiu serpentis markita kaj prilumata skispuro. Mi jam konis ĝin iomete, ĉar somere mi kelkfoje kuris tie, sed kurado tute ne plaĉis al mi same kiel naĝado. Kaj nun ĝi estis ne rekonebla pro la dika tavolo da neĝo. La etaj deklivoj, kiujn mi apenaŭ rimarkis kurante, nun estis egaj obstakloj. Survoje supren ili igis min retrogliti kaj fali, kaj irante malsupren mi glitis pli kaj pli rapide sen eblo bremsi la skiojn, ĝis mi denove falis.

Malgraŭ tiuj ĝenoj mi vere ĝuis la provojn. Mi sentis min denove infano ludanta en la neĝo, kaj se Frida tro senkore ridis pri mi, ja eblis kapti ŝin kaj aranĝi duopan falon.

"Ĉesu", ŝi tiam diris kun neĝo enbuŝe. "Ni devas gardi la Bulkon."

"Ankaŭ li ŝatas ludi en la neĝo", mi respondis. "Aŭ ŝi."

Fakte ne estis risko. La neĝo estis bona bufro, kiu protektis nin de skuoj kaj batoj. Post tia provo rondiri laŭ la kilometra spuro mi estis malseka pro ŝvito de interne kaj pro neĝo de ekstere, dum Frida estis malvarma, ĉar ŝi devis staradi senmova atendante min. Do reveninte hejmen, ni kune varmigis nin sub duŝo kaj ofte finis la korpan ekzercadon enlite.

"Vi devas kompreni ke mi eĉ ne vidis skiojn kiel infano", mi diris poste por iom senkulpigi min pro la multaj faloj. "Dume vi sendube naskiĝis kun skioj surpiede."

"Tute ne. Miaj gepatroj neniam skias; ili preferas motorsledon. Kiel adoleskulo mi ja dum kelka tempo skikuris en la loka sport-klubo. Sed poste mi trovis la deklivskiadon pli amuza. Kaj al Upsalo mi eĉ ne kunportis la skiojn."

"Do eble temas pri denaske heredita talento, kiu mankas al mi." Ŝi ridis.

"Ne troigu. Vi baldaŭ lernos. Estas kiel bicikli. Se oni jam unufoje lernis tion, la kapablo ne malaperas."

"Bone. Bicikli mi ja scias. Tamen ne tra tiom da neĝo."

Ĉi tiu vintro efektive devus kontentigi ĉies aspirojn rilate la kvanton de neĝo. Mi ne scias, kiom entute neĝis, sed meze de februaro la tavolo surtera jam superis metron, kaj de temp' al tempo ankoraŭ falis pli da neĝo. Post ĉiu neĝado domprizorgantoj alvenis kun neĝoplugilo aŭ neĝoĵetilo por liberigi la vojetojn kaj parkumejojn de la kvartalo. Laŭlonge de la vojetoj estiĝis enormaj neĝamasoj, kaj en ili la infanoj de niaj najbaroj elfosadis tutajn sistemojn de grotoj. La taga temperaturo kutime restadis inter minus dek kaj dek kvin gradoj, kion oni ĉi tie konsideris milda. Kaj fakte ankaŭ mi trovis tion ege pli agrabla ol la nulgradan blovadon kun neĝpluvo kutiman de Skanio.

Vespere mi iam staris ĉe nia kuireja fenestro, rigardante al la hometoj en buntaj kombineoj kaj trikitaj ĉapoj, kiuj rampis enen-elen tra siaj grotaroj, glitis sur la postaĵo laŭ la flankoj de la neĝamasoj aŭ ludis hokeon sur la plugitaj vojetoj. Regis vintra mallumo, sed lampoj laŭ la vojetoj lumigis la neĝon. Kiel antaŭe diris Frida, ĉiuj infanoj en la apartamentaro estis de enmigrintaj familioj, el Irako, Somalio kaj mi ne scias kie, sed evidente tiuj infanoj tute adaptiĝis al la lokaj kutimoj kaj klimato. Verŝajne neĝo signifas ludan paradizon por ĉiuj infanoj, kiuj spertas ĝin, kaj ju pli multe, des pli bone. Mi pensis pri tio ke en la sekva vintro ankaŭ ni havos infanon. Komprenble li aŭ ŝi tiam ne povos mem ludi tiel, kaj se ni sukcesos pri la domaĉeta plano, ni ne plu loĝos ĉi tie. Espereble ni tamen havos najbarojn kun infanoj. Certe jes, ĉar ĉi tie ĉiuj familioj kun indiĝenaj radikoj loĝas en propra domo.

Anita kaj Lennart aranĝis dimanĉan tagmanĝon pli luksan ol kutime por celebri la tridekkvinan naskiĝtagon de sia filo Niklas. Li mem alvenis iom malfrue kaj ŝajne ne fartis bonege. Evidente li jam festis en la antaŭa vespero kun amikoj en Luleå. Ni manĝis rostaĵon de alko el la pasintaŭtuna ĉasado, kiun Anita preparis laŭ regiona maniero nomata 'frostbulo'. Tio signifis ke oni metis la frostigitan viandon senpere el la frostujo en bakfornon, kie oni malfrostigis kaj kuiris ĝin je malalta varmo dum plena nokto aŭ eĉ pli longe. Poste oni metis ĝin en salakvon kun spicoj, kaj nun ni do manĝis ĝin malvarma en maldikaj tranĉaĵoj, kvazaŭ ian karpaĉjon, kun terpoma gratenaĵo. Al mi ĉi tio ŝajnis sufiĉe primitiva kuirmetodo, sed mi devis koncedi ke la rezulto estis bonega – tre suka, mola kaj bongusta.

Por trinki oni tamen ne prezentis ion lokan, sed bonan Kiantan vinon, kaj komprenble estiĝis diskuto pri tio, ĉu Frida povas trinki glaseton da vino sen malutili al la Bulko.

"Unufoja glaseto ja ne povas esti danĝera", persvadis Anita, kaj mi konsentis, sed Frida obstine abstinis.

"Mi ne vidas kaŭzon riski ion", ŝi diris, verŝante al si limonadon. "Tiel grave ne estas gustumi tiun kiantaĵon."

"Se tio estus danĝera, la francoj devus alproksimiĝi al pereo", komentis Heidi.

"Nu, mi ne scias, kiom ili prosperas", replikis Frida. "Sed laŭdire ili donas vinon ankaŭ al siaj infanoj. Eble tial la francaj infanoj estas pli kvietaj ol aliaj."

Ni do plu manĝis la alkaĵon kaj tostis je Niklas per niaj diversaj trinkaĵoj.

Anita kiel ĉiam klopodis intervjui min pri iranaj aferoj.

"Mi supozas ke vi ne havas ĉi tian pladon en Irano", ŝi diris. "Precipe ne el alko, ĉu?"

"Kredeble ne", mi koncedis.

"Sed ĉu oni almenaŭ festas naskiĝtagojn ankaŭ ĉe vi?"

"Ĉe ni en Malmö jes", mi spite respondis laŭ mia kutimo.

"Nu, sed en Irano, mi volis diri."

"Panjo", nun intervenis Heidi. "Ĉu vi neniam komprenos ke li kreskis en Malmö? Se vi nepre devas prienketi lin, prefere demandu pri skaniaj kutimoj."

"Ne gravas", mi diris. "Sed fakte mi ne scias. Mi neniam vizitis la landon", mi klarigis jam la dekan fojon.

"Sed ĉu ne viaj gepatroj rakontas al vi pri Irano?"

Mi efektive tediĝis sed decidis trakti ŝin laŭeble humure.

"La gepatroj? Nu, eĝuste nun ili zerĉas iranajn kenabinojn por mi. Vi escias, bopanjo, ke mi devas ĥavi kevar' edzinojn, eĉu ne? Do mankas al mi ankoraŭ teri', eĉu ne?"

Mi vidis ke Frida sulkas la frunton kaj faras mienon de malŝato, sed la ceteraj familianoj post iom da hezito ridis pri mia hejmefarita akĉento.

"Zed estas malfaĉile terovi, eĉar ili kerome devas esti virgulinoj, eĉu ne?" mi daŭrigis. "Kaj neĉesos pagi ilin per kameloj. Alkoj ne validas tie."

Nun mi vidis ke Frida mimas al mi 'sufiĉas', kaj pri tio ŝi kompreneble pravis.

Dum kelka tempo oni ridis kaj trinkis pli da vino.

"Se paroli pri tio, ĉu vi do planas geedziĝi?" scivolis Anita, turnante sin al Frida, eble por ricevi seriozan respondon.

"Ni vidos", ŝi diris evite, ĵetante al mi rigardon, kies signifon mi ne povis deĉifri. "Ni ankoraŭ ne decidis."

"Nu, plej grave estos trovi domon, ĉu ne?" opiniis Lennart. "Poste ni povos aranĝi geedziĝon. Nuntempe ja estas tute normale, se infanoj partoprenas en la geedziĝo de la gepatroj."

Tamen pasis ankoraŭ kelkaj semajnoj ĝis iu eksa kolego de Lennart trovis vendotan domon, kiu eble konvenos al ni. Ĝi situis en la vilaĝeto Korsträsk, kelkajn kilometrojn okcidente de Älvsbyn. Ni iris rigardi ĝin.

"Ĉu ne superflue granda?" mi diris je la unua ekvido.

Ĝi estis flava ligna domo kun tri ĉambroj teretaĝe kaj du en la supra, subtegmenta etaĝo. Krome ĝi havis kelon kaj verandon, aparte starantan aŭtejon kaj kromdomon kun ŝtipejo. Laŭdire ĝi estis konstruita iam en la 1950-aj jaroj sed parte renovigita antaŭ deko da jaroj. La fasado tamen aspektis iom trivita, kaj mi jam antaŭsentis ke necesos ampleksa skrapado kaj refarbado. Ĉirkaŭ ĝi situis ĝardeno iom sovaĝiĝinta. La antaŭaj loĝantoj devis transloĝiĝi ien, kaj ĝi jam estis senhoma. Laŭ la najbaro, kiu montris ĝin al ni, la posedantoj plu venas de temp' al tempo por prizorgi la domon kaj kontroli ke ĉio estas en ordo.

Lennart kaj onklo Bengt akompanis nin dum la vizito, kaj ili ekzamenis diversajn aferojn, pri kiuj mi ne pensis. Ili malfermis ĉiujn akvokranojn en la banĉambro kaj kuirejo, aŭskultis la sonon de la defluiloj, flaris en ĉiuj ejoj de la kelo, gvatis supren al la plafono, kaj same ekstere al la fasado kaj tegmento, skrapetis jen kaj jen sur la muroj. Dume ili silente skuetis la kapojn, tiel ke mi supozis ke ili trovas la domon senvalora ruino. Ĉirkaŭvagante tien-reen, mi kaj Frida male pli kaj pli ekŝatis la domon. Ĝi ne estis brile impona sed havis pli da etoso kaj karaktero ol kiom havus pli nova domo, ŝajnis al mi. Samtempe ĝi tamen estis oportune planita laŭ stilo tipa de la kvindekaj jaroj. Frida tuj identigis ĉambron taŭgan kiel infanĉambro, kaj mi trovis eblan laborĉambron en la supra etaĝo. Ni eĉ surpriziĝis konstati ke la domo havas pretan ligon al la reto.

"Ili havas adoleskan filon", diris la najbaro pri la posedantoj, "kaj la junuloj ja ne povas vivi sen interreto."

Lennart kaj Bengt esploris la hejtosistemon kaj kune kun la najbaro klarigis al ni, kiel ĝi funkcias. Mi bone komprenis ke ĉi-regione tiu estas la plej esenca afero el ĉiuj. Ĝi konsistis el hejtilo por bruligo de ligneroj kaj krome el aera varmopumpilo. Ambaŭ por mi estis same fremdaj kiel raketmotoro, aŭ eble mi diru kiel vapormaŝino.

La lignerojn oni devos aĉeti, do ne eblos uzi brullignon el la arbaro posedata de kelkaj parencoj. Aliflanke tiu hejtilo funkcios preskaŭ aŭtomate per helpo de granda helico, kiu transportas la lignerojn laŭ bezono al la fajrejo. La varmopumpilo prenos sian varmon el la eksterdoma aero kaj koncentros ĝin en la internon kvazaŭ malo de fridujo, laŭ la klarigo de Lennart. Ĝi do ne multe helpos dum la plej malvarma vintro, sed printempe kaj aŭtune ĝi sendube sufiĉos por hejti la domon, ebligante tiam ne uzi la ligneran hejtilon.

"Tamen ja utilus ankaŭ rezerva hejtforno por lignofajro", komentis Lennart, kvazaŭ du sistemoj ne sufiĉus.

Poste, kiam ni kune forlasis la domon, promenante tra la vilaĝo por iom rigardi la ĉirkaŭaĵon, montriĝis ke la malkontentaj mienoj de Lennart kaj Bengt estis plejparte teatraĵo. Ili efektive trovis ĉion en ordo sed ne volis riski altigi la prezon. Aŭdante tion mi vere sentis min tre amatora domaĉetanto.

Antaŭ ol proponi sumon por aĉeti la domon, ni kontaktis la teknikan oficejon de la komunumo por ekscii, ĉu iuj planoj aŭ projektoj iel tuŝos la domon aŭ ĝian najbaraĵon, la straton Frans-vägen. Ni trovis ke nenio okazos en la vilaĝo Korsträsk. Ĝi ŝajne estis pli-malpli forgesita de la aŭtoritatoj.

Kiam ni demandis la najbaron, kiu montris al ni la domon, ĉu aliaj jam venis por rigardi ĝin, li umis iom nebule ke pluraj ja interesiĝas pri ĝi. Do ni supozis ke ne estas forta konkurado pri ĝi. La posedanto postulis certan sumon, sed la gepatroj de Frida konsilis al ni proponi iom malpli multe, do ni agis tiel. Kaj finfine tio montriĝis bona strategio, ĉar oni vere malaltigis la postulon kaj post iom da negocado ni interkonsentis pri aĉeto kaj pri rapida transpreno de la domo.

Du tagojn antaŭ ol subskribi la aĉetkontrakton, Frida kaj mi vizi-tis la urbodomon de Luleå por geedziĝi. Neniu el ni estis ano de eklezio, do tiu estis la natura loko por ni. Nuptofeston ni prokrastis ĝis la momento, kiam ni vere ekloĝos en la propra domo, sed kiel laŭleĝaj geedzoj ni nun povis subskribi kiel gesinjoroj Forsberg kaj Ghaemian. Fakte ni antaŭe iom diskutis, ĉu alpreni komunan fami-lian nomon, kaj se jes, do kiun, sed finfine ĉiu konservis la sian. Do la geedziĝo vere estis nura formalaĵo.

La transloĝiĝo tamen ne estis formalaĵo sed sufiĉe reala ŝanĝo. Dimanĉe la dekkvinan de aprilo ni veturigis niajn aferojn per luita remorko post la aŭto la ok kilometrojn okcidenten kaj komencis aranĝi ilin sufiĉe maldense en la domo. Lennart, Bengt kaj Niklas venis por helpi al mi porti la meblojn. Frida nun estis dikega kaj plejparte sidis sur seĝo meze de la salono, gvidante nian laboron per gestoj kaj krioj.

Ĉie surtere la amaso da neĝo jam ŝrumpis en teruran kaĉon el akvo, degelanta neĝo kaj koto, kaj estis neeble enporti la aferojn sen disŝmiri tiun koton ĉie sur la planko. Do mia unua agado en la propra domo, dimanĉe vespere, estis lavi tiun plankon, kiu feliĉe ĉie estis kovrita de oportuna linoleumo facile purigebla. Refoje mi benis la praktikajn kvindekajn jarojn.

Jam en la sekva tago ni komencis nian vivon en Korsträsk. Ĉar Frida laboris en Älvsbyn kaj mi en Luleå, necesis iom da puzlado por kombini niajn vojaĝojn al kaj de la laborejoj per la aŭto. Ja ekzistis aŭtobuso, kiu trapasis la vilaĝon kvinfoje en labortagoj irante al Älvsbyn, sed ĝia horaro ne tre konvenis al ni. Jam post tri tagoj ŝajnis evidente ke pli-malpli frue ni bezonos du aŭtojn. Provizore onklo Bengt pruntis al ni unu el siaj riparobjektoj, kiu estis malnova Saab de la modelo 9000. Ĝi ne estis komforta sed sufiĉis por porti Fridan al ŝia laborejo kaj reen, almenaŭ dum ĝia motoro ne paneos.

Ni baldaŭ renkontis la plej proksimajn najbarojn, kiuj bedaŭrinde estis maljunuloj. Do mia espero pri najbaraj infanoj ŝajne dependos de pli foraj domoj. Ĉe unu el tiuj mi ja vidis plastan sledeton, kiu promesis infanon, sed tie ankoraŭ neniu homo videblis, kiam ni preterpasis.

Entute mi havis iom strangan senton, promenante tra la vilaĝo. Senton de fremdulo, kiu entrudas sin. Jen kaj jen ja preterveturis aŭto, kaj mi levis la manon salute, por montri ke mi estas honestulo, kiu rajtas esti ĉi tie. Sed aliajn promenantojn mi ne vidis. Do mi ankoraŭ ne povis aserti ke mi sentas hejmecon en la vilaĝo. Revenante en nian domon, inter niajn kvar proprajn murojn, mi tamen fartis pli bone.

Apude, ne malproksime de Fransvägen, situis lago kun la sama nomo kiel la vilaĝo, aŭ pli precize Stora Korsträsket, la granda kruca marĉo. Ĉi-regione preskaŭ ĉiu lago, eĉ se vasta kaj profunda, nomiĝas marĉo. Mi neniam komprenis kial. Eble estas ia loka modesteco. Nun komprenoble la lago estis kovrita de glacio. Mi scivolis, kiam ĝi estos senglacia, kaj ĉu somere iam estos sufiĉe varma akvo por baniĝi en ĝi. Lastsomere ni faris ekskurson al la tielnomata Riviero de Piteå, kiu ja havis belan strandon ĉe Botnia Golfo, sed kun diable malvarma akvo. Absolute nenio komparebla kun la Sunda strando de Malmö.

Apud la vilaĝo pasis la fervojo, kie ĉiutage kelkaj trajnoj preterkuris survoje suden al Stokholmo, aŭ norden al Boden kaj Luleå, aŭ eble eĉ al Narvik en Norvegio. Cetere la vilaĝon komprenoble ĉirkaŭis arbaro, plejparte el piceoj, kiel preskaŭ ĉie ĉi tie. La ŝoseo inter la vilaĝo kaj Älvsbyn preterpasis la slaloman deklivon, kie ni ĉi-vintre kelkfoje amuziĝis. En la alia direkto oni post kvardek kilometroj atingus Laponion, sed al montaro restis ankoraŭ ducent kvindek kilometroj. La distancoj ĉi-regione vere estis timigaj. Ankaŭ en tiun montaron ni iam ekskursis somere, por ke mi vidu la belan pejzaĝon, sed ĝi efektive ne tre imponis al mi. Ial mi atendis pli alposimilajn montojn, sed tiu parto de Laponio konsistis plejparte el senarba ebenaĵo kun marĉoj. Ĉu ankaŭ ili nomiĝas marĉoj, mi ne povis ekscii, ĉar tie ĉiuj nomoj estis sameaj.

Ĉapitro 6

Ne faligu la arbon kiu donas al vi ombron

Du semajnojn post la transloĝiĝo estis tempo por enloĝiĝa festo, kiu rolis ankaŭ kiel nuptofesto. Sabate alvenis miaj gepatroj fluge al Luleå, de kie mi alveturigis ilin aŭte. Ni loĝigis ilin sur matraco en la onta infanĉambro. Bedaŭrinde Nahid pro siaj medicinaj studoj ne povis veni.

Panjo kaj Paĉjo rondiris tra la domo, ankaŭ tra la du supraj ĉambroj, kiuj restis preskaŭ senmeblaj.

"Estas bone", diris Paĉjo. "Ĉi tie vi havos sufiĉe da spaco por granda familio. Multaj infanoj. Mi memoras nian grandan domon en Tehrano. Mi eĉ ne memoras, kiom da ĉambroj ĝi havis, sed kompreneble tie loĝis ankaŭ la avino kaj du onklinoj."

"Ankaŭ ĉe ni en Raŝt loĝis parencoj", memoris Panjo. "Kaj du servistinoj. Sed tiu domo estas ege vasta."

"Nu", mi diris, "ni ankoraŭ ne decidis kien loki la servistinojn."

Ili ridis. Almenaŭ tiom ili komprenis pri Svedio, ke ne necesas preni mian ŝercon serioze. Eĉ Paĉjo ne trovis necese eduki min pri tio ke ĉi-lande oni ne dungas servistojn. Anstataŭe li paŝis tien-reen, frapetante al la muroj.

"Kio efektive estas ĉi tio?" li diris, sulkante la frunton. "Ĉu la tuto estas el nura ligno?"

"Kompreneble", mi diris. "Ni vivas meze de arbaro, do kial ne?"

"Sed ĉu tio estas sekura?"

Evidente li fidis nur stabile masonitajn murojn el ŝtonoj aŭ brikoj, aŭ eble tiajn el betono.

"Ĉi tie unufamiliaj domoj normale estas konstruataj el ligno", mi klarigis.

"Ne forgesu meti fajrodetektilon", diris Panjo, signante al la plafono.

"Ni jam havas tion sube, sed mi akiros plian por munti ĉi-supre. Ĉiuokaze mi supozas ke en okazo de brulo pli sekuras loĝi teretaĝe, ol en nia apartamento de la sesa etaĝo en Malmö."

Mi ankoraŭ nomis ĝin 'nia', kvankam de pli ol ses jaroj mi ne plu loĝis tie. Fakte, mi vivis tie dum preskaŭ dek jaroj, ekde kiam ni transloĝiĝis de Rosengård al Lindängen, alia antaŭurbo en la suda parto de Malmö. Nun ŝajnis al mi ke de tie mi faris tre longan vojaĝon ĝis ĉi tiu ligna domo en vilaĝo apud urbeto en la nordlanda arbaro, meze de nenio. Mi demandis min, kiom da tempo mi bezonos por senti ke ĝi estas ne iu ajn stranga kaj fora unufamilia domo, sed fakte *nia* domo, mia hejmo, la centro de mia mondo. Mi ja komprenis ke por nia infano, nia Bulko, ĝi estos *hejme* kaj eble iasence restos tio dumvive, almenaŭ se ni plu loĝados ĉi tie dum lia aŭ ŝia tuta infanaĝo. Sed tio estis pure teoria kompreno. Vere pli profunde senti tion mi ne kapablis.

La gepatroj plu travagis la domon dum mia ĉiĉeronado. Mi klopodis klarigi al ili la duoblan hejtosistemon, sed mi dubas ke ili vere komprenis ion. Mi mem apenaŭ sentis ke mi funde regas ĝin. Ĝis nun mi ĉiam loĝis en apartamentoj, kie la varmo venas kvazaŭ aŭtomate, el nekonata fonto, kaj se iufoje ne, oni tuj telefonus al la loĝejkompanio.

Dimanĉe alvenis ankaŭ aro da parencoj de Frida por festi. Krome venis Moa el Upsalo kun nova koramiko, kiun ni antaŭe neniam renkontis, kaj du kolegoj de Frida el la infanvartejo 'Perlo'. Miaflanke mi invitis Viktoron, kiu plu restis en Stokholmo, sed li estis tro okupita de laboro, serĉado de loĝejo kaj finverkado de la inĝeniera diplom-laboraĵo, kiun li prokrastis dum jaregoj. Fakte mi jam preskaŭ tute perdis la kontakton kun li. Alvenis tamen Kristofer, unu el miaj laborkolegoj el Luleå.

La festo estis sufiĉe sukcesa. Ni antaŭmendis manĝon de restoracio en Älvsbyn sed kompletigis ĝin per kelkaj propraj kuiraĵoj. Fakte ĉio okazis bonorde. Neniu drinkis tro multe, kaj neniuj kverelis. Ĉiuj kondutis ĝentile kaj amike. La maljuna praonklino Gulli endormiĝis sur vimena fotelo. Anita havis okazon demandi kiom ajn pri Irano al miaj gepatroj, kaj Paĉjo povis senfine babili pri sia junaĝo, tiel ke eĉ Anita ŝajne ricevis iom tro da informoj.

Mi rimarkis ke Paĉjo bone rilatas ankaŭ al la aliaj familianoj de Frida. Li citadis siajn ĉiamajn proverbojn kaj mem ridis plej laŭte, kiam oni ne bone komprenis lin. Panjo ŝajne ne same facile interrilatis. Eble ŝi trovis la lokanojn iom tro simplaj aŭ sensciaj. Verŝajne estis malfacile al ŝi trovi komunajn paroltemojn. Dum kelka tempo mi tamen aŭdis ŝin diskuti literaturon kun Heidi. Mi aŭdis ilin mencii nomojn kiel Duras kaj Beauvoir. Panjo aparte interesiĝis pri francaj verkistoj, sed ŝi malofte havis okazon interparoli kun iu pri ili. Nun, dum ŝi babilis kun Heidi, ŝi ofte gapis al la pufa ventro de Frida kun rideto preskaŭ stulte feliĉa.

Fakte la diferenco de klereco inter niaj gepatroj ja estis rimark-ebla, sed ĉefe ĉe la patrinoj. Anita same kiel ŝia filino longe laboris en infanvartejo, tamen sen pedagogia ekzameno. Post multaj jaroj kun etaj infanoj, ŝi nun laboris duontempe en postlerneja centro por infanoj ses- ĝis dekjaraj, kvankam mankis al ŝi specifa eduko an-kaŭ por tiu tasko. Sed restis al ŝi nur du-tri jaroj ĝis la emeritiĝo. Dume, mia patrino havis ekzamenon pri ekonomiko el Tehrano sed neniam trovis laboron tie. En Malmö ŝi post kelkaj jaroj vere trovis laboron en la urba administracio. Verŝajne temis pli multe pri ĝenerala oficeja servado ol pri ekonomiaj taskoj, sed ĉiuokaze ŝi tre aprezis sian laboron kaj la kolegojn.

Lennart estis emerita fervojisto ĉe la nacia fervojo. Mia patro en Irano iam estis redaktoro de revuo, kaj kiam oni forigis lin pro poli-tika motivo, li laboris pri reklamo. Neniu el tiuj profesioj estis ebla por li en Svedio, kie li sufiĉe konis nek la lingvon nek la socion kaj kutimojn de la publiko. Fakte li ja redaktis bultenon por irananoj en Malmö, sed tio estis nur hobio nepagata. Do, dum jaroj li estis komizo en butiketo, poste taksiisto, sed kiam mi estis dekjara li trovis strangan laboron kiel helpanto en firmao, kiu vendis antikvaĵojn kaj artaĵojn en aŭkcioj. Mi neniam komprenis, kian utilon li povis fari tie sen eduko pri tiuj fakoj, sed eble li havis talentojn nevideblajn en la familio. Nun li devus jam emeritiĝi, ĉar li aĝis dek du jarojn pli ol Panjo, tamen li plu laboretis kelkajn tagojn en la aŭkciejo. Kelkfoje li ŝajnis al mi ĉiofarulo, sed alifoje nelerta babilulo. Ĉiuokaze li facile interrilatis kun ĉiaj homoj, ankaŭ kun siaj kunbogepatroj.

Fine la deforaj gastoj endormiĝis sur matracoj, kiujn ni pruntis de la familio de Frida. Kaj la botnianoj nokte reveturis aŭte – pli-malpli ebriete – al siaj respektivaj hejmoj. Feliĉe la polico ĉi tie aperas same maldense kiel aliaj trafikantoj sur la vojoj. Entute, ĉiuj travivis ne nur la feston, sed eĉ la hejmeniron.

Sekvatage post malfrua kaj pigra matenmanĝo ni faris promenon. Ni komencis en nia propra ĝardeno, al kiu Frida kaj mi ĝis nun dediĉis neniom da atento. Sed Paĉjo volis scii, kiajn arbojn ni havas. Ne facilis respondi, ĉar ankoraŭ neniu el ili ekfoliis. Estis la 30a de aprilo, la antaŭtago de Valpurgo, sed la printempo ĝis nun nur tre hezite komenciĝis. Mi turnis min al Frida.

"Ĉu ĉi tiu povas esti ia ĉerizarbo?"

"Eble", ŝi diris. "Ni vidos."

"Nu, tiuj ĉe la limo al la najbaroj ĉiuokaze estas betuloj", mi diris svede al Paĉjo. Mi tute ne sciis, kiel nomi ilin perse. "Kaj en tiu angulo estas du sorparboj."

"Vere estas multe da arboj", li konstatis.

"Eble tro multaj", diris Frida. "Somere sendube estos tro da ombro ĉi tie. Sed tiam mi povos peti Paĉjon faligi kelkajn."

Mi rigardis ŝin.

"Tiujn betulojn mi sendube mem povus faligi", mi diris. "Ili ne estas arbegoj."

"Ni devus ĉiuokaze prunti motorsegilon, kaj vi kredeble ne scias uzi tiun."

Mi ne komentis tion.

"En Irano oni diras jenan proverbon", diris Paĉjo. "Ne faligu la arbon, kiu donas al vi ombron."

"Tio sendube estas bona popola saĝo en Irano", mi diris. "Sed ĉi tie oni malofte sopiras je pli da ombro."

Dum ni poste promenis tra la vilaĝo, mi denove ekhavis ian malrealan senton. Kiel efektive eblis, ke mi loĝas en ĉi tiu stranga loko? Tio ŝajnis al mi absurda. Ni estis eta grupo el kvar personoj, miaj gepatroj, Frida kaj mi, ĉar Moa kaj ŝia koramiko Robert ekvojaĝis hejmen tuj post la matenmanĝo, tio estas tagmeze. Dum ni rondiris tra la vilaĝo kaj fine turnis nin hejmen, ni renkontis eĉ ne unu personon sur la stratoj de Korsträsk. Trotuaroj ne ekzistis ĉi tie, do ni piediris rande de la stratpavimo, sed ankaŭ aŭtoj ne veturis, krom fore sur la ĉefŝoseo. Nu, en unu ĝardeno ni vidis la dorson de viro, kiu muntis ion sur la muron de sia domo. Sed ĉiuj aliaj tricent vilaĝanoj evidente estis for aŭ kaŝiĝis endome. La vetero ja ne estis tre alloga, sed tia senhomeco ŝajnis al mi preskaŭ timiga.

Ni venis al golfo de la lago, kie oni aranĝis simplan strandon. La akvo ankoraŭ estis tute kovrita de glacio, sed tiu aspektis nigra kaj tre malfidinda. Apud la strando staris kelkaj budetoj sur glitiloj.

"Ili servas por la vintra fiŝado", klarigis Frida. "Oni trenas ilin per motorsledo sur la lagon, kaj poste oni sidas en ili, fiŝante tra truo, kiun oni boras tra la glacio. Estas ĉefe por ŝirmi kontraŭ la vento, ĉar la temperaturo ene komprenebla samas kiel ekstere, sed oni evitas la mordon de la vento."

Paĉjo laŭdis tiun sagacan eltrovaĵon, sed al mi ŝajnis ke estus sufiĉe deprime sidadi en tia budeto, vidante nenion krom suba truo en la glacio.

Ni preterpasis ankaŭ la vilaĝan lernejon kaj infanvartejon. Ĝi situis nur kelkcent metrojn de nia domo.

"Tio ja estas tre oportuna", opiniis Panjo. "Do post kelkaj jaroj la nepo irados tien, ĉu ne?"

"Eble. Ni vidos", diris Frida, anaspaŝante laŭ la barilo ĉirkaŭ la lerneja korto.

Restis nur kelkaj semajnoj, ĝis ŝi devos iel ekvojaĝi la sepdek kilometrojn al la hospitalo de Sunderbyn, situanta inter Luleå kaj Boden. Mi esperis ke tio okazos, kiam mi estos libera, por ke mi mem povu veturigi ŝin tien. Samtempe mi komencis nervoziĝi, ĉar kiel mi kondutu se la bebo decidos naskiĝi jam survoje, en nia Volvo?

Ĉapitro 7

Infano estas ponto al la ĉielo

En la mezo de majo komenciĝis periodo kun pluvoj, portataj al ni de okcidentaj ventoj el Norvega Maro. Unu sabaton kun forta vento la pluvado intensiĝis, kaj subite ni rimarkis ke ĝi trairas la tegmenton de la verando, tiel ke gutoj ekfalis de la plafono en tri-kvar lokoj, unue sporade, poste pli kaj pli dense. La ĉefparto de la domo havis tegolan tegmenton, sed la verando, kiu verŝajne estis alkonstruita pli malfrue ol la cetera domo, eble en la 1960-aj jaroj, havis tegmenton kovritan de gudrokartono. Evidente tiu estis malnova kaj bezonis novan tavolon. Kompreneble ni povis fari nenion pri tio ĝuste nun, sed devis kontentiĝi provizore loki diversajn ujojn por kolekti la gutantan pluvakvon en la verando.

La pluvado daŭris ankaŭ dimanĉe, kaj mi de temp' al tempo rondiris por malplenigi la ujojn. Ni iom diskutis, ĉu mi kapablos mem alnajli plian tavolon da tegmentkartono, aŭ ĉu necesos peti helpon de la boparencoj.

"Eĉ se vi povos fari la laboron, ni ĉiuokaze petu helpon por certigi ke vi faras ĝin ĝuste", diris Frida.

Mi ne povis kontraŭdiri, kvankam mi trovis iom embarase ke ni ĉiam ege dependas de ŝia familio, kiam temas pri praktikaj aferoj. Sed mi devis koncedi ke ili kutime volonte helpas nin kaj ne plendas pri tio. Maksimume ili de temp' al tempo elbuŝigis ian ŝercon aŭ moketon pri mallertaj urbanoj kun du livaj manoj.

Lunde matene Frida vekis min je la kvina kaj duono.

"Mi ne certas, sed ŝajne mi ĵus sentis kuntiriĝon."

"Ĉu tio signifas ke vi naskos?" mi ekkriis terurite.

"Trankviliĝu. Mi pensas ke tio estis naskodoloro, sed ni devas atendi."

Post kelka tempo ŝi sentis la samon denove, kaj mi estis preta ekiri, sed ŝi haltigis min.

"Ankoraŭ estas tro longa tempo inter ili. Ĉu vi faros matenmanĝon?"

"Sed ĉu ni ne almenaŭ telefonu al la akuŝejo?"

"Oni simple diros ke ni atendu."

Mi sciigis al mia laborejo ke mi hodiaŭ ne aperos tie kaj komencis sufiĉe distriĝeme prepari matenmanĝon, senĉese interrompante tion por reiri al Frida kaj demandi, kiel statas la afero.

Post kelka tempo la naskodoloroj ĉesis. Ankaŭ tio estis normala, laŭ Frida. Mi tute ne imagis, kiel ŝi scias tion, sed supozeble Anita klarigis al ŝi ĉion, kiam mi ne ĉeestis. Aŭ la akuŝistino en la sancentro, kiun ŝi vizitadis. Posttagmeze la doloroj rekomenciĝis, kaj je la sesa vespere ŝi telefone interkonsentis kun iu en la akuŝejo, ke ni povas ekiri, konsiderante ke ni havas preskaŭ horon da veturado antaŭ ni.

Dum la stirado mi devis senĉese memorigi al mi ne veturi tro rapide. Kvankam la vojo jam estis al mi same konata kiel mia propra poŝo, hodiaŭ ĝi ŝajnis pli longa ol iam ajn antaŭe. La ŝoseo estis eĉ pli dezerta ol kutime, krom la lasta parto en la proksimaĵo de Luleå. Ni parkumis, kaj mi apogis ŝin dum ni pene piediris en la ĝustan enirejon. Poste komenciĝis nova atendado. Oni esploris ŝin tro pigre, laŭ mi. Oni kondutis kvazaŭ restus ankoraŭ amaso da tempo, kaj tio poste montriĝis tute prava. Nur je la kvara matene la afero atingis pli urĝan fazon, kiam la amnia likvaĵo finfine elfluis, kaj tio ŝajne rapidigis la aferon. La doloroj intensiĝis, Frida komencis puŝi, ĝemante jam pli laŭte, kaj je dudek antaŭ la kvina aperis nia filino. Kiam mi unue ekvidis ŝian ĉifitan, purpuran, ŝmiritan kaj nigraharan verton eliĝi inter la femuroj de Frida, mi apenaŭ komprenis, kio estas tio. Sed momenton poste ŝi jam estis tutkorpe ekstera, oni elsuĉis iom da muko kaj volvis tukon ĉirkaŭ ŝi, dum ŝi kvakis kiel rano, kaj jen oni donis ŝin en miajn brakojn. Mi tremis tutkorpe kaj metis ŝin sur la bruston de ŝia patrino.

"Belega knabino, belega knabino", mi balbutis, dum larmoj ruliĝis laŭ miaj vangoj.

Frida aspektis pli laca ol feliĉa sed metis la manon sur ŝin kaj demandis la akuŝistinon, ĉu ĉio estas en ordo.

"Ĉio en ordo, vi havas perfektan filinon."

Baldaŭ poste ŝi ŝovis grandan tondilon en mian manon, almetis ian klipon al la umbilika ŝnuro kaj montris al mi, kie tondi. Mi sentis ke tio superas mian kapablon; tamen mi iel sukcesis distondi tiun tenacan hoson kaj sendependigi mian filinon. Ekde nun nenio estos sama, mi pensis.

Mi telefone informis la parencojn kaj boparencojn kaj poste prunte uzis la loĝejon de mia kolego Kristofer por dormi du-tri horojn antaŭtagmeze. Vespere Anita, Lennart kaj Heidi alvenis por rigardi la bebon, kaj en la sekva mateno mi surpriziĝis, ke oni jam sendas la novan patrinon kaj infanon hejmen. Do mi reveturis kun ili la saman vojon, laŭ kiu ni venis antaŭ dudek eternoj, ŝajnis al mi.

Nia strato estis plena de akvoflakoj, kaj en nia verando la ujoj superfluis de pluvakvo penetrinta tra la tegmento kaj plafono. Ĉi-momente tio tamen estis malgrava bagatelo. La sola afero grava nun estis nia filino. Jam de monatoj ni diskutis multajn nomojn, kaj knabajn kaj knabinajn, ĉar okaze de la sonografioj ni petis ne malkaŝi la sekson. Unu el la inaj nomoj, kiu plaĉis al ni ambaŭ, estis Alice, kaj mi nun staris ĉe la fenestro kun la bebo en la brakoj, rigardante eksteren al nia ĝangala ĝardeno, kie la betuloj jam komencis montri helverdajn ĝermfoliojn.

"Jen via Mirlando", mi diris kun la buŝo al ŝia vila verto. "Jen via hejmo, eta Alice."

Kaj per tio la nomo jam fiksiĝis al ŝi.

Ni jam antaŭe akiris ĉion bezonatan por la bebo, aŭ tiel ni pensis. Nun mi devis urĝe viziti la apotekon de Älvsbyn por aĉeti mampumpilon, ĉar la doloraj cicoj de Frida tre suferis pro la avida suĉado de Alice. Do la procedo dum kelkaj semajnoj estis unue pumpi, poste doni al Alice la lakton per botelo, kaj nur fine, kiam ŝia plej intensa malsato jam mildiĝis, prezenti al ŝi la mamon por deserto.

Mi rekomencis labori, kaj Frida devis dumtage sola zorgi pri Alice. Post kelka tempo ŝiaj cicoj plisaniĝis, kaj ŝi povis ĉesigi la pumpadon. Ankaŭ la pluvado ĉesis, majo fariĝis junio, kio ĉi-norde signifas veran printempon, kiu ĉiujare kvazaŭ atakas kun surpriza forto. Regis taglumo praktike sen interrompo, eĉ se la suno dum mallonga tempo subiris sub la horizonto. La riparadon de la veranda tegmento ni prokrastis pro amaso da pli urĝaj taskoj. Alice manĝis, fekis kaj dormis, sed nun ŝi eksuferis pro koliko. Manĝonte ŝi kriis pro malsato, manĝinte pro stomakdoloro, aŭ ĉiuokaze tiel ni interpretis ŝin.

Estis mirige ke homo tiel malgranda povis plene okupi du plenkreskulojn. Kiam mi venis hejmen de la laboro, Frida estis tute elĉerpita, kaj mi devis tuj ekservi la etan mastrinon de la domo. Pli frue mi kutimis labori hejme unu-du tagojn semajne, sed nun mi komencis eviti tion, ĉar hejme ne eblis resti neĝenata.

"Ankaŭ mi ŝatus, se mi povus kelkfoje iri al la laborejo por iomete ripozi", mokis min Frida, kaj ŝi ja pravis.

Do, vespere mi multe vagadis tien-reen tra la domo kun Alice sur la ŝultro, je la sono de ia malnova disko. La plej preferata de Alice estis bluso-kantoj de Nina Simone, kaj mi ludigis ĝin re kaj refoje ĝis Frida malpermesis ĝin por ne freneziĝi. Tiam mi mallaŭte zumkantis al mia filino lulkanton, pri kiu mi memoris tre nebule ke Panjo kutimis kanti ĝin al Nahid, kiam ŝi estis du-tri-jara. Ĝi tekstis 'dormu, dormu, eta najtingalo', kio eble ne estis la plej trafa nomo de nia kriemulo, sed tio ja ne gravis.

Aliokaze mi trenis ŝin tra la vilaĝo per la ĉareto. Baldaŭ mi konis ĉiujn dek stratojn kiel mian propran poŝon, des pli ĉar la vesperoj nun estis same helaj kiel tagmeze. De temp' al tempo ni renkontis aliajn promenantojn. Ekvidante nin, oni ĉiam salutis ĝentile. Kelkaj uzis la okazon por akiri konfirmon ke ni estas la novuloj en la domo de Fällman – jen la nomo de tiu pralogĝanto, kiu iam konstruis nian domon. Nur virinoj kuraĝis pli proksime rigardi mian filinon dormantan en la ĉaro.

Dum miaj someraj ferioj ni vojaĝis nenien sed restis hejme, klopodante iom beligi la ĝardenon. Narcisoj kaj tulipoj aperis jen kaj jen sen nia helpo, kaj post ili mi fosetis iuloke kaj disŝutis semojn de someraj floroj kiel kalenduloj, lekantoj kaj diantoj, el kiuj kelkaj vere ekkreskis kaj floris, kvankam nur fine de la somero, kiam jam estis risko ke nokta frosto mortigos ilin.

Nia gazono estis mizera kaj bezonus fundan renovigon, sed tio ŝajnis al ni tro granda defio. Mi aĉetis hamakon kaj aranĝis tiel ke eblis pendigi ĝin inter du betuloj. Kaj je esceptaj okazoj, precipe kiam Anita vizitis nin por renkonti la nepinon, mi povis dum mallonga tempo eĉ kuŝi sur ĝi, legante peceton el krimromano, aŭ simple gapante supren al la ĉielo tra la maldensa verdo de betula frondaro. Je tiuj momentoj mi sentis ion similan al kontento. Eble mi aŭdacus eĉ enpense nomi tion feliĉo. Komprenebla ĝi daŭris nur mallonge, ĉar se nenio alia interrompis ĝin, almenaŭ svarmo da kuloj baldaŭ malkovris la kuŝantan predon. Sed mi supozis ke efemereco estas esenca karakteriza trajto de la feliĉo.

Ni iris al la strando de nia lageto, kaj tie mi tenis Alicen en la brakoj, dum Frida naĝis. Mi volis voki al ŝi ne naĝi tro foren de la tero, sed ĉar ĉeestis aliaj vilaĝanoj surstrande, mi hontus fari tion. Laŭ mi la akvo estis tro malvarma, sed mi ne volis denove aŭdi ke mi estas sudano, kiu nenion toleras.

"Lasu ŝin iomete baniĝi", proponis Frida, revenante surteren. "Ŝi certe ŝatus tion."

"Vi estas freneza! Ŝi aĝas nur du monatojn, kaj la akvo mal-varmegas."

"Sed ŝi povas bati per la piedoj en la akvo. Donu!"

Frida prenis de mi la knabinon, piediris kelkajn paŝojn en la lagon kaj tenis ŝin kun la piedoj en la akvo. Alice vere baraktis per la tuta korpo kaj piedbatis la akvon, sed ne eblis vidi, ĉu ŝi ĝojas aŭ timas. La aliaj vilaĝanoj ridetis al ŝi kaj ŝajne trovis tute normale, ke oni traktas bebon tiel, do mi glutis la protestojn, kiuj jam pretis enbuŝe.

Ĉapitro 8

Ju pli vasta tegmento, des pli da neĝo ĝi kolektas

La somero pasis. En Londono oni festis la olimpiajn ludojn, sed la svedaj sportistoj tie ne havis grandajn sukcesojn. Por konsoli nin, ni aĉetis kradrostilon por povi inviti la boparencojn al rostado en nia ĝardeno. Sed kiam estis tempo por la fermentintaj haringoj, la festo okazis kiel kutime ĉe Anita kaj Lennart. Ĉi-jare Frida manĝis neniom el la haringoj. Ŝi pretekstis ke ili estas danĝeraj al mamnutranta virino, aŭ pli ĝuste al la infano. Mi nun unuafoje ekaŭdis pri la danĝero de ĉiuj baltmaraj haringoj, ne nur la fermentintaj. Laŭdire la Eŭropa Unio volis tute malpermesi ilian uzadon por homa nutraĵo, sed Svedio ekhavis ian escepton. Oni tamen ne rajtis vendi tiujn venenitajn fiŝojn al aliaj EU-landoj. Temis pri dioksinoj, poliklorbifenilo kaj alio, kiuj amasiĝas en la grasaj fiŝoj vivantaj en la ege poluita akvo de Balta Maro.

"Kredeble oni esploris nur pli sude, proksime al Rusio", supozis Lennart, kiam Frida klarigis ĉi tion. "Ĉi-norde en la Botnia Golfo certe ne estas tiel multe da venenoj."

"Male, la dioksinoj grandparte venis el niaj paperfabrikoj, kiam oni paligis la paperon per kloro", informis Frida. "Kaj nun ili restas kaj amasiĝas en grasaj fiŝoj."

Ŝi plu klarigis ke jam frue dum ŝia gravedeco la sancentra akuŝistino avertis ŝin pri ĉi tiu danĝero, kaj poste ŝi mem plu guglis pri la afero. Mi miris ke ŝi neniam menciis tion al mi, sed eble bona okazo neniam aperis, ĉar ni neniam aĉetis haringojn. Ĉiuokaze mi ne ŝatis ekscii ĉi tion, tamen mi manĝis kelkajn haringojn kaj kiel kutime aŭskultis la ŝercojn pri tio ke mi devus gustumi ankaŭ tiujn el la antaŭa jaro, kiuj plu fermentis en sia ladskatolo. Sed kiel ĉiam tia lastjara konservaĵo ne konserviĝis por la aŭgustofina festo.

Mi rimarkis ke la bogepatroj ne prenas la riskon serioze.

"Tiuj stultuloj en Bruselo devus okupiĝi pri aferoj, kiujn ili komprenas, kaj ne ŝovi la nazon en niajn haringoskatolojn", grumblis Lennart.

"Se haringoj vere estus tiel danĝeraj, mi jam delonge estus mortinta", diris Anita. "Kiam mi estis infano, ni manĝis haringojn en iu formo dufoje semajne."

Ankaŭ Niklas mokis la EU-stultaĵojn, sed Heidi havis alian sintenon.

"Temas ne pri la burokratoj en Bruselo. Ankaŭ la svedaj sciencistoj konstatis tiujn venenojn. Al virinoj, kiuj intencas havi infanojn, oni tute malrekomendas manĝi haringojn el Balta Maro", ŝi diris kun vinagra rideto kaj prenis ankoraŭ el la konservaĵo.

Niklas ridis sarkasme, kaj Anita elsnufis, tamen sen diri ion. Frida ĵetis al sia fratino esploran rigardon sed rezignis komenti ŝian konduton. Mi jam antaŭe eksciis de Frida ke la lernejestro de Heidi ne plu laboras en Älvsbyn. Li ricevis novan postenon en Piteå, kie li loĝis kun sia familio, kaj tiun laboron li evidente trovis pli oportuna. Do supozeble la sekreta amafero jam finiĝis aŭ almenaŭ estis mortiĝanta.

Dum la aŭtuno ni iom konatiĝis kun kelkaj aliaj vilaĝanoj. La plej proksimaj najbaroj estis maljunuloj, kun kiuj ni interŝanĝis nur ĝentilajn salutojn kaj komentojn pri la vetero. Sed pli fore loĝis kelkaj junaj familioj. Unu estis Elin kaj Kevin Nordström kaj iliaj infanoj, trijara knabino kaj apenaŭ unujara knabeto. Frida kaj Elin ofte vizitis unu la alian kun la du beboj kaj diskutis diversajn aferojn rilate al la infanoj aŭ aliaj temoj. Feliĉe Alice baldaŭ komencis farti pli bone, aŭ almenaŭ ŝia kriado nun daŭris malpli longe. Ankaŭ semajnfine ni kelkfoje invitis unu la alian por kafumi aŭ tagmanĝi kune. La geedzoj Nordström ambaŭ laboris en Älvsbyn. Kevin estis teknikisto en la komunuma akvocentralo, kaj Elin laboris en la bakejo, kiu estis la plej granda entrepreno de la urbeto. Sed ĝuste nun ŝi estis hejme, zorgante pri la infanoj.

Mi sentis la kunestadon kun Kevin kaj Elin iom nenatura, ĉar ne estis facile trovi komunajn temojn por priparoli, krom la infanoj. Tamen estis bone ekkoni iujn el la lokanoj. Krome mi havis okazon iomete helpi ilin pri la interreta konekto, kio sendube plibonigis ankaŭ la homan kontakton. Baldaŭ Kevin peris al mi helpopeton ankaŭ de alia vilaĝano kun komputila problemo, kaj subite mi trovis min ree en la rolo de interreta kaj komputilprograma helpisto, kvankam nun jam senpage. Sed, kiel atentigis Frida, povos okazi ke ni pli-malpli frue havos utilon de tiuj kontaktoj. Laŭ ŝi reciproka interhelpo sen enmiksado de mono estas ege pli grava kaj ampleksa parto de la vivo ĉi-norde ol en la sudaj regionoj.

"Krome", ŝi diris, "ĉi tie ĉiu homo bezonas regi plurajn specojn de laboro. Simple mankas homoj por ke ĉiu havu nur unu profesion."

Fakte mi supozis tion romantika kliŝo, sed tion mi ne diris. Anstataŭe mi ĉirkaŭprenis ŝin, ŝovante la buŝon al ŝia vango, kaj lipokaptis ŝian orellobon.

"Kaj kio estas via dua profesio, krom infanvartado?" mi murmuris karese.

Sed ŝi ne estis je tia humoro. Ŝi liberigis sin kaj ne respondis. Efektive ŝi jam malofte estis je karesa humoro. La longaj tagoj sola kun Alice evidente tedis ŝin, malgraŭ la eblo kafumi kun Elin kaj aliaj najbaroj. Miaflanke mi ne komprenis tion, ĉar ŝajnis al mi ke en ĉiu semajno okazas io grava en la evoluo de Alice. Jam dufoje ŝi dormis dum tuta nokto, ne vekiĝante pro malsato. Kaj tiu nova mieno ja estis vera rideto, ĉu ne?

En Älvsbyn ankaŭ Heidi havis problemon pri sia loka sendrata reto, do mi haltis en la urbeto unu vesperon, survoje hejmen de la laboro. Fakte necesis nur reinstali la enkursigilon, sed mi restis kelkan tempon por babili kaj trinki tason da teo. Mi vizitis ŝian apartamenton nur unufoje antaŭe, do mi rigardis ĉion iom scivole. Videblis neniuj spuroj de viro, mi konstatis, kvankam mi ne vere sciis, kiel aspektus tiaj spuroj.

"Vi havas tre bele aranĝitan hejmon", mi komentis. "Kiel longe vi jam loĝas ĉi tie?"

"De kvin jaroj. Mi venis rekte de studenta ĉambro en Umeå, do tiam mi ŝatis iom aranĝi. Nun mi jam ŝatus refari ĉion. Elsarki iom da rubo."

"Nu, laŭ mi estas bele, precipe kompare kun ĉe ni. Mi supozas ke tiu lernejestro ne plu vizitas vin?"

Ŝi turnis sin for.

"Ne."

Estiĝis silento.

"Nu", mi diris post kelka tempo da embarasiĝo. "Mi ne scias, kiel renkonti homojn en ĉi tia urbeto. Sed vi certe plu havas kontakton kun homoj en Umeå, kiujn vi ekkonis kiel studento, ĉu ne?"

Ŝi prokrastis la respondon.

"Mia kuzino Jennifer ja restas tie, sed la plimulto de miaj konatoj jam formigris suden de Umeå", ŝi poste diris. "Fakte, mi ne scias, ĉu mi mem restos ĉi tie."

"Bone. Mi komprenas. Nu, povas esti ke iam ankaŭ ni reiros suden. Tio dependos ĉefe de Frida, kompreneble."

"Kial de ŝi? Ĉu vi proponis al ŝi ekloĝi aliloke? Eble vi ŝatus reveni al Malmö aŭ Stokholmo? Aŭ eĉ iri alilanden?"

Mi ne certis, ĉu ŝi estas serioza. Do, mi elektis respondi ŝerce.

"Frida verŝajne estas tro korligita al la marĉoj kaj piceoj ĉi-regione", mi diris.

Heidi ridetis nenion dirante. Mi pensis same kiel ofte antaŭe ke la du fratinoj havas sufiĉe malsamajn sintenojn al multaj aferoj. Tamen ili ambaŭ post la studoj revenis al la urbeto, kie ili naskiĝis. Mi ne bone komprenis la kialon de tio. Sed dum Frida kaj mi sendube longe restos ĉi tie, mi tute ne mirus, se Heidi baldaŭ transloĝiĝus foren.

La unua neĝo falis meze de oktobro, sed ĝi restis surtere nur du tagojn. En la komenco de novembro tamen ekestis vera vintro. Glacio ekkovris la lageton, kaj surtere la neĝotavolo iom post iom kreskis. Ne nur surtere, sed efektive sur ĉiuj horizontalaj surfacoj, kaj eĉ sur nia tegmento, malgraŭ ties deklivoj. Mi iom ektimis pri la veranda tegmento. Kiam tiu neĝo printempe degelos, ni eble spertos la samajn likojn kiel dum la ĉi-jara pluvego.

"Ni verŝajne ne povos atendi ke ĝi degelu", diris Frida jam en la mezo de decembro. "Se daŭros ĉi tiel, necesos forigi la neĝon de la tegmento antaŭ ol ĝi estos tro peza."

Tio donis al mi angoran senton. Mi ne volis esti entombigita de neĝo, kiu rompas nian tegmenton. Mi memoris persan proverbon de mia patro: 'Ju pli vasta tegmento, des pli da neĝo ĝi kolektas'. Ĝis nun mi ĉiam supozis ke tio validas metafore pri mi-ne-scias-kiu alia afero en la vivo. Sed eble ĝi tutsimple temis pri konkreta neĝo sur konkreta tegmento. Mi ne konis la vintrojn en Irano. Mi eĉ nur komencis ekkoni la vintrojn en Norda Botnio.

La neĝado daŭris ankaŭ post Kristnasko. La temperaturo plej ofte estis inter minus dek kaj dek kvin, kun mallongaj intervenoj de nulgrada blovado el sudokcidente aŭ dudekkvingrada senventa frosto. Alice jam vigle rampis, volonte en la neĝamasoj antaŭ nia domo. Endome ni devis almeti kradpordeton antaŭ la ŝtuparon por eviti ke en iu negardita momento ŝi grimpos supren kaj poste falos suben. Ŝia stomako jam ŝajnis farti tute bone, kaj ŝi komencis gustumi diversajn kaĉojn, kiujn ni proponis al ŝi. La plej favorata de ŝi estis la pastinaka kaĉo.

Fine de januaro la surtegmenta neĝotavolo jam proksimiĝis al duonmetro, do ni ne plu povis prokrasti la aferon. Unu sabaton mi ordonis al Frida kaj Alice nepre resti endome, almetis la ŝtupetaron al la verando, kaptis ŝovelilon kaj grimpis supren. La ŝovelado estis peza, kaj plej ĝena estis la sento ĉiam stari ŝanceliĝe sur grundo malstabila, glita kaj dekliva. Mi bezonis la tutan tagon por liberigi la tegmenton de la verando je troa neĝo, kaj dimanĉe matene mi estis kriplulo kun muskoldoloro en absolute la tuta korpo. Kaj restis la plej granda problemo: la ĉefa tegmento de la domo, pli vasta kaj ege pli alta ol tiu de la verando.

"Frida", mi diris, ĝemante pro la klopodo ellitiĝi. "Mi simple ne kapablos fari tion. Ni devos dungi iun. Sendube ekzistas profesiuloj por ĉi tio, ĉu ne?"

Ŝi rigardis min sufiĉe kompate. Mi pli-malpli atendis ian mokon pri moluloj el la sudo, sed ŝi penseme kapjesis. Poste ŝi kaptis Alicen de la planko, iom flaris ŝian postaĵon, tenis ŝin per rektaj brakoj kaj transdonis ŝin al mi.

"Mi parolos kun Paĉjo. Ĉu vi ŝanĝos la vindaĵon? Ŝi kakis."

Mi pene stariĝis kaj kaptis la knabineton. Mi ne aparte apre-zis ŝanĝi plenfekitan vindaĵon, sed kompare kun tegmenta neĝo-ŝovelado, tio estis dimanĉa plezuro.

"Vi ja ne povas peti ke Lennart ŝovelu nian tegmenton", mi diris. "Tio estus murdatenco!"

"Trankviliĝu. Ĝis nun li mem prizorgis la propran tegmenton, kiam tio estis bezonata, kio ne okazas ĉiujare. Nu, ĝi ne estas tiel alta kiel la nia, sed ĉiuokaze li scios kiel aranĝi la aferon. Sed ne urĝas. Sendube la verando plej gravis. Vi laboris pri ĝi pli bone ol mi atendis."

Feliĉe Lennart mem ne grimpis sur nian tegmenton. Tiufoje ne. An-stataŭe alvenis konato, kiu estis samtempe ekskolego kaj duagrada kuzo de Niklas, kun sia platformlifto. Li estis farbisto kun propra firmao, kiu ĉi-sezone havis malpli da laboro ol somere kaj do havis tempon helpi nin. Lia nomo estis Fred, sed oni kutime nomis lin Brakulo, ĉar li estis ia ĉampiono pri pojnduelo. Malgraŭ tio li ne aspektis ekstreme muskola; evidente pojnduelo postulas precipe lertan teknikon. Ĉiel ajn, li ekzamenis nian tegmenton kaj faris sian juĝon.

"La plimulton ne necesos ŝoveli. Sufiĉos liberigi en la angulo."

Li taskis al mi gardostari por certigi ke neniu aperos sub la neĝo, kiun li ĵetos suben, poste li mem supreniris per sia platformlifto, grimpis ĝis la firsto, fiksis sekurigan ŝnuregon ĉirkaŭ la kamentubon kaj ekŝovelis de supre. Mi eĉ ne havis tempon demandi, ĉu li postulos pagon, kaj se jes, do kiom, aŭ ĉu li funkcias laŭ la kutima regiona sistemo de reciproka interhelpo. La respondo, kiun mi ricevis poste, estis io meza. Li ne postulis pagon pro la ŝovelado sed igis min promesi, ke ni taskos al li fari la eksteran refarbadon de la tuta domo, kiu laŭ lia opinio estos necesa iam en ĉi tiu jaro.

Dum la restanta parto de la vintro ni do fidis je lia prijuĝo, ke ne necesos forigi pli da neĝo de la tegmento. Ŝoveladon mi tamen ne sukcesis eviti. Necesis plu liberigi la vojetojn de la strato al niaj ĉefpordo kaj aŭtejo, ne nur unufoje sed post ĉiu neĝado. Kaj post ĉiu preterpaso de neĝoplugilo sur nia strato, necesis refoje fosi trapasejojn tra la flankaj neĝamasoj postlasitaj de la plugilaŭto. Kaj ĉiufoje, kiam mi kurbigis la dorson, levis ŝarĝon de kelkaj kilogramoj da neĝo kaj ĵetis tiun flanken, mi pensis: Post monato aŭ du monatoj ĉio ĉi estos degelinta kaj forfluos per si mem. Kial do tiom peni?

Ĉapitro 9

Dronanton ne ĝenas pluvo

La unuan de aprilo Frida rekomencis labori en la infanvartejo 'Perlo' en Älvsbyn, kaj mi komencis mian hejman restadon kun Alice. La kolegoj en mia laborejo – kvar viroj kaj tri virinoj – estis sufiĉe pozitivaj kaj kuraĝigaj al mi, kvankam nur du el ili mem havis infanojn.

"Uzu tiun tempon kun via filino por vere ĝui", diris Samira, kiu komencis labori ĉe ni antaŭ duonjaro. "Mia frato antaŭe ne certis, ĉu li vere volas resti hejme kun mia nevo. Li timis ke la kolegoj mokos lin. Sed poste li estis tute eŭforia. Nun ili atendas la duan, kaj li jam antaŭvidas ke li volos resti hejme dum duonjaro post kiam la bebo ĉesos mamsuĉi."

De kelka tempo Frida mamnutris Alicen nur vespere, kaj mi ne sciis kiom da lakto ŝi efektive suĉis tiam, do tio ne kaŭzis zorgojn. Mi iom timis ke ŝi ploros pro la foresto de Frida, kaj tion ŝi ja kelkfoje faris, sed nur matene kiam Frida ekiris de hejme. Post dek minutoj ŝi jam ŝajnis plene kontenta pri mi.

Kiam la neĝo ĉie degelis, tiu restanta sur la veranda tegmento eĉ post mia ŝovelado evidente penetris tra ĝi kaj denove kaŭzis likojn. Mi aĉetis aron da plastaj siteloj, kiujn mi dismetis surplanken sub la gutantan akvon. Alice tre ŝatis tiujn diverskolorajn ludilojn. Kiam ŝi havis okazon, ŝi rampadis inter ili kaj elektis jen unu jen alian kiel apogilon por provi stariĝi. Se la elektita sitelo jam enhavis sufiĉe da akvo, tio povis okazi senprobleme, sed en aliaj okazoj ĝi renversiĝis, kaj la entenata akvo malsekigis la plankon kaj ŝin.

En majo mi jam kutimis je la tagoj sola kun Alice. Tiam mi vojaĝis kun ŝi al Skanio kaj restadis ĉe miaj gepatroj dum kelkaj tagoj. Ili komprenoble tre dorlotis la unuan nepinon, kaj ankaŭ Nahid aperis ĉe ili dum semajnfino por ludi kun Alice. Kiel kutime ŝi ne havis multe da tempo pro la studado. Ŝi rakontis, ke ŝi jam decidis specialistiĝi pri neŭrologio.

"Ĉu vere? Do vi fosos en la cerboj de frenezuloj, ĉu? Tio ŝajnas al mi naŭza."

"Nu, fosi en ili estus neŭrokirurgio, kaj pri tio mi ankoraŭ ne scias. Kio interesas min estas aferoj pri la memoro kaj aliaj kognaj problemoj."

Verdire mi apenaŭ komprenis la diferencon inter neŭrologio kaj psikiatrio, kaj mi havis tre nebulan imagon, kio estas kogna problemo, sed ĉiuokaze la interesoj de Nahid jam delonge estis sufiĉe fremdaj al mi.

"Kaj ĉu vi jam renkontis iun?" mi sondis.

"Ne ŝovu la nazon en miajn aferojn."

"Eble vi estas samseksema? Aŭ senseksema?"

"Zorgu vivon vian!" ŝi elsputis. "Cetere, ĉu vi jam planas la duan? Alice ja bezonas gefraton, ĉu ne?"

"Diable! Kial ne gekuzon?"

Do, nia gefrata interrilato estis kiel ĉiam, moka sed esence amika. Kaj kvankam mi ja ĝuis la propran zorgadon pri Alice, tamen estis agrable, kiam Panjo dum kelka tempo transprenis iujn taskojn. Ekzemple vespere, kiam ŝi kantis al Alice plurajn lulkantojn, krom tiu, kiun mi pli-malpli memoris el la infanaĝo. Interalie ŝi kantis pri tulipo, pri ŝafido kaj pri diversaj birdetoj, kiujn mi ne konis. Eble ili eĉ ne havis svedajn nomojn. Sed post kelkaj tagoj jam estis tempo reiri norden por festi la unujaran naskiĝtagon de Alice kun Frida kaj ŝia familio.

La somera vetero estis varia kaj nestabila. Senfina nombro da malaltaj aerpremoj kun vento kaj pluvo amasiĝis super Atlantiko, atendante sian vicon bloviĝi al ni kaj aspergi nin. Inter ili ja venis de temp' al tempo kelkaj tagoj da suna kaj relative varma vetero. Pro la pluvado ni ofte rimarkis ke ni devus baldaŭ fari ion pri nia veranda tegmento, sed pro la sama ofta risko je pluvo ni ne povis entrepreni tian laboron sed devis prokrasti la aferon ĝis pli seka periodo. Necesis zorgi ke ne estu tro da humido inter la tegmento kaj la plafono, kaj por tio ni bezonis daŭre sekan veteron.

Alice jam bone paŝadis sen bezono de apogiloj, sed la buntaj plastaj siteloj plu plaĉis al ŝi, kaj mi ofte devis malhelpi al ŝi elverŝi ilian enhavon sur la plankon. En la komenco de julio la farbisto Fred Brakulo venis al ni kun sia platformlifto kaj en tri tagoj refarbis la domon en la sama flava koloro kiel antaŭe, sed jam pli glata kaj brila.

Krome ni vojaĝis. Kiam Frida feriis en aŭgusto nia tuta eta familio flugis al Kreto. Mi antaŭe supozis ke la ekonomia krizo en Grekio estos tre videbla, sed kiel turistoj en loko tre dominata de turismo ni rimarkis malmulte. Ŝajne ne estis multaj grekoj sur la strando, sed ni ne sciis, ĉu tio estas alia ol en pli bonstata tempo.

Alice ege ŝatis la sablostrandon kaj ĝian malprofundan varman akvon. Ŝi povus restadi tie senfine, fosante per la manoj kaj plaŭdante per la piedoj. Niaj ĉefaj zorgoj estis protekti ŝin de la suno kaj malhelpi al ŝi enbuŝigi ĉion, kion ŝi trovis.

Jam komence ni luis grandan sunombrelon, kiun ni ĉiam kunportis al la strando kaj tie ŝovis en la sablon. Ĝi estis sufiĉa por ombri Fridan kaj Alicen kaj eĉ parteton de mi, sed la defio estis konvinki nian filinon resti tie, kiam ĉio ĉirkaŭe logis ŝin. Fojon post fojo ni devis postkuri, kapti kaj reporti ŝin sub la ombrelon. Por ŝi tio estis amuza ludo, de kiu ŝi neniam laciĝis.

"Ĉi-foje ne lasu ŝin", Frida petis, kiam mi reportis la baraktantan kaj ridantan bubineton jam la dudekan fojon.

"Mi ne povas kateni ŝin", mi respondis.

"Sed tiel ŝi restados pli multe en la suno ol en la ombro."

"Tute ne. Cetere kelkaj sekundoj da sunbrilo ne estas danĝeraj."

"Vi ne komprenas tion, Mehdi. Vi ne havas nian haŭton."

Mi ne konsentis. Nu, efektive ili ja estis blondulinoj, tamen ne de la plej ruĝiĝema speco. Fakte Frida post kelkaj tagoj ĉe Mediteraneo jam akiris tre alloge brunan nuancon, kun eĉ pli alloge blankaj siluetoj de la bikino, kiuj malkaŝiĝis, kiam ŝi vespere nudiĝis en nia ĉambro. Laŭ mi ni ja havis sufiĉe similajn haŭtojn, sed mi rezignis diri tion. Anstataŭe mi klopodis dum kelka tempo ludi kun Alice sur la eta makulo da ombro. Sed komprenible ŝi baldaŭ ekvidis ion pli interesan, ĉi-foje buntan strand-pilkon, kiu forruliĝis de najbara familio.

"Pa-pa-pa!" ŝi diris ekzaltite kaj ekĉasis ĝin.

"Jes ja, Papa Paĉjo venos kapti vin!"

Kaj rekomenciĝis la amuza fuĝado kaj ĉasado, dum Frida grumblis plu. Plej aĉe estis, kiam Alice komencis detiri de si la sunĉapelon kaj ektrovis ankaŭ tion amuza ludo, dum ni remetadis ĝin kaj renodadis la ŝnuretojn sub ŝia eta mentono, aŭ pli ĝuste inter ŝiaj etaj mentonoj, kiuj ĉiam estis malsekaj de salivo.

Survoje hejmen ni haltis en Malmö por denove gasti ĉe miaj gepatroj kaj ĝojigi ilin, kaj por ke mi montru al Frida kaj Alice ke ankaŭ tie ekzistas bela strando. Kompreneble, tuj post nia restado ĉe Mediteraneo la Sunda akvo ne estis same impona. Tamen estis plezure refoje esti servata de Panjo kaj aŭdi la saĝumadon de Paĉjo en formo de liaj ĉiamaj persaj proverboj, nun jam prezentataj en sveda traduko kelkfoje iom lama, por ke ankaŭ Frida povu ĝui ilin.

Dum nia restado mi rimarkis ke Frida ne tre aprezas, kiam miaj gepatroj parolas perse al Alice. Mi klopodis kelkfoje interpreti sveden, por ke ŝi ne sentu sin tro ekskludata, sed plej ofte temis pri stulta petolado, kiun nek indis nek eblis traduki. Kaj kiam Frida ĉeestis, mi mem ĉiam parolis al ili svede, por memorigi al ili ke ŝi ne komprenas la persan. Do, laŭ mia opinio ŝi ne havis kaŭzon malkontenti. Ĉi tion mi ankaŭ provis klarigi al ŝi, sed ŝi nur paŭte kapneis.

"Temas ne pri mi", ŝi diris. "Sed mi timas ke Alice konfuziĝos de tio."

"Tute ne. Tiel facile ne eblas konfuzi nian princinon. Estu trankvila."

Ŝi ne ŝajnis konvinkita, sed ĉiuokaze ni ne restos longe, do ŝi ne plu plendis pri tiu afero. Kaj kiam ni reiris hejmen, ĝi ŝajnis jam forgesita.

En la fino de aŭgusto venis periodo da varma kaj seka vetero. Ĝi estis la lasta feria semajno de Frida, kaj ni iom pripensis, ĉu fari novan vojaĝon, eble al Norvegio. Mia malbona konscienco – la veranda tegmento – ja grumblis ie fone en la kapo, sed mi sufiĉe efike sufokis ĝin. Tiam montriĝis ke ankaŭ Frida pensas pri tiu deviga tasko.

"Se mi zorgos pri Alice", ŝi diris, "kaj tenos nin for de la verando, kaj se ni petos Paĉjon pri helpo, ĉu ne nun estus la bona tempo por aranĝi tiun aferon?"

"Eble jes. Sed ni ja ne povas sendi vian patron sur nian tegmenton. Mi pensis ke mi eble povos labori pri tio en postaj tagoj, dum Alice tagmeze dormos."

"Ĉu vi volas esti sur la veranda tegmento, dum ŝi dormos sola endome? Vi estas freneza, Mehdi!"

"Nu, kio do povus okazi?"

"Ĉio ajn! Vi povus fali teren kaj rompi al vi la kolon! Ni petu Paĉjon pri konsiloj. Li scias kiel fari."

Efektive Lennart jam kelkfoje proponis ke ni anstataŭigu la gudrokartonon per tegaĵo el lado, kaj Frida trovis tion bona ideo. Sed tion mi absolute rifuzis diskuti.

"Imagu, kiom tio kostus", mi diris. "Unue la lado mem, sed krom tio ni mem povus fari nenion el la laboro. Necesus taski tion al profesia ladisto, kaj tio ege kreskigus la koston."

"Sed lada tegmento daŭrus pli-malpli por ĉiam", insistis Frida.

"Nek ni mem nek la domo vivos eterne, do kial la tegmento de nia verando restu por ĉiam?"

Do, almenaŭ ĉi-foje ni plu loĝos sub kartono. Sed pri la praktika laboro ni kompreneble agis laŭ ŝia propono. Do, miaflanke mi mezuris la tegmenton, aĉetis gudrokartonon, gudran gluon kaj najlojn, kaj poste alvenis Lennart por montri al mi kiel fari. Ni starigis la ŝtupetaron, grimpis supren unu post la alia, portante ĉiujn aĵojn kaj ilojn, kaj jen mi staris duope kun la bopatro sur lika tegmento en vilaĝo meze de Norda Botnio. Se iu antaŭdirus al mi tion antaŭ kvin jaroj, mi kore ridus pri tia absurda ŝerco. Kaj nun tio ja plu ŝajnis same absurda, kvankam absolute nenia ŝerco.

"Do, jen vidu", diris Lennart. "Ni malvolvu la unuan karton-bendon kaj almetu gluon ĉi-malsupre. Poste ni streĉu ĝin kaj al-najlu laŭ la rando, la tutan vojon supren ĝis la ĉefa dommuro. Kiam ĝi estos preta, ni reiru ĉi tien, alfiksu duan bendon tiel ke ĝi superkovras la unuan per marĝeno de dek centimetroj. Ni algluos ĝin super la najlokapojn de la unua bendo, najlos la duan laŭ la alia rando, kaj tiel plu ĝis ni tegos la tutan tegmenton. Fine ni tranĉu bendon, kiun ni nur algluos horizontale laŭ la supro. Tiel la tutaĵo estos likimuna."

Mi kredis kompreni lian klarigon almenaŭ tutaĵe. Pri detaloj ni ja povos paroli poste, kiam ili aktualiĝos. Kaj tiel ni do komencis labori. Lennart jam estis sesdekkvarjara sed ŝajnis facilmova kiel kato, ĉiuokaze en la komenco. Dum multaj jaroj li laboris kiel biletkontrolisto en trajnoj, kaj tie li verŝajne ne havis okazon grimpi sur tegmentojn. Sed junaĝe li estis ĉarpentisto, kaj tiam li sendube amasigis spertojn pri diversaj labortaskoj. Krome li ja delonge estis domposedanto, kiu bezonis mem prizorgi sian domon. De du jaroj li estis pensiulo, ĉar la nacia fervojo volis seniĝi de superflua dungitaro.

"Atentu ke la kartono proksime sekvu la randotabulon", li admonis. "Kaj ne avaru pri la gluo."

Mi klopodis sekvi liajn indikojn. Ni do laboris plu, trankvile sed sufiĉe efike, ŝajnis al mi. La plej tiklaj momentoj estis, kiam ni algluis novan bendon da gudrokartono ĉe la malsupra rando kaj iomete faldis ĝin en la laŭrandan pluvdefluilon. Tiam mi staris sur la supro de la ŝtupetaro, ŝmirante gluon, dum li kaŭris surtegmente, tenante la kartonbendon.

Ni jam tegis iom pli ol duonon, kaj mi dum momento staris surtere por movi la ŝtupetaron flanken, kiam mi aŭdis mallongan ekkrion de supre. Mi aŭtomate rigardis supren, kvazaŭ mi atendus vidi lin fali de la tegmentrando super mi. Sed feliĉe tio ne okazis. Mi alĝustigis la ŝtupetaron kaj regrimpis supren.

Streĉante la kapon super la randon, mi ekvidis lin kaŭri en strange klina pozicio proksime al la supra rando. Samtempe mi aŭdis de li ĝemon, ian kombinon de grakado kaj jelpado.

"Kio okazas?" mi maltrankvile vokis supren.

Nova ĝemo.

"Kiel vi fartas, Lennart?" mi vokis. Mi timis ke trafis lin apopleksio.

"Aaaah! La dorso!" li pene eligis.

"Ĉu vi iel vundis la dorson?"

"Lumbago! Aaaah! Ne povas..."

Mi komprenis. Evidente trafis lin subita lumbalgio. Jen do mia bopatro kaŭris en strange faldita pozicio sur la supro de nia veranda tegmento kaj evidente ne kapablis moviĝi, eĉ ne ŝanĝi sian korpan teniĝon.

Kion fari?

"Lennart! Ĉu vi tute ne povas moviĝi?"

"Aaaah! Pensas ke ne!"

Mi pripensis. Kiel venigi lin suben? Mi ja ne povus porti lin laŭ la ŝtupetaro. Ĉu alvoki la fajrobrigadon? Subite mi ekpensis pri farbisto Fred kaj lia platformlifto.

"Atendu, Lennart. Ne provu moviĝi. Mi telefonos por helpo."

"Aaaah!"

Mi do telefonis, ankoraŭ starante sur la ŝtupetaro. Fred preskaŭ tuj respondis, kaj mi klarigis la krizon. Sed ĉi-momente li trovis sin en Harads, cent kilometrojn pli norde.

"Sed atendu", li diris. "Mi telefonos al konato en Älvsbyn. Se li estas tie, li sendube povos veni al vi rapide."

Kaj tiel efektive okazis. Post dudek minutoj alvenis aŭto trenanta post si lifton kun korboforma platformo. Eliris viro proksimume kvardekjara. Li prezentis sin kiel Jimmy, sen plia precizigo. Mi jam staris surtere, kaj apude staris Frida kun Alice surbrake.

"Ĉu Lennart Forsberg kuŝas sur via tegmento? Kun lumbago, ĉu? Kia diablaĵo!"

Li alveturigis la lifton kaj ni ambaŭ supreniris. Lennart restis en la sama pozicio kiel antaŭe. Lia vizaĝkoloro ŝajnis iom pli griza, sed cetere nenio ŝanĝiĝis. Ni malrapide kaj gardeme trenis lin paŝon post paŝo malsupren laŭ la dekliva tegmento ĝis la liftokorbo, dum li ĝemis tra la kunpremataj dentoj. Tie Jimmy eniris, mi iom post iom puŝis Lennarton transen al li, kaj ili povis subenlifti, dum mi malgrimpis laŭ la ŝtupetaro.

Mi volis veturi kun Lennart al la hospitalo, sed tion li firme rifuzis. Do mi transdonis lin al Anita en ilia hejmo, kaj ni kune helpis lin al la lito. Mi rimarkis ke liaj manoj ankoraŭ estas gluecaj pro la gudra gluo.

Al mi restis finfari la tegadon per la gudra kartono laŭ tio, kion mi memoris el la indikoj de Lennart. Poste mi povis nur atendi la sekvan pluvon, esperante ke ni ne plu devos dismeti sitelojn sub la likiĝantajn akvogutojn.

Ĉapitro 10

Ne jungu kamelon kaj katon kune

La infanvartejo en Korsträsk ne havis liberan lokon por Alice, kaj oni ne povis antaŭdiri, kiam aperos tia loko. Eble nur en la venonta jaro, ĉar kutime familioj kun infanoj ne ofte forlasis la vilaĝon aŭ la ĉirkaŭan kamparon. En Älvsbyn ni tamen povis tuj ekhavi lokon por ŝi en la sama vartejo, kie laboris Frida, kvankam en alia infangrupo. Ni ĉiuokaze devus iri tien pli-malpli ĉiutage, ŝi por labori tie, mi por preterpasi survoje al mia laborejo en Luleå, kaj krome ni ofte iris al la urbeto por butikumi, uzi aliajn servojn aŭ viziti la bogepatrojn. Pro tio ni decidis akcepti la lokon tie, kaj en septembro Alice komencis frekventi la vartejon 'Perlo'. Necesis iom da tempo por alkutimigi ŝin, sed post ne tre longe ĉio funkciis glate. Kaj se ne, Frida kutime troviĝis proksime.

Pli granda problemo estis la aŭtoj. La malnova Saab pruntita de onklo Bengt paneis jam printempe, kaj li reprenis ĝin por iam ripari, se eble. De tiam ni devis elturniĝi per unu aŭto. Ankaŭ nun aŭtune ni provis fari tion, sed post kelka tempo ni jam laciĝis adapti niajn vojaĝojn al tiu sola aŭto kaj al la aŭtobusoj, kiuj iradis tro malofte por niaj bezonoj. Finfine necesis prunti pli da mono por aĉeti novan aŭton. Nu, pli ĝuste malnovan, sed ĉi-foje ne tiel kadukan, kiel la antaŭa. Ni elektis sufiĉe bone flegitan Volkswagen Golf el 2007, kiu espereble ne tro suferos pro nia norda klimato.

Mi do rekomencis labori kaj baldaŭ venis en la rutinojn de nia firmao. Baldaŭ mi povis labori hejme unu tagon semajne, iufoje eĉ du, kaj tiel iom redukti la vojaĝadon.

En unu sabato mi finfine ekigis entreprenon jam longe prokrastitan. Temis pri la faligado de betuloj. Dum la malmultaj sunaj tagoj de la pasinta somero Frida kaj mi grumbletis ke tiuj arboj tro ombras nian gazonon. Entute kvin betuloj, du grandaj kaj tri etaj, kreskis laŭ la limo al la najbara parcelo, kaj ni interkonsentis ke estus bone forigi du el ili. Kompreneble Frida proponis ke ni petu iun el ŝia familio fari tion por ni, sed mi insistis ke sur la propra tereno ĉiu viro devas mem faligi siajn arbojn. Mi vere ne scias de kie mi prenis tiun ideon.

Ĉiel ajn, onklo Bengt pruntis al mi motorsegilon kaj levilon uzotajn por la faligado, kaj krome donis detalan instrukcion. Do, en senventa sabato komence de oktobro mi ekatakis la malamikajn betulojn.

Mi ordonis al la edzino kaj filino nepre resti endome kaj komencis pri la malgranda. Mi juĝis ke ĝi ne povos kaŭzi ian ajn damaĝon, tamen por ekzerco mi traktis ĝin same serioze kiel arbegon. Do, mi decidis la direkton, al kiu ĝi falu, kaj unue eksegis la direktilan breĉon. La motoro knaregis, mi sentis vibradon tra la manartikoj, segaĵo ŝprucis flanken kaj mi flaris odoron de benzino kaj freŝa betulaĵo. Kiam mi finis la suban segon kaj la triangula peceto falis teren, mi haltigis la segilon.

"Tio ja aspektas bone", mi diris al mi mem, esperante ke Frida kaj Alice rigardas min tra la verandaj fenestroj.

Mi rondiris ĉirkaŭ la betuleto kaj ekis pri la faligo. Mi zorge celis al la direktila breĉeto, kaj subite la maldika trunko estis trasegita kaj la betuleto kliniĝis kaj falis sur la intencitan lokon. Mi eĉ ne havis tempon almeti la levilon, per kiu mi intencis premi ĝin en la ĝusta direkto. Krome mi forgesis ke mi ne tute trasegu la trunkon sed lasu centimetron kiel iaspecan ĉarniron, kiu devigas la arbon fali ĝuste. Nu, ĉi tiu ja estis nura arbeto. Simpla testo, fakte. Malgraŭ tio mi tre ĝuis la aferon. Mi eĉ bedaŭris ke restas al mi nur unu plia betulo por faligi, laŭ la interkonsento kun Frida. Sed tiu dua betulo vere estis granda.

Mi paŭzis dum kelka tempo por spiri, sed fakte ja ne indis plu prokrasti la aferon. Do mi rondiris ĉirkaŭ la atakota betulo, gvatante supren. Se rigardi proksime, ĝi kliniĝis en iomete alia direkto ol mi preferus. Pli multe laŭ la parcela limo ol orte foren de ĝi. Tamen tio devus ne esti vera problemo. La afero sendube prosperos. Plej gravis ke ĝi ne falos sur la teron de niaj najbaroj kaj masakros ilian florbedon.

Mi okulmezuris la distancon al nia ŝtipejo kaj la direkton foren de ĝi, restartigis la segilon kaj eksegis. Ĉi-foje la direktila breĉo fariĝis pli granda, sed tio ja estis natura. Mi do ĉirkaŭiris la arbon, penetris inter ĝi kaj la lima barilo kaj komencis la ĉefan segadon. Facilis segi, sed mi ne hastis. La ĉeno malrapide ronĝis la trunkon. Mi zorge celis al la breĉo. Duonvoje tra la trunko mi haltis, prenis la levilon kaj enŝovis ĝin en la fendon. Poste mi daŭrigis. Ĉi-foje mi sukcesis fini tuj antaŭ ol trasegi kaj eligis la segilon. Mi intencis premi per la levilo, sed la betulo jam survojis suben. Komence ĝi ekfalis en la direkto, kiun mi volis, sed poste rompiĝis kelkaj el la fibroj, kiuj plu kuntenis la trunkon. Ĉu mi eble lasis tro maldikan ĉarniron? La tuta betulo iom turniĝis, mi cedis flanken je kelkaj paŝoj kaj vidis ĝin krake falegi foren-maldekstren en la direkto al nia ŝtipejo. La trunko dissaltis de la stumpo kaj ĵetiĝis flanken, kelkaj branĉetoj brosis la fasadon de tiu budo, sed feliĉe restis kelkaj metroj de la trunko ĝis la angulo de la ŝtipejo, do ĉio en ordo. Ĉirkaŭen flugis branĉetoj kaj folioj el la frondaro. Jen la betulo kuŝis antaŭ miaj piedoj, kiel venkita giganto, kaj nenio grave fuŝiĝis.

Mi sentis nekredeblan malpeziĝon; iel mi kvazaŭ ebrietis. Estis amuze faligi arbon! Mi rimarkis ke mi ĝis nun estadis en tensio. Mi ekavidis preni drinkon je ĉi tio, aŭ venigi la edzinon kaj filinon el la domo por admiri mian faron.

Fakte ili jam staris sur la ŝtuparo de la verando.

"Kia krako!" krietis Frida. "Ĉu ĉio en ordo?"

Mi rigardis la venkitan betulon kaj poste ilin.

"Ĉio en ordo", mi diris kaj ekiris al ili.

Restis tamen pliparto de la laboro. Do dum la resto de la sabato kaj plena dimanĉo mi forigis branĉon post branĉo, dissegis ilin en konvenajn pecojn, kiujn mi stakis apud la ŝtipejo, antaŭ ol same trakti la trunkojn mem, unue tiujn de la eta, poste tiujn de la granda betuloj. Komprenede poste necesos ankaŭ fendi la ŝtipojn por ke ili sekiĝu, sed por tio mi havos multe da tempo.

"Bone", mi diris dimanĉe, forlasante la jam imponan ŝtipostakon, "ni havas amason da brulligno, sed neniun fajrejon, kie bruligi ĝin."

Se ni povus diserigi la ŝtipojn en lignerojn, tiuj ja uzeblus en nia hejtilo, sed ni havis neniun eblon fari tion.

Bedaŭrinde la restado de Alice en la vartejo signifis ke ŝi kaptadis malvarmumojn kaj aliajn infektojn, kaj tiam iu el ni devis resti hejme kun ŝi dum kelkaj tagoj. Kaj tio iom post iom erodis nian geedzan harmonion.

"Ĉi-foje devas esti via vico", estis ĉiama komento de Frida je tiuj okazoj, ŝajnis al mi.

Mi kelkfoje provis labori hejme almenaŭ duonon de la tago, kiam mi devis flegi la malsanetan knabinon. Sed mi baldaŭ rimarkis ke tio malbone funkcias. Krome Frida tre kontraŭis tion.

"Vi devas komprenigi al via ĉefo ke ne eblas samtempe labori kaj flegi infanon", ŝi diris. "Estas terure impertinente postuli tion."

"Neniu tion postulas", mi respondis. "Mi simple volis konservi ian kontinuecon pri la labortasko. Estas malfacile ĉiam rekomenci pri aferoj, kiam mi povas labori nur ĉiun duan semajnon."

"Vi ĉiam troigas."

"Nu, ĉiuokaze mi ne sukcesis fari grandan utilon."

Dum la unuaj jaroj de nia amrilato Frida kaj mi nur malofte havis seriozajn malkonsentojn. Aŭ eble pli ĝuste, niaj malkonsentoj ne vere ĝenis nin sed nur iom spicis la kunvivadon. Sed nun mi kelkfoje sentis ke mi renkontas novan flankon de ŝi – aŭ eble nur nun vere ekkonas ŝin. Ŝajnis al mi ke ŝi tute ne volas kompromisi. Laŭ mi estis natura afero ke ne eblas ĉiam havi ĉion laŭ mia propra prefero, sed Frida tute ne pretis cedi pri io ajn. Do pli kaj pli ofte mi sentis ke ni tiras la ŝarĝon ĉiu en sia direkto, sen vera kunagado, kvazaŭ du malakordaj tirbestoj. Mi ekmemoris stultan proverbon de mia patro pri hundo kaj kato. Ne, eĉ pli strange, pri kato kaj kamelo. Sed kiu el ni do estis la kamelo?

Kroma problemo estis ke ne nur Alice malsaniĝis, sed ankaŭ Frida kaj mi kelkfoje transprenis ŝiajn virusojn, kaj tiam ni devis elekti: aŭ resti hejme pro propra malsano, aŭ labori malgraŭ la malsano kaj riski kontaĝi ĝin al niaj kolegoj kaj – en la kazo de Frida – al aliaj infanoj. Entute ni konstatis ke la kombino de laboro kaj malgranda infano ne estas tiel glata kiel ni antaŭe supozis. Tamen iele-trapele ni plu strebadis, lacaj kaj pli kaj pli kverelemaj. Mi jam sopiris je la jarfinaj festoj, kiam ni havos sufiĉe multajn liberajn tagojn. Por Kristnasko mi plej multe preferus kvietan festadon en nia propra hejmo, sed tion Frida ne povis akcepti. Ĉio devas okazi same kiel ĉiam.

"Sed ĉio ja ne estas sama kiel ĉiam", mi diris. "Vi ne plu estas infano sed plenkreskulo kun filino kaj edzo."

"Ĝuste tial! Mi volas ke Alice spertu belan Kristnaskon kun granda familio. Kion komprenas vi pri tio? Ĉu vi entute festis Kristnaskon en via hejmo?"

"Certe. Ni ornamis piceon kaj ricevis donacojn. Komprenable ni manĝis plejparte ŝafidaĵon kaj kokidaĵon kun rizo, ne ŝinkon kaj lesivan gadon."

"Bone, vi povas resti ĉi tie kun via rizo. Alice kaj mi festos kun miaj familianoj."

Mi ne serioze kredis ke mi povos ŝanĝi ion. Komprenable ni kiel kutime festos la Kristnaskan antaŭtagon ĉe la bogepatroj. Mi simple ne ŝatis ke al ŝi tio estas tute memkomprenebla kaj ne diskutinda.

Ĉi-jare la vintra malvarmo alvenis komence de decembro, sed la neĝo prokrastiĝis. Ni jam antaŭvidis verdan Kristnaskon, kiam ni en la antaŭfesta dimanĉo faris tradician ekskurson en arbaron por ŝteli piceon. Lennart, Frida, mi kaj Alice plenumis la ekscitan kaj kriman ekspedicion, komence per aŭto, poste piede, dum Lennart portis sian segilon sub la mantelo. Post iom da estetikaj diskutoj ni elektis taŭgan kristarbon kreskantan inter arbustoj kaj betuloj sub elektra lineo, faligis ĝin kaj reveturis kun la piceo kiel kompromita indikaĵo duone en kaj duone ekster la kofro de la aŭto. Temis pri kristarbo por la bogepatra hejmo. Por nia propra domo mi jam aĉetis laŭleĝan piceon, je la moko kaj malestimo de miaj boparencoj.

"Bone, do ni helpis al la elektrokompanio iomete senarbigi la terenon sub la kabloj", diris Lennart ĉe la stirilo, reveturante hejmen. "Ni devus sendi fakturon pro nia helpo, sed ja estas Kristnasko, do tio estu nia donaco al la kompanio."

Jen la sama komento kiel lastjare, kaj tre verŝajne ĝi estis reuzata dum multaj antaŭaj jaroj, ĉar Frida jam antaŭlonge rakontis al mi pri la kristarbaj ekspedicioj, kiujn ŝi memoris el sia infanaĝo.

Alia okazaĵo dum la reveturo estis, ke finfine komenciĝis neĝado. Kaj poste plu neĝis jen kaj jen dum la sekvaj tagoj. La temperaturo restis proksima al nulo, tiel ke la neĝo estis facile buligebla. Do, en la kristnaska antaŭtago Alice povis partopreni, kiam ni faris la unuan neĝhomon de la vintro, kaj apude ni konstruis tradiciajn kandelajn lanternojn el neĝbuloj ekster la salona fenestro de la familio Forsberg. Kiam ni poste sidis en la salono ni vidis tiujn neĝ-lanternojn bele lumi al ni tra la posttagmeza nigro. En la sekva kristnaska tago ni ripetis ambaŭ tiujn aferojn en nia propra ĝardeno, kaj mi devis konfesi, ke ĝuste ĉi tiel oni devas ornami la feston.

Kalle, la ĉefo de nia eta firmao, invitis nin ĉiujn al kuna silvestra festado en lia hejmo. Ni estis entute ok dungitoj, kaj ni ĉiuj konsideris nin simple kolegoj, kvankam ni kelkfoje ŝercis, ke unu estas pli kolega ol la aliaj. La invito kompreneble inkluzivis ankaŭ gekunulojn kaj eĉ eventualajn infanojn, do la plano antaŭvidis sufiĉe moderan festadon.

"Ni ĉiuokaze ne povus venigi kun ni Alicen", tuj diris Frida, kiam mi rakontis pri la invito. "Do mi prefere festos kun la familio, kiel kutime."

"Damne, Frida! Vi devas iam renkonti aliajn homojn!"

"Mi ja ne konas viajn kolegojn. Kaj aro da komputistoj ne ŝajnas tre interesa."

"Kredu-nekredu, sed ili estas tute normalaj homoj. Tri el ili estas inoj, kaj la ceteraj venigos siajn koramikinojn. Kaj certe venos aliaj infanoj, almenaŭ ja ĉeestos tiuj de Kalle."

"Sed ne eblas kun Alice. Ŝi ja bezonos dormi. Kaj kiel ni revenos hejmen? Ĉu vi restos sobra? Estas tro longa vojo por iri taksie."

"Alice povos dormi tie vespere, kaj poste ni tranoktos enurbe, aŭ ĉe Kristofer, aŭ en hotelo."

"Se tiel gravas, do iru sola. Mi kaj Alice festos ĉe Panjo kaj Paĉjo."

"Ne, mi certe ne irus sola. Tio estus strangega."

Fakte, se mi irus sola, oni sendube interpretus tion kiel signon de geedza krizo. Mi do provizore lasis la temon sed revenis al ĝi sekvatage. Finfine mi sukcesis persvadi ŝin kuniri, kondiĉe ke ni lasos Alicen ĉe la geavoj kaj rezervos al ni mem hotelĉambron en Luleå. Mi bedaŭris ne havi okazon montri mian mirindan filinon al la gekolegoj, sed mi devis kontentiĝi pri tiu duona venko.

La silvestra vespero efektive iĝis tre plezura. Ni bone manĝis kaj trinkis, kaj oni ludis ĉiaspecan muzikon malnovan kaj pli novan, ekde Per Gessle ĝis Eminem kaj Timbuktu. Ankaŭ Frida evidente ĝuis la kunestadon, ĉar ŝi normale ne havis problemon ekkoni novajn homojn. Fakte, ŝi kutime estis pli societuma persono ol mi. Nun ŝi vigle babilis kun du el la koramikinoj pri mi ne scias kio, kaj kun Amanda, la edzino de Kalle, ĉefe pri infanoj. La trijara filino de la gemastroj plejparte tradormis la vesperon, sed ŝia kvinjara frato persiste restis veka ĝis la noktomezo kaj poste endormiĝis meze de la piroteknikaĵoj.

Do, la festado estis tiel sukcesa, kiel mi antaŭvidis. Nia reveturado al Älvsbyn en la sekva tago tamen okazis en sufiĉe peza silento ĉe la flanko de Frida, almenaŭ komence. Nur duonvoje malkaŝiĝis la kialo de ŝia morozo.

"Do, mi jam komprenas, kial vi tiel insistis iri tien", ŝi diris paŭte.

"Jes, estis plezure, ĉu ne?"

"Almenaŭ vi evidente ĝuis la kompanion."

"Ankaŭ vi, mi pensas."

"Mi tamen ne amindumis viajn kolegojn."

"Kial vi farus tion? Vi ja babilis kun iliaj koramikinoj."

"Kaj vi kun tiu magra kolegino, kiu alvenis sola. Samira, ĉu ne?"

Mi ridis.

"Serioze, Frida! Samira fakte jam havas kunulon, sed li laboras en la ŝtaluzino kaj evidente devis deĵori dum tiu nokto."

"Tre oportune."

"Klopodu pensi iom logike. Se mi volus amindumi Samiran, mi preferus iri sen vi, ĉu ne? Kaj cetere mi havus pli bonajn okazojn en labortagoj."

"Vi certe havas."

Mi ne plu sciis, kion diri. Vere, mi neniam atendus ke ŝi suspektos min pri io tia. Kaj se temis pri Samira aŭ la aliaj koleginoj, aŭ entute pri iu ajn, tio ja estis absurda. Sendube temis nur pri ŝia malbona humoro, kiu ial reaperis.

"Mi esperas ke nia Bulko havis bonan restadon", mi diris por reveni al pli trankvila temo.

"Ne nomu ŝin per tiu stulta nomo. Komprenble al ŝi estas bone ĉe la geavoj."

Frida pravis. Nia Alice evidente ĝuis esti la princino de du komplezaj geservistoj. Kaj dum ni restis tie por novjara tagmanĝo, ankaŭ la humoro de Frida iom post iom pliboniĝis en la sino de ŝia familio. Do, kiam ni finfine revenis hejmen vespere, regis se ne paco, almenaŭ armistico.

Ĉapitro II

Vintre pli utilas fajro ol muskatfloro

La dudeka de januaro estis lundo. Kiel ofte, mi vekiĝis kelkajn minutojn antaŭ ol la vekhorloĝo sonoros. Regis nekutima silento. Ŝajne mankis la kutimaj etaj sonoj de la domo, kiujn oni normale ne rimarkas, kaj ĝuste tiu manko estis orelfrapa. Temis pri la ventumila zumado el la varmopumpilo, la sono de la lignera hejtilo, la mallaŭta lirlado de akvo cirkulanta en la radiatoroj. Neniu el tiuj nun aŭdeblis. Krome ŝajnis malvarme en la ĉambro. Mi ellitiĝis kaj provis eklumigi. Nenio okazis. Mi provis alian lampon, sed la tuta domo restis nigra. Ankaŭ eksterdome videblis neniu lumo, neniu lampo. Evidente paneis la elektra reto. Mankis kurento.

Palpante en la supra tirkesto de la komodo, mi trovis mian baterian fruntlampon, surkapigis kaj ŝaltis ĝin. Poste mi nudpiede rondiris en la domo. La planko vere estis malvarma, do mi rigardis la termometron en la salono. Estis nur dek kvin gradoj endome. Kaj ekstere? Mi devis rigardi dufoje por certiĝi. Tridek ok! Sub nulo, evidente.

Mi paŝis al Alice, kiu plu dormis trankvile, surmetis al ŝi plian kovrilon, vekis Fridan kaj klarigis al ŝi la aferon.

"Nu, bone", ŝi diris lace kaj komencis ellitiĝi. "Do estas elektropaneo."

"Kaj en ĉi tia malvarmo. Kia damna koincido!"

"Nenia koincido. Tro da homoj havas elektrajn hejtilojn, kaj kiam tiuj pro la malvarmo aŭtomate ŝaltiĝas, la elektra reto paneas pro troŝarĝo. Sed tio espereble ne daŭros longe. Estus pli aĉe, se ŝtormo faligus arbojn sur la lineojn. Tio povus daŭri dum tagoj."

Ŝi vere ŝajnis nenormale trankvila.

"Ni devos fari ion, sed kion?" mi diris.

"Nu, ni vidu. Ĉu vi jam mane alkondukis lignerojn al la hejtilo?" ŝi demandis min, serĉante vestaĵojn en la mallumo.

La hejtilo! Kompreneble, ĝi ne povis plu bruli, ĉar la helico por aŭtomata nutrado per ligneroj ja postulis elektron.

"Ne, ankoraŭ ne. Atendu, mi trovos kelkajn kandelojn por ke vi vidu ion. Sed kion ni faru? Ne eblas kuiri por matenmanĝi."

"Mi kaj Alice matenmanĝos en la vartejo, se almenaŭ la aŭto startos. Vi prefere restu hejme, dum daŭras la paneo, por alkonduki lignerojn."

Do mi malsupreniris en la kelon. La hejtilo estingiĝis pro manko de ligneroj. Mi turnis la helicon mane kaj reekbruligis. Sed sendube daŭros iom da tempo, ĝis ni denove havos varman akvon, kaj se ni ambaŭ forlasus la hejmon, la hejtilo baldaŭ denove estingiĝus. Plej sekure ŝajnis al mi ke ni ĉiuj restu hejme. Mi supreniris por diri tion. Dume mi cerbumis pri la iama diraĵo de mia bopatro, laŭ kiu utilus al ni instali simplan stovon en la salono, kie ni povus facile hejti almenaŭ tiun ĉambron per lignofajro. Precipe ĉar nun ni havis brullignon, se la betulaj ŝtipoj jam sufiĉe sekiĝis.

Mi trovis Fridan ĉe la lito de Alice, kie ŝi komencis vesti ŝin.

"Frida, vi ja ne povas ekiri de ĉi tie kun Alice en tia frosto. Tio estus danĝera."

"Mi devos labori, kaj por ŝi estos pli bone en la vartejo. Ĉu eblas telefoni?"

Mi kontrolis, sed la poŝtelefono ne havis kontakton kun baza stacio.

"Kiel tio eblas?" mi kolere ekkriis. "La bazaj stacioj ja devas havi rezervajn bateriojn!"

"Se jes, ili daŭras tro mallonge", ŝi diris kun sama nenatura trankvilo. "Kio pri la komputilo?"

Ankaŭ la enkursigilo de nia hejma sendrata reto postulis kurenton, do mi ligis mian teko-komputilon rekte al la reto per kablo, kaj tio funkciis. Sekve, dum sufiĉos ĝia baterio, ni havos retkonekton. Mi tuj retmesaĝis al mia laborejo por anonci ke mi provizore restos hejme. Kaj Frida skajpis al siaj gepatroj. Ili rakontis ke ĉe ili en la urbeto restas elektro.

Ni ne havis propran puton sed akvon el la komunuma akvocentralo, kaj tiu plu fluis. Per iom da serĉado kaj fosado en ŝrankoj mi trovis la etan kuiraparaton, kiun ni uzis nur unufoje dum ekskurso en la montaron antaŭ du jaroj kaj duono. Poste pro la alveno de Alice ni neniam ripetis tian aventureton. Nun mi iom mallerte muntis ĝin, verŝis alkoholon kaj ekbruligis tiun. Almenaŭ teon mi bezonis, kaj prefere Alice ricevu sian matenan laktosupon antaŭ ol ekiri, se Frida efektive intencis forveturi kun ŝi.

"Serioze, Frida", mi vokis al ŝi. "Imagu, se la aŭto paneos sur-voje!"

Ŝi aperis kun Alice en la brakoj.

"Estas granda ŝoseo. Veturas aliaj homoj tie. Do estas neniu risko. Sed mi prefere prenu la Volvon. Ĉar vi restos hejme, vi ne bezonos ĝin."

Mi plu miris pro ŝia trankvilo. Kiam la laktosupo de Alice estis preta, mi ekvarmigis akvon por mia teo. Atendante mi iris al nia ĉefpordo, malfermis ĝin kaj elpaŝis. Mi volis senti la malvarmon, kiu superis ĉion, kion mi antaŭe spertis. Aŭ kiu subis ĉion, pli ĝuste. Fakte mi sentis nenion. Almenaŭ komence. Estis io stranga, sed mi ne sentis veran malvarmon, ĝis mi enspiris iom pli profunde, kaj la aero brulis al mi la nazon. Bone, mi pensis, do mi prefere eniru.

Tiam mi hazarde ĵetis rigardon supren kaj ekvidis la ĉielon. Kaj kia ĉielo! Ĉio ĉirkaŭ mi estis perfekte malluma, kaj evidente regis tute sennuba vetero, ĉar surĉiele brilis milionoj da bilionoj da steloj sur intense nigra fono, se eblus tiel diri. Lakta Vojo etendis sian ĉifitan grizan rubandon tra la tuto, kaj en nordo prezentiĝis la plej impona nordlumo, kiun mi iam vidis. Ofte la nordlumoj ne vere respondis al mia atendo, vekita de fotoj en interreto, ĉar ili konsistis nur el nebula lumo kvazaŭ de fora urbego, kvankam ne ĉe la horizonto sed pli alte sur la ĉielo. Kaj eĉ la ĝuadon de pli belaj nordlumoj ordinare ĉiam ĝenis la elektraj lampoj ĉie ĉeestantaj. Sed nun ja tute forestis tiuj, kaj eĉ ne kandeleto ĝenis la ĉielan spektaklon. Do, la flave verdaj kurtenoj sur la nigro ŝajnis preskaŭ palpeblaj, kaj mi vidis ilin malrapide ondumi. Estis io fabela, io magia, kio tuŝis min kaj tremigis min tutkorpe.

Subite mi ekkonsciiis ke pli ĝuste tremigas min la malvarmo, kiu jam penetris en min ĝismedole, kaj mi turnis min reen al la dompordo. Preskaŭ neglekte mi aldonis al la vidaĵo ke duonluno gardas la tuton super nia firsto. Mi pensis ke mi devas alvoki Fridan. Ankaŭ ŝi kaj Alice devas spekti ĉi tion!

Mi eniris kaj vokis al ŝi.

"Frida, venu rigardi! Estas miranda nordlumo!"

"Bone, bone. Mi vidos dum la veturado."

"Sed ĝi estas... tute fabela!"

Mi ne povis konstati, ĉu ŝi ne plu aŭdas min aŭ intence fajfas pri tiu mia netipa diraĵo. Subite mi ekpensis pri la aŭto. La temperaturo en la aŭto ja estos sama kiel ekstere. Ĉu mi sendu mian unujaran filinon en ĉi tion?

"Mi provos startigi la aŭton", mi vokis, sed ekmemoris mian teakvon. Do, unue tiu, poste la aŭto. Kaj intertempe eble denove alkonduki pli da ligneroj. La vivo sen elektro estis komplika.

Post iom da tempo la Volvo tamen ja estis startigita kaj ĝia interno povis iom post iom varmiĝi. En la kuirejo Alice trinkis sian laktosupon, mi mian teon kaj eĉ Frida ricevis tason da kafo, preparitan en klasika maniero sen kafaparato.

Dume mi konstatis ke la nordlumo videblas eĉ tra nia kuireja fenestro, malgraŭ la brulantaj kandeloj surtable. Sed la magio ne penetris endomen. Kaj ĝi eble ne tuŝos Fridan eĉ dum la aŭtostirado.

"Kiam vi alvenos al la vartejo, bonvolu skajpi aŭ retmesaĝi, por ke mi sciu ke vi estas sekuraj", mi petis.

Frida ridis.

"Vi reagas, kvazaŭ ni intencus skii al la Norda Poluso."

"Por mi ĉi tio ja estas la Norda Poluso."

Ŝi tamen faris, kiel mi petis. Mi rigardis ŝin ekiri kun Alice en la aŭto, kaj post kvaronhoro alvenis konfirma retmesaĝo ke 'ni ambaŭ travivis'. Tiam mi unuafoje sentis min iomete pli trankvila, dum mi iris kelen por turni la ŝraŭbon, kiu alkondukas lignerojn al la hejtilo.

Mi ankaŭ eliris denove por rigardi la ĉielon. Ŝajne la nordlumo jam komencis paliĝi, kvankam ankoraŭ restis multaj horoj ĝis la sunleviĝo. Aŭ eble mi jam alkutimiĝis. Ĉiuokaze, la magion mi ne plu sentis.

Du horojn poste revenis la elektra kurento, komence nur per unu el la tri fazoj, se mi bone komprenis, sed baldaŭ plenforte. Mi pripensis, ĉu tamen ekiri al mia laborejo, sed decidis ke ne. Mi ja devus iri per nia Golf, kaj cetere la elektro povus denove malaperi. Tagmeze mi eĉ faris promeneton, ĉar la ekstera temperaturo jam mildiĝis al minus tridek kvar. La ĉielo jam havis sian vintre normalan grizan koloron kun pala, malvarmeta suno brilanta inter domoj kaj arboj, tuj super la suda horizonto. Neniu verda kurteno plu videblis, nek steloj aŭ Lakta Vojo. Eĉ la duonluno ŝajne jam subiris.

En la fino de februaro Alice aĝis dudek unu monatojn. Laŭ la manlibroj ŝi devus jam vigle babili, sed fakte ŝi estis surprize vortavara. Tamen ŝi ŝajnis kompreni ĉion, kion ni diris al ŝi, kaj kelkfoje eĉ aferojn ne intencitajn al ŝiaj oreloj. Sed aktive ŝi uzis sufiĉe malmultajn vortojn, kaj eĉ tiujn nur unuope. Al mi tio ne kaŭzis grandan maltrankvilon, sed Frida ja estis profesiulo pri la evoluo de infanoj, do por ŝi evidente estis alia afero.

"En la vartejo ŝi parolas iom pli multe", ŝi diris, "sed ankaŭ tie nur unuopajn vortojn."

"Nu, eble ŝi parolas nur, kiam ŝi havas ion por diri."

Frida ŝajne ne aprezis mian ŝercon.

"Mi demandas min, ĉu eble konfuzas ŝin tio, ke vi parolas kun ŝi en la persa."

Mi tute konsterniĝis.

"Mi tute ne parolas al ŝi perse!"

"Tamen ja! Mi plurfoje aŭdis tion. Vi kantas al ŝi kaj eldiras iajn versojn aŭ mi ne scias kion. Estas sufiĉe malagrable por mi, ne kompreni, kion vi diras al ŝi."

Mi efektive ne sciis, kiel respondi. La vero estis ke mi havis malbonan konsciencon pro tio, ke mi parolas nur svede al mia filino. Ŝajnis al mi ke mi iel ŝuldas al miaj gepatroj pludoni la persan ankaŭ al ilia nepino. Sed mi ne sentis tion natura. La persan mi parolis hejme, do en la gepatra hejmo, kaj escepte kun aliaj iranaj parencoj aŭ konatoj. Eĉ kun Nahid mi ĉiam kvazaŭ aŭtomate ŝanĝis al la sveda. Kaj en multaj situacioj ekster la hejmo mi eĉ ne kapablus elturniĝi perse. Do, kion fari?

Fakte, ŝi ja tamen pravis pri tio, ke mi kantas al Alice iranajn lulkantojn, kaj iufoje klopodas ripeti ian fingro-verson aŭ alian rimaĵon, kiun Panjo kutimis eldiri al mi kaj Nahid. Ofte mi memoris nur fragmentojn kaj do devis mem fliki la versojn per propraj elpensaĵoj. Krom tio temis nur pri okazaj spontanaĵoj, kiel 'Bone, filineto' aŭ pri kaŝludo kun 'Kie estas Paĉjo?' kaj 'Jen Paĉjo!', kiu ĉiam vekis ŝian entuziasmon, negrave kiun lingvon mi parolis. Sed tio ja ne povus bremsi la parolkapablon de Alice.

Mi faris provon kontraŭdiri al Frida.

"Estus granda avantaĝo por Alice, se ŝi povus iĝi dulingva. Sed bedaŭrinde mia persa estas tro limigita. Mi ne sukcesus uzi ĝin bone, kaj tial mi ĉiam parolas al ŝi svede."

"Tamen tiuj kantoj ja devas konfuzi ŝin, ĉar ŝi ne povas kompreni ilin. Krome eble via skania akĉento aldonas konfuzon."

Mi devis ridi. Kion ŝi fakte celas? Ĉu mi imitu la lokan dialekton de la regiono, parolante kun mia filino?

"Nun vi estas ridinda, Frida. Ĉu vi pensas ke ni estas la solaj gepatroj en Svedio, kiuj devenas el malsamaj provincoj? Se vi serioze maltrankvilas pri la parolo de Alice, do ni petu helpon de ia fakulo, logopedo aŭ iu tia, sed mi certas ke tio estas tute superflua. Ŝi baldaŭ babilos pli ol ni eltenos!"

Je okazo mi telefone demandis mian patrinon, je kiu aĝo mi kaj Nahid ekparolis per tutaj frazoj. Ŝi tamen ne memoris tion.

"Sed vi ĉiam estis iom silentema filo", ŝi diris. "Dume, Nahid ĉiam babiladis senhalte, sed ekde kiam, mi ne memoras."

Kaj baldaŭ ja montriĝis ke ankaŭ Alice scios paroli flue. Unu tagon en marto Frida kaj mi staris en nia vestiblo kun duone vestita Alice inter ni, diskutante kiom da varmaj vestaĵoj ŝi bezonos por ludi en la neĝo. Kiel ĉiam lastatempe, nia diskuto rapide fariĝis akra disputo. Tiam Alice intervenis.

"Ŝesu pi tio!" ŝi klare diris, kaj poste eĉ ripetis la admonon.

Jen ŝia unua trivorta frazo. Ĉesu pri tio. Evidente tio estis io, kion ŝi jam ofte aŭdis el la buŝoj de vartejaj pedagogoj, kaj eble iufoje ankaŭ de Frida aŭ mi. Tamen mi ege embarasiĝis. Se la filino ankoraŭ ne dujara admonas nin ne kvereli, tio ja estas vera honto, kaj mi ne plu povis insisti pri la bezono de plia lana pulovero sub la kombineo, kiun Frida trovis ne plu necesa pro la pala marta suno kaj la varmeta temperaturo de nul gradoj.

Ĉapitro 12

Ne eblas aplaŭdi unumane

Jam delonge mi kutimis labori hejme unu tagon ĉiusemajne, plej ofte merkrede, se neniu kunveno aŭ renkontiĝo kun kliento neprigis mian fizikan ĉeeston en Luleå. Post la elektropaneo mi pli ol iam konsciis ke la reta konekto estas nia plej sekura ligo al la mondo, sed normale ankaŭ la telefono ja funkciis senprobleme.

Nun okazis tiel ke ekde Novjaro mia bofratino Heidi deĵoris unufoje semajne en la lernejo de Korsträsk. Unu el la ordinaraj instruistoj tie naskis infanon kaj do forestos dum almenaŭ unu semestro, kaj ŝia anstataŭanto ial ne povis gvidi la lecionojn pri muziko. Do la komunuma lerneja administranto aranĝis ke la muzikinstruisto de la urbeto venu tien. Hazarde tiuj lecionoj okazis merkrede posttagmeze, kaj ili estis ŝiaj lastaj de tiu tago. Post kelka tempo Heidi ekhavis la bonan ideon uzi la koincidon por viziti sian bofraton, alportante konservaĵ-doson da fermentintaj botniaj haringoj el la pasinta jaro.

Mi ridis pri ŝia triumfa gesto, kiam ŝi levis la doson, montrante ke ĝi jam komencis iom pufiĝi pro plua fermentado de la enhavo.

"Mi ĉiam supozis ke tio estas vana minaco, kiam vi parolis pri tiuj printempaj konservaĵoj", mi diris.

"Nenio estas vana. Nun vi ne plu evitos ĝin."

Estis griza tago kun iom morda vento, kaj Heidi ŝajnis frosti, kiam ŝi kaŭris eksterdome sur nia veranda ŝtuparo, malfermante la doson laŭ la kutima procedo, en sitelo da akvo. La verando ne havis radiatoron, do ni preferis manĝi en la kuirejo. Mi ne rimarkis grandan diferencon de la aŭgustofinaj haringoj, se temis pri la gusto, sed povas esti ke la odoro estis eĉ pli altruda.

Ni interparolis pri niaj laboroj, pri krimromanistoj, kiuj plaĉis al ni ambaŭ – aŭ nur al unu el ni. Mi mem tre ŝatis la Jarmilan trilogion de Stieg Larsson, kiu furoris antaŭ kelkaj jaroj. Ŝi male juĝis ĝin subnivela, kaj mi trovis interese kaj amuze aŭdi ŝiajn argumentojn. Sed ni babilis ankaŭ pli leĝere pri ĉi tiu vintro, kiu alportis malpli da neĝo ol la antaŭa, kaj pri la diversaj loĝlokoj, kiujn ni konis. Kiel kutime, estis facile kaj agrable babili kun ŝi.

"Mi scias ke vi loĝis en Umeå", mi diris. "Mi mem neniam vizitis ĝin. La urbon de betuloj, ĉu ne?"

"Betuloj ja svarmas ne nur tie, sed pli grave ĝi havas sufiĉe viglan kulturan vivon. Ĉi tie necesas esti moviĝema. Mi ja havas mian koruson en Piteå, kaj fojfoje mi iras kun kolegoj al koncerto aŭ kinejo en Luleå."

"Do, ĉu vi jam decidis resti en Älvsbyn?" mi demandis.

Ŝi levis la ŝultrojn. Mi jam konis ŝian apartan manieron levi tiujn kaj la brovojn, farante komikan mienon perbuŝe, kvazaŭ por duone nei, kion ŝi ĵus diris. Mi asociis tiun mienon kun francoj, sed verŝajne tio estis nur holivuda kliŝo. Verajn francojn mi apenaŭ konis. Nun mi rimarkis ĉe ŝi ankaŭ tute personan manieron ridi duone silente.

"Nu, almenaŭ dum ĉi tiu semestro, evidente. Kaj vi?"

Mi ridetis kvazaŭ sinekskuze kaj alude rigardis ĉirkaŭ mi en la kuirejo.

"Mi ne vere komprenas, kiel mi povus dishaki la katenojn. Ĉiujare amasiĝas pli kaj pli da aferoj, kiuj ligas min. La domo, precipe. Kaj kompreneble Frida kaj Alice. Sed eble tia estas la vivo, tutsimple. Tiel estas plenkreski, mi supozas."

"Do vi ne trovas min plenkreska, ĉu?"

Ŝia tono estis iom amara. Mi rigardis ŝin honte.

"Pardonu, mi ne celis tiel. Estis nura ŝerco. Kompreneble vi estas plenkreska. Vi ja aĝas du jarojn pli..."

"Dankon, mi scias ke mi estas maljuna fraŭlino. Eĉ seninfana."

Mi ne komprenis kiel ni trafis en tian tiklan paroltemon.

"Nu, ĝuste pro Alice mi ne vidas, kiel mi povus foriri de ĉi tie. Ĉar mi apenaŭ sukcesus konvinki Fridan transloĝiĝi ien ajn. Eĉ ne al Luleå, mi pensas. Mi miras ke ŝi iam kuraĝis iri tiel foren kiel al Upsalo por studi."

Heidi ridis.

"Sed vi ja scias, kio igis ŝin, ĉu ne?"

"Ne. Kio do?" mi diris scivole.

"Ha, mi supozis ke ŝi jam rakontis tion. Eble mi devus ne diri. Nu, ne gravas. Estis knabo, kompreneble. Ŝi havis koramikon en la lasta jaro de la gimnazio. Simon li nomiĝis. Kaj li ekiris al Upsalo por studi ion, mi ne plu memoras kion. Eble historion aŭ arkeologion. Do ŝi akompanis lin tien, sed mi pensas ke ili disiĝis post nelonge.

Kredeble li trovis iun pli interesan. La sortimento de studentinoj sendube estas vasta tie. Mi mem tiam studis en Umeå."

Mi ne sciis, kion diri. Frida kaj mi ne multe parolis pri antaŭaj amrilatoj. Ŝi ja iam nebulis pri iu en Upsalo, sed nenion pri tio ke ili venis kune tien el la nordo.

"Pardonu", poste diris Heidi. "Mi vere supozis ke ŝi jam klarigis tion."

"Nu, eble ŝi ja diris, kvankam mi forgesis la detalojn."

Ni sidis silentaj dum kelka tempo, manĝante la lastajn haringojn.

"Eble mi malhelpas al vi labori", ŝi diris post iom.

"Ne, tute ne. Mi ĝojas ke vi alportis ĉi tiujn. Ili estas tute en ordo."

"Bone."

"Sed la odoro fakte estas forta. Frida kompreneble paŭtos, flarante ĝin."

"Nu, simple kulpigu min pri tio. Sed do vi ne volas ripeti la aferon, ĉu?"

"Certe, volonte", mi diris. "Sed eble kun alia plado. Venontfoje mi regalos per io, ĉu ne?"

La venonta fojo tamen iom prokrastiĝis. Unue mi devis defendi min kontraŭ la malbonvolo de Frida, kiu tute ne aprezis la odoron restantan en nia tuta domo, se almenaŭ kredi ŝian nazon. Cetere ŝi ankaŭ ne trovis tute nature ke mi renkontas ŝian fratinon duope.

"Kio do?" mi diris. "Kutime vi tre insistas ke ni societumu kun viaj parencoj."

"Certe ja, kiam ni faras tion kune. Sed ne vi kaj Heidi duope!"

Mi ridis.

"Ĉu vi timas ke mi ne povos defendi mian honoron?"

Al tio ŝi nur elsnufis.

Sed due mi jam de kelka tempo klopodis persvadi ŝin akcepti inviton de miaj gepatroj veni al ili dum Noruzo. Ŝi longe prokrastis tion, kaj nun jam estis tro malfrue por peti feriojn de ŝia laboro. Do, la sekvo estis ke mi devis vojaĝi tien sola kun Alice.

Dum la lastaj kvin jaroj mi vojaĝis kelkfoje ĉiujare tien-reen inter Älvsbyn kaj suda Svedio. Ĉiam mi flugis de Luleå al Stokholmo, kaj pluen al Kopenhago, kiam mi vizitis la gepatrojn en Malmö.

Lastatempe mi konstatis ke aviadilo kaj flughaveno ne estas la plej konvenaj medioj por bebo, kaj mi supozis ke por kurema preskaŭdujarulo ili estas eĉ pli malkonvenaj. Mi jam ofte konsideris la fakton ke noktaj trajnoj al kaj de Stokholmo preterkuras ne malproksime de nia domo, kaj ke ili fakte haltas en Älvsbyn. Ĝis nun mi tamen iom timis la longan vojaĝon. Sed mia laboreja ĉefo Kalle rakontis al mi pri siaj spertoj, kaj laŭ li nokta trajno estas bona vojaĝmaniero, kiam oni iras kun infanetoj. Do mi volis iam provi tion kun Alice. Frida tute kontraŭis la ideon pro la longa vojaĝtempo, sed ĝuste tial ĉi tiu estis bona okazo provi la aferon.

Ekzistis du noktaj trajnoj, kaj mi elektis la pli fruan, ĉar mi pensis ke tiam Alice havos tempon alkutimiĝi al la medio antaŭ ol estos tempo enlitiĝi. Propra dormkupeo estus tro kostega, kaj mi ĉiuokaze volis dividi kuŝlokon kun Alice, do mi rezervis suban liton en kuŝkupeo por sesopo. Ni ekiris marde vespere, kaj mi supozis ke la vagono ne estos tre dense okupita.

Parte mi pravis pri tio, sed parte ne, pro la kurioza rezerva strategio de la nacia fervoja kompanio. Pluraj kupeoj en nia kuŝvagono ja estis senhomaj, sed en la nia ĉiuj kvin ceteraj lokoj jam estis okupitaj, kiam ni suriris la trajnon. Mi bezonis iom da tempo por stivi nian pakaĵon kaj la ĉareton de Alice. Dume ŝi konatiĝis kun la cetera kvinopo – du gestudentoj, unu maljuna sinjorino kaj paro proksimume tridekjara, kiu videble survojis hejmen de skipromenado en la nordlaponia montaro. Post dek minutoj la tuta aro ŝajne transformiĝis en bonhumoran familion, ĉefe dank' al Alice. Almenaŭ tiel longe mi devis koncedi ke Kalle pravas; ĉi tio vere estis pli bona maniero vojaĝi kun infano ol per aviadilo. Sed mi ja konsciis ke restas preskaŭ dek sep horoj, kaj ke morgaŭ frumatene necesos ŝanĝi trajnon en la ĉefstacidomo de Stokholmo.

Antaŭe mi planis ke Alice kaj mi mansignu al nia vilaĝo, kiam ni traveturos ĝin, sed tio evidente okazis dum mi okupiĝis pri nia pakaĵo. Kaj ĝis la unua halto restis verŝajne horoj.

Mi ne fidis la bufedan vagonon, do ni baldaŭ vespermanĝis nian propran kunportitan manĝon, kaj Alice almozis keksojn kaj kuketojn de la samkupeanoj. Ambaŭ du paroj vojaĝis al la stokholma regiono, kaj ili esprimis miron, ke ni iros tiel foren kiel al Malmö. Sed tio estis nenio, kompare kun la maljuna sinjorino. Montriĝis ke ŝi estas germanino, kiu trajne kaj buse travojaĝis Danion kaj Norvegion kaj nun survojis hejmen tra Svedio.

"Estas bonege vojaĝi ĉi tiel por sola pensiulino kiel mi", ŝi diris en miksaĵo el germana kaj angla. "Mi estas vidvino kaj alkutimiĝis vojaĝi sola, sed mi ĉiam renkontas simpatiajn homojn en la trajnoj."

Ŝi planis forlasi la trajnon en Upsalo por fari devojiĝon al Dalekarlio, antaŭ ol pluiri suden. Studinte la horaron ŝi tamen decidis pludormi ĝis Stokholmo, kaj poste ekiri de tie.

"Mi povas iri tute spontane, senplane", ŝi diris ridante.

La du skiantoj vespermanĝis el iaj saketoj kun pulvoro, en kiujn ili verŝis varmegan akvon aĉetitan en la bufedvagono.

"Tio estas nia rezerva provianto, kiu kuŝis funde de la dorsosakoj dum la tuta semajno", klarigis la viro.

"Ŝajne estis pli multe da suno en la montaro ol ĉe ni", mi diris, gestante al iliaj brunaj vizaĝoj.

"Fakte ne estis tre sune", respondis la virino. "Sed ni ĉiuokaze devis uzi sunprotektan kremon. Eĉ kun nuboj regas tiel forta lumo pro la neĝo."

La du studentoj nestis plej supre kaj estis la malplej babilemaj. Tamen ili rakontis ke ili studas en Luleå kaj nun liberigis sin dum tri tagoj por viziti siajn familiojn en Stokholmo. Mi jam sciis ke nuntempe multaj sudanoj studas teknikon en Luleå, kvankam la malo estas pli tradicia.

Dum la tuta tempo Alice grimpadis supren-suben laŭ la ŝtupetaro, dum iu el la kupeanoj ĉiam etendis protektan manon, por la okazo ke ŝi falus. Fine ŝi tamen preskaŭ endormiĝis grimpante, kaj mi povis enlitigi ŝin.

La frumatena trajno-ŝanĝo en Stokholmo iris glate, kun Alice dormetanta en sia ĉareto, kaj kiam ni finfine alvenis en Malmö, la gepatroj akceptis nin entuziasme, kiel kutime. Panjo prezentis abundan matenmanĝon, kvankam jam estis proksime al la tagmezo.

"Alice, Alinjo, princineto, kiom vi kreskis!" ŝi kaĵolis.

"Panjo", mi atentigis, "necesas paroli svede. Ŝi ne komprenas la persan."

Sed tion ŝi forgestis kvazaŭ ĝenan muŝon.

"Vi ja komprenas, Alinjo, ĉu ne? Mi vidas ke vi bone komprenas Avinon."

Ankaŭ Paĉjo estis tre kontenta renkonti nin, kaj samtempe malkontenta, ĉar mi venis sen Frida.

"Kial vi ne venigis la bofilinon, knabo? Ŝi devas sperti Noruzon!"

"Nu, mi volis, sed ŝi devas labori."

"Labori, labori... Tamen al virino pli gravas la familio ol ajna laboro, ĉu ne? Kaj la knabineto bezonas ŝin. Ŝi bezonas ambaŭ gepatrojn! Ŝi ja havas patron kaj patrinon. Ne eblas aplaŭdi unumane. Ne eblas unufingre levi eĉ gruzeron. Ne eblas..."

Evidente li jam volis liveri la proverbojn po tri, sed ial li ne sukcesis trovi taŭgan trian saĝajon. Mi ne bedaŭris tion. Al mi jam pli ol sufiĉis unu aŭ du, des pli ĉar mi ne vere komprenis ilian rilaton al la fakto ke Alice kaj mi alvenis sen Frida.

"Paĉjo", mi diris. "Kion mi aplaŭdu? Ĉu viajn proverbojn? Gravas ne aplaŭdoj, nek gruzeroj. Gravas tio ke ni loĝas mil ducent kilometrojn for de ĉi tie, ĉar tie ni trovis laboron kaj loĝejon. Kaj ni ambaŭ devas zorgi niajn laborojn. Jen la vivo. Ni ne havas kaŭzon aplaŭdi, nek unumane, nek kvarmane!"

"Aŭskultu, filo", Paĉjo daŭrigis. "Nun vi havas propran familion, ĉu ne? Edzinon, filinon. Do vi devas zorgi teni ĝin kune. Tio estas esenca. Kaj ankaŭ kunigi ĝin kun ni en via pli granda familio. Sen tio vi estos malfeliĉa solulo. Familianoj signifas ĉion! En Irano ni diras ke 'ni eniras ĉi tiun mondon plorante, dum ĉiuj ĉirkaŭe ridetas, kaj ni forlasu ĝin ridetante, dum ĉiuj ĉirkaŭe ploras'. Kaj tiuj ĉirkaŭe estas la familianoj. Ne agu tiel ke vi perdos ilin, filo!"

Do li tamen trovis la serĉatan trian proverbon, kvankam efektive estis iom malbona ideo paroli pri kiel ni forlasu la mondon. Nu, mi ne komentis tion sed rezignis plu diskuti kun li. Ja ankaŭ mi bedaŭris, ke Frida ne akompanis min ĉi tien. Sed kion ajn mi dirus, Paĉjo nur saĝume liverus plian proverbon, kiu laŭ lia opinio subtenas lian vidpunkton. Vere mi ne vidis kialon aplaŭdi tion, negrave per kiom da manoj.

Postmanĝe Alice devus dormi, sed la geavoj tiel ekscitis ŝin, ke ŝi rifuzis endormiĝi. Do mi faris promenon kun ŝi en la ĉareto, kvazaŭ por stulte montri al la filino mian hejmurbon, sed tiam ŝi kompreneble estingiĝis kiel kandelo, sidante en la ĉaro. Nu, bone, do ŝi eble restos veka dum parto de la vespera festado, mi pensis.

Temis pri la fajrofesto en la tago antaŭ la printempa ekvinokso. La festado okazis en la Popola Parko, kien alvenis irananoj ne nur el Malmö sed ŝajne el suda Svedio, Kopenhago kaj mi ne scias kie. Ĉeestis ankaŭ kurdoj kaj afganoj, kaj aro da scivolaj indiĝenaj svedoj. Mi pensis pri Anita, mia bopatrino. Fakte mi devintus inviti ŝin. Sendube ŝi venus ege pli volonte ol Frida kaj certe ĝuus ĉion ekzotan, kion eblis sperti ĉi tie.

Ankaŭ Nahid alvenis al la vespera festo, trenante kun si junulon preskaŭ du metrojn altan, kiu prezentis sin kiel Daniel. Li estis la unua koramiko, kun kiu mi iam vidis ŝin. Ĉar mia fratineto mezuris nur iom pli ol 160 centimetrojn, mi ne povis ne imagi ilin en strangaj kunaj pozicioj, kvankam dum ĉi tiu vespero mi eĉ ne rimarkis kiseton inter ili. Eble li timis la reagon de Paĉjo, se li montrus ian fizikan intimaĵon kun Nahid.

Alice videble ĝuis la festadon. Ŝi ŝatis la amason da homoj, parencoj, konatoj, amikoj de konatoj, kiuj laŭdis ŝin, karesis ŝin, eĉ kisis ŝin, kiam mi ne sukcesis malhelpi tion. Kaj kiam oni ekbruligis la fajron kaj komencis dance salti ĉirkaŭ ĝi, trans ĝin, preskaŭ en ĝin, ŝi mem ŝajne ŝatus partopreni. Sed ankaŭ rigardi la fajron estis amuze, kaj la samo validis pri la piroteknikaĵoj.

Mi vidis ke Paĉjo alpaŝas al Daniel, sendube por klarigi al li la signifon de la saltado ĉe la fajro. Mi jam sciis, kio okazos, kaj baldaŭ mi povis spekti la baleton propraokule. Paĉjo stariĝis je konvena paroldistanco antaŭ Daniel, kiu siavice cedis dorsen, por ekhavi komfortan interspacon, post kio Paĉjo avancis denove por reakiri kontakton, kaj Daniel duafoje faris paŝeton malantaŭen por eviti la troan proksimecon kaj tiel plu. Se la klarigo de Paĉjo estos sufiĉe longa, kaj tio estis tre kredebla, kaj se neniu el ili ekkonscios, kion ili faras, ili povos tute facile rondiri ĉirkaŭ la fajro almenaŭ unu plenan turniĝon. Espereble Daniel almenaŭ ne retretos en la fajron. Mi iam provis klarigi al Paĉjo, ke la plej multaj svedoj ne ŝatas tian korpan proksimecon, sed li tute ne komprenis, pri kio mi parolas, do mi rezignis plu klopodi pri lia konduto.

Survoje hejmen de la festo, tro malfrue vespere, Alice komprenEble endormiĝis, kaj mi devis porti ŝin rekte el la aŭto en ŝian liton, kiu pli ĝuste estis mia iama lito. Mi mem dormis sur matraco metita surplanken apud la lito.

Mi duone ŝerce proponis ke Nahid kaj Daniel tranoktu en ŝia iama ĉambro, ĉar ili ambaŭ partoprenos en nia morgaŭa festa manĝo. Sed kiel mi atendis, ili vespere reiris trajne al Lund, kaj mia propono vekis neniun reagon, nek ĉe ili, nek ĉe la gepatroj. Eĉ Paĉjo evidente ne trovis konvenan proverbon en la situacio. Aliokaze mi povus proponi 'Se vi estas ŝovelisto, unue ŝovelu vian propran ĝardenon', pri kiu mi plurfoje pensis en la antaŭa vintro, kiam mi tro ofte estis kontraŭvola neĝoŝovelisto.

La familia festado de Noruzo je la vera ekvinokso en la posta tago okazis tute kiel kutime, alivorte kiel mi memoris ĝin el mia junaĝo. La ĉefaj novaĵoj estis ke oni devis ĉion klarigi al Daniel, kaj ke mi devis malhelpi al Alice palpi kaj enbuŝigi ĉion, kion Panjo bele aranĝis sur la tablo kun la sep S-oj.

"Kiaj S-oj?" scivolis la kompatindulo Daniel, kiu nenion suspektinte subite trovis sin en rondo el fremdaj stranguloj.

"Ne gravas", diris Nahid neglekte. "Estas nur sensenca tradicio."

"Oni metas sep aferojn, kies nomoj komenciĝas per S en la persa", pedagogie klarigis Paĉjo.

Poste li komencis longan prelegon pri la sep aferoj, kiel ili nomiĝas perse, el kio ili konsistas, kion ili simbolas kaj tiel plu. Mi rimarkis ke la atento de Daniel formortis jam inter la sumak-beroj kaj la ruĝa pomo, sed mi ne volis enmiksiĝi. Oni lasu al la maljunulo trankvile klarigadi, laŭ mia sperto, kaj tre verŝajne li iam finos per proverbo sen evidenta rilato al la temo.

Kompreneble sur la noruza tablo troviĝis ankaŭ aliaj aferoj nepre apartenantaj al la festo, kvankam mi mem neniam komprenis kial. Spegulo, kolorigitaj ovoj, moneroj, poemaro de Hafizo kaj tiel plu. Kiel ĉiam tamen mankis la vitra bovlo kun orfiŝo, ĉar Panjo konsideris tiun kutimon barbara.

Fine ni povis manĝi la tradician festan fiŝaĵon kun verda rizo kaj deziri unu al la alia prosperan novan jaron. Precipe Alice ricevis tian saluton de ĉiuj, kaj Paĉjo plurfoje provis igi ŝin ripeti la vortojn *noruzetan piruz!* Nu, Alice ja balbutis ion sufiĉe malsimilan, per kio ŝi gajnis kisojn kaj pluajn bondezirojn. Mi ne dubis ke Paĉjo al aliaj parencoj kaj amikoj longe fanfaronos pri sia miranda nepino, kiu jam perfekte parolas la persan.

Ĉapitro 13

Se vi nepre devas peki, elektu pekon kiun vi ĝuas

Mi ŝatus diri ke estis neevitebla, sed tio ne estus vera. Nenio estas neevitebla. Aŭ... almenaŭ la maniero, laŭ kiu tio okazis, ja povus esti alia. Nenio devigis min konduti tiel. Mi mem iniciatis la aferon, kaj ĉiu homo respondecas pri siaj agoj.

Jam de kvin jaroj mi vivis kun Frida. Se oni demandus min, ĉu mi estas feliĉa, mi ne scius respondi. Feliĉo estis ege tro granda vorto. Ĝi ŝajnis tute ne aplikebla al mia ĉiutaga vivo kun ties zorgoj kaj taskoj. Ĉu mi amis ŝin? Certe jes. La malo ja estus terura. Ĉu mi estis kontenta pri mia vivo? Certe ne. Laŭ mi neniu prudenta homo povus iam ajn esti kontenta. Tio signifus rezigni ĉiujn aspirojn.

Mia vivo fluis antaŭen nehaltigeble sed kviete, kvazaŭ la rivero Piteälven en ties malrapidaj partoj, inter la torentoj. Kaj mi navigis sur ĝi en la sola irebla direkto. Kontraŭi la fluon absolute ne eblus. Restis nur akcepti la direkton de la fluo kaj ĝisatendi, kio aperos post la sekva riverkurbiĝo.

Post la naskiĝo de Alice la vivo de Frida kaj mi kvazaŭ pleniĝis de rutinoj. Ŝajnis al mi ke ni interparolas nur pri devoj farendaj aŭ nefaritaj. Malaperis ĉia spontaneco kaj preskaŭ ĉiuj plezuroj. Nia seksumado fariĝis iom raraj okazaĵoj. Unue pro la simpla fakto ke ni havis nek tempon nek fortojn kuŝi kune, kaj se ni iufoje povis fari tion, ni preferis dormi. Kiam tiu stadio pasis, reaperis la kontraŭkoncipa problemo. Frida ne volis rekomenci pri la piloloj, mi ne ŝatis uzi kondomon kaj ni ambaŭ trovis la ideon pri enutera objekto sufiĉe forpuŝa. Iam ni ja aplikis sekurajn periodojn kaj interrompadon, sed ni konstatis ke ni pli kaj pli malstrikte observas ilin, kaj la sekvo de tio estis Alice. Ĉar ni ne volis tuj havi duan infanon, ni bezonis ion pli sekuran. Kaj unu tagon Frida surprizis min, triumfe montrante al mi etan aparaton kun plasta kovrilo paŝtele glaŭka.

"Jen nia nova metodo", ŝi diris. "Fekundo-komputilo. Tio ja devas plaĉi al vi, ĉu ne?"

Mi rigardis ŝin esplore. Ĉu estas ŝerco? Evidente ne. Mi tamen neniam antaŭe aŭdis pri tia magia aparato.

"Kion ĝi faras? Kie oni aplikas ĝin?"

"Ĝi precize antaŭdiras la ovoladon kaj do montras kun certeco, kiam estas sekure kaj kiam ne."

"Tion ni jam provis, ĉu ne? Laŭ via kalendaro. Dank' al tio alvenis Alice."

"Sed ĉi tiu estas preciza. Ne eblas persvadi ĝin aŭ erari. Jenny, mia kolego, uzas tian de jaroj, unue por gravediĝi kaj poste por ne. Ŝi rekomendis ĝin."

Mi trovis la folion kun uzindikoj kaj legis unue la svedan tekston, poste la anglan, por kompreni, kion celis diri tiu sveda maŝintraduko.

"Frida", mi poste diris. "Laŭ mia kompreno ĝi estas termometro por mezuri vian korpan temperaturon. Ĉion kroman ni povus mem kalkuli. Febro-termometron ni jam havas. Kiom kostis ĉi tiu?"

Sed tion ŝi ne volis diri. Fakte, ŝi tiel ĉagreniĝis pro mia manko de entuziasmo, ke dum semajno ni bezonis entute neniun kontraŭkoncipan metodon. Poste ŝi komencis uzi la aparaton ĉiumatene. Post ankoraŭ kelkaj tagoj ŝi sciigis al mi ke laŭ la fekundo-komputilo ni rajtas koiti. Eble ne tre romantike, sed aliflanke mi ne sciis, kiom da romantiko travivis nian familian vivon kun alternado pri laktosupo, vindaĵoj, enlitigado de Alice, kuirado, lavado, purigado, irado al laborejoj, aĉetado de necesaĵoj, kaj kun elektropaneo, lika veranda tegmento kaj bopatra lumbalgio. Eble eĉ estis bona ideo lasi al tia aparato decidi, kiam ni seksumu kaj kiam ne.

La dua mangô duope kun Heidi okazis en aprilo, en la lasta semajno antaŭ ŝiaj paskaj ferioj. Jam en la antaŭa vespero mi estis iel nervoza, ne vere sciante kial, kaj dum la merkredo malfacilis al mi koncentriĝi pri mia laboro ĉe la komputilo. Mi interrompis la profesiajn taskojn guglante pri muziko, ĉar mi timis ne havi konvenajn temojn por interparoli kun ŝi, sed ankaŭ pri tio mi ne sukcesis vere koncentri la pensojn. Dume mia konscio kvazaŭ neeviteble glitis al fantazia imago, en kiu ŝi staris antaŭ mi, dum ŝiaj vestaĵoj per si mem falis kaj magie diseriĝis, kvazaŭ por ia stulta senzipa fiko. Kompreneble mi sciis bonege ke tio estas idiota fantazio, kiu neniam povus realiĝi, kaj mi demandis min, ĉu mi suferas de abstina deliro pro nesufiĉe ofta seksumado. Ĉiel ajn, tio neniel influos la komunan tagmanĝon kun mia bofratino.

Mi kuiris gulaŝ-supon, kiu espereble ne poluos la tutan domon per sia odoro, atestante pri ŝia vizito. Manĝante, ni interparolis pri niaj infanaĝoj kaj komparis niajn spertojn. Ni ambaŭ havis fratinon pli junan je du-tri jaroj kaj kundividis la memorojn pri ŝia incitado kaj ĝenado, sed ankaŭ pri nia respondeco de pli aĝa gefrato. Komprenoble ŝi krome havis grandan fraton, kio por mi estis nekonata sperto, sed ĉar Niklas estis ses jarojn pli aĝa, li malmulte intervenis en la ĉiutagan vivon de la du fratinoj.

"Laŭ mia memoro Frida ĉiam estis timema kaj klaĉema", diris Heidi. "Mi tre malŝatis havi ŝin kiel ian trenaĵon, kiam mi estis kun miaj amikinoj. Verŝajne mi kelkfoje kondutis al ŝi sufiĉe malice kaj provis timigi ŝin, por ke ŝi lasu min en paco. Aliflanke ŝi ofte venĝis, klaĉante pri mi al la gepatroj, precipe kiam mi adoleskis kaj ne volis ke la gepatroj sciu absolute ĉion."

"Nu, mi ne povas memori ke Nahid iam ajn estis timema, eĉ male. Fakte, Panjo ĉiam admonis min, ke mi zorgu pri ŝi kaj gardu ŝin kontraŭ mi-ne-scias-kiaj danĝeroj."

"Do vi estis la bonkonduta filo, ĉu?"

"Verŝajne jes. Aŭ eble tutsimple la pli pigra el ni. Mi ne memoras ke mi volus provi ion danĝeran. Cetere ankaŭ ŝi ja estis bonkonduta, precipe kompare kun kelkaj el la najbaraj infanoj. Verŝajne ni vivis en ia protektita rondo. Hodiaŭ oni diras ke la krimulaj bandoj rekrutas dekdujarulojn en nia tiama kvartalo, sed tiam mi ne rimarkis tiajn aferojn. Cetere ni transloĝiĝis al iomete pli trankvila kvartalo, kiam mi aĝis dek unu."

"Tamen vi kreskis en tute alia mondo ol mi. En Älvsbyn apenaŭ ekzistis krimulaj bandoj."

"Ĉu ne? Kio do pri la hejma distilado de brando, aŭ la neleĝa ĉasado kaj fiŝado? Aŭ la ŝtelado de kristarboj?"

"Ha, ha! Tio estas plejparte agoj de mezaĝuloj kun stabila socia situacio, ne de sovaĝaj junuloj. Inter la adoleskuloj temis ĉefe pri tro rapida veturado per manipulita mopedo, aŭ stirado de aŭto en tro juna aĝo, sen kondukpermeso. Sed ĉar mi estis knabino, mia rolo estis nur kunveturi, kaj tiam mi komprenoble ne volis ke Frida akompanu min."

La fruprintempa suno lumis al ni tra la fenestroj. Ŝi laŭdis mian supon kaj proponis ke venontfoje, eble post du semajnoj, ŝi kunportu iun pladon.

"Sed verŝajne mi malhelpas al vi labori", ŝi aldonis same kiel lastfoje.

Mi denove neis tion, kaj ni komencis prilevi la tablon. Ŝi portis telerojn kaj manĝilojn al la lavkuvo kaj ŝajnis prepari sin por lavi ilin. Mi iris al ŝi kaj metis la manojn sur ŝiajn ŝultrojn por haltigi ŝin.

"Lasu tion, Heidi. Mi lavos ĉion poste."

Ŝi turnis sin. Ni staris tre proksime unu al la alia. Dum la tuta tagmanĝo ni konversaciis facile kaj senĝene, kaj mia stulta fantazia imago de antaŭtagmeze neniam intervenis, sed nun ĝi reaperis en mia kapo kun nova forto. Miaj manoj kvazaŭ per si mem glitis malsupren laŭ ŝiaj brakoj.

Jen la komenco.

Jen la momento, kiam ĉio ŝanĝiĝis.

Nenio estis planita. Kompreneble mi jam antaŭe sentis ion, kiam mi rigardis ŝin, kiam ni interparolis, kiam mi fojfoje sendis al ŝi penson. Sed tio ne estis unika. Mi ofte pensis pri aliaj virinoj, kiujn mi trovis allogaj. Tio signifis nenion. Kaj Heidi eĉ ne estis aparte seksloga. Mi povus facile nomi centon da inoj pli ekscitaj. Nu, eble ne centon, sed dekojn. Kaj temus ne nur pri filmstelulinoj, sed pri tute normalaj personoj kiel kolegino, kelnerino, vilaĝanino. Do mi vere ne scias, de kie originis mia fantazio pri ŝi, kaj eĉ malpli kio puŝis min reale fari ion. Vere ne facilas klarigi, kio okazis. Cetere, kredeble neniam facilas klarigi tiajn aferojn.

Ĉiel ajn, miaj manoj plu vagadis suben laŭ ŝiaj brakoj, ree supren al la ŝultroj, plu al la dorso kaj postaĵo, dum mi premis min pli forte, pli proksimen al ŝi, klinis la kapon kaj kisis la flankon de ŝia kolo. Poste ni vere kisis nin. Kaj kisis nin. Mi karesis ŝiajn mamojn, kiuj facile enteniĝis po unu en ĉiu el miaj manoj. Kaj ŝi ne forigis ilin – eĉ male. Subite mi sentis ŝiajn fingrojn palpi ĉe mia ventro, malbutoni kaj malzipi mian pantalonon. Nur tiam mi ekkomprenis, kio okazas, kaj kio okazos, kaj mi tute ne hezitis. Ekzistis neniu ajn dubo. Mi puŝetis ŝin dorsen, kondukis ŝin el la kuirejo, tra la vestiblo, en la geedzan dormoĉambron. La vekhorloĝo sur mia litotablo montris ke restas horo kaj duono, ĝis Frida revenos hejmen kun Alice, kaj mi diris tion laŭte.

"Restas horo", mi diris – aŭ ĉu mi nur pensis? Mi ne vere scias.

Ĉiuokaze Heidi nenion respondis.

Tiufoje, la unuan fojon, ĉio okazis rapide. Ĝis tiam mi pensis ke ĉiuj virinoj ĉiam bezonas longan antaŭludon kaj multe da tempo, sed Heidi orgasmis post mi ne scias ĉu kvin aŭ dek minutoj, kaj baldaŭ ŝi ŝajnis proksima al dua fojo, kiam mi devis eltiri min kaj ejakuli sur ŝian ingvenon. Mi ja ne havis tempon demandi, kiel statas ĉe ŝi pri protekto. Poste ni jam povis interparoli, sed nur iel prove, timide, kvazaŭ embarasite. Ni ambaŭ certigis ke estis bonege kaj ke neniu kulpas, ĉar tio simple okazis, hazarde, senintence.

"Ne timu", ŝi diris. "Ŝi neniam ekscios ion."

Mi nur kapjesis, kuŝante kun la kapo sur ŝiaj mamoj.

"Ĉu mi alportu viŝpaperon?" mi demandis, aludante al mia spermo sur ŝia haŭto.

"Ne gravas. Tio ĝenas neniun."

Mi ridetis nevideble al ŝi.

"Sed se vi duŝos vin, mi volonte akompanos", ŝi aldonis. "Kaj eble ni finfine lavu la vazaron."

Mi konsentis. Ni faris laŭ ŝiaj vortoj, kaj poste ŝi ekiris hejmen. Mi sidiĝis ĉe mia komputilo kaj rigardis la horloĝon por vidi, ĉu la du fratinoj riskas renkontiĝi ĉiu en sia aŭto sur la ŝoseo inter la vilaĝo kaj la urbeto. Sed laŭ mia kalkulo ili evitos unu la alian kun marĝeno de almenaŭ dek minutoj. Kaj cetere ne estus katastrofo, eĉ se ili renkontiĝus. Heidi ja povus kromlabori post la lecionoj en la vilaĝa lernejo.

Mi ekpensis pri ŝia antaŭa amanto, la lernejestro. Ĉu ŝi intence elektas edzojn por amantoj? Stultaĵo! Ne ŝi elektis min. Fakte, mi estis tiu, kiu iniciatis la aferon ĉe la kuireja lavkuvo. Aŭ ĉu ŝi efektive iniciatis ĉion, alvenante kun siaj fermentintaj haringoj antaŭ kelkaj semajnoj? Ĉu ŝi tiam jam planis la aferon? Ne, certe ne!

Dum duonhoro mi klopodis okupiĝi pri mia labortasko, antaŭ ol Frida kaj Alice plenigis la domon kaj mi devis dediĉi min al familiaj aferoj. Vespermanĝo. Bani Alicen. Laŭtlegi al ŝi fabelon, kies enhavo eble ankoraŭ iom superis ŝian komprenpovon. Surmeti vindaĵon por la nokto. Kanti iranan lulkanton. Kanti duan iranan lulkanton. Preskaŭ mem endormiĝi, atendante ke ŝi kvietiĝos kaj ekdormos.

Feliĉe la fekundo-komputilo rekomendis hodiaŭ ne koiti. Verŝajne mi ja kapablus, se necese, sed mi trovus tion iel maldeca. Nu, cetere morgaŭ estis ordinara labortago, kiam ni devos frue ellitiĝi por atingi niajn laborejojn en ĝusta tempo. Do ni ambaŭ bezonis plenan nokton da dormo.

Ĉapitro 14

Iom post iom lano fariĝas tapiŝo

La monato majo de tiu jaro estis ne tre varma sed suna kaj seka. En nia ĝardeno la narcisoj kaj tulipoj, kies bulbojn iam enterigis antaŭa posedanto de nia domo, komencis aperigi siajn burĝonojn.

"Oni jam vidas ke estos pli da suno sur la gazono, kie la granda betulo ombris ĝin", diris Frida kontente.

"Jes, fakte tio estis bona ideo", mi konsentis. "Ĉu ni eble devus faligi ankaŭ la restantajn, laŭ vi?"

"Prefere ne. Ni bezonas ion inter ni kaj la najbaroj."

Mi ne kontraŭdiris al ŝi, kvankam mi ne vere komprenis, kial ni bezonus tion. La najbaroj tiuflanke estis ege kvieta maljunula paro, inter sepdek kvin kaj okdek jarojn aĝaj, kiuj neniam ĝenis nin. Vidante ilin, mi ĉiam levis manon por saluti, ĉar almenaŭ la edzo estis duonsurda. Li preskaŭ neniam parolis. La edzino de temp' al tempo proponis al ni ian plantidon el iliaj abundaj perenoj. Ni danke akceptis ilin, sed ĉar niaj florbedoj estis superkreskitaj aŭ neekzistantaj, la plimulto el tiuj donacoj domaĝe mortis aŭ malaperis sen vere ekflori.

Semajnfine ni faris arbarajn ekskursojn, kaj mi ĝuis unuafoje sperti kiel Alice gaje kuretas sur padoj, kolektas piceajn konusojn, stumblas sur radikoj kaj falsidiĝas meze de muskoj kaj vakcinia arbustaro. Nun ŝi jam ankaŭ vigle babilis, malgraŭ la iama timo de Frida, ke ŝi ne parolos normale. Ni vojaĝis al vilaĝeto okcidente de Harads, kie oni tenis sufiĉe grandan gregon da boacoj enfermitaj, atendante la taŭgan tempon por transporti ilin en la montaron.

"Mi ĉiam supozis ke ili mem migras tien", mi diris. "Ĉu oni vere transportos ilin per ŝarĝaŭtoj?"

"Normale la boacoj ja mem migrus", diris Frida. "Do, sendube aperis ia obstaklo, tiel ke ilia tradicia vojstreko estas barita."

"Ĉu barita? De kio?"

"Eble de ŝoseo aŭ baraĵlago de akvoenergia centralo."

Ni tamen neniam eksciis la kialon. Por Alice la boacoj estis grandaj 'boj-boj', tio estas hundoj, kaj ŝi iom ploris, ĉar ŝi ne rajtis transiri la dratbarilon kaj kuri inter ilin. Sed kiam du el la boacoj korne

kunpuŝiĝis en duelo, ŝi denove ridis. La kornoj klakis, kiam ili
alfrapis unu la alian, kaj kelkfoje ies korno hoke alkroĉis tiun de alia.
"Ĉu ili ne rompiĝos?" mi scivolis.

Sed pri tio Frida sciis nenion. Eble estis nur luda aŭ ekzerca
duelo. Ni eĉ ne povis vidi, ĉu temis pri virboacoj aŭ boacinoj, ĉar
ambaŭ seksoj havis tute similajn kornojn, kaj la felaj franĝoj pudore
kaŝis iliajn seksajn partojn.

Meze de majo Heidi unu merkredon alportis alian regionan speci-
alaĵon – bolkuiritajn terpombulojn kun larda farĉo.

"Ni duonigos kaj fritos ilin. Mi alportis ankaŭ vakcinian konfit-
aĵon, por la okazo ke vi ne havas tion", ŝi klarigis. "Ĉu ni manĝu tuj
aŭ poste?"

Mi rigardis ŝin sed ne sciis, kion diri.

"Do, poste", ŝi konkludis kun rido. "Sed eble ekzistas problem-
eto."

"Ĉu? Kio do?"

"Mi ankoraŭ iomete menstruas. Ne multe. Ĉu tio ĝenas vin?"

"Verŝajne ne. Ni metu bantukon sube."

Ni do iris en la dormoĉambron, kaj survoje mi prenis eĉ du
dikajn bantukojn el la ŝranko. Kiam ni staris apud la lito, unu antaŭ
la alia, mi sentis ion tute alian ol lastfoje. Tiam ĉio okazis spontane,
senintence, kvazaŭ sen ies kulpo. Nun jam temis pri konscia, zorge
planita malfideleco.

"Unufoje egalas nulfoje; dufoje jam estas kutimo", mi diris kaj
klopodis ridi, kvankam tio al mi mem sonis sufiĉe hipokrite.

Ŝi ne komentis tion sed komencis senvestiĝi. Do mi agis same.

Ĉi-foje ni longe kisis kaj karesis nin, nudaj unu apud la alia.
Mi ankaŭ observis ŝin pli ol lastfoje. Ŝi estis sufiĉe maldika, kun
etaj mamoj kaj iom akraj koksostoj. La ventro estis plata, la ŝultroj
malgrasaj, sed la piedoj ŝajnis al mi grandaj. Ŝiaj pubharoj estis
helbrunaj kaj iom pritonditaj. Mi klopodis ne pensi pri Frida sed ne
povis eviti kompari ilin. Ne pro tio ke unu el ili superus la alian. Ili
simple estis malsamaj. Mi mem sentis min malsama kun ili.

Fine ŝi elingigis la tamponon kaj ekrajdis min. Ŝi jam estis tre
malseka, kaj certe ne pro sango. Dum kelka tempo ŝi sidis sur mi,
leviĝante kaj subiĝante laŭ malrapida ritmo, sed poste ŝi klinis sin
antaŭen, mi ĉirkaŭprenis ŝin, kaj ni ambaŭ pli rapide ekmoviĝis.

Mi ne scias, kiel longe daŭris, ĝis ŝi orgasmis, kaj mi komencis moviĝi eĉ pli forte.

"Vi povas resti", ŝi anhelis.

Kaj tiel mi faris. Poste, kiam ŝi elseliĝis, mi trovis etan lagon sur mia ventro. Misteran, nigre-ruĝan lageton, similan al la arbaraj lagetoj kaŝitaj inter la montoj de ĉi tiu regiono.

Ŝi tuj alportis viŝpaperon el la kuirejo kaj tute aferece sorbis la arbaran lageton.

"Kaj nun – terpombuloj", ŝi vokis gaje.

Unue ni tamen devis duŝi nin, purigi ĉie, meti la bantukojn en la lavmaŝinon kaj revesti nin.

Mi jam antaŭe gustumis tiajn terpombulojn, sed tiam ili estis ĵus bolkuiritaj. Efektive mi preferis ilin ĉi tiel – tranĉitaj en duonojn, frititaj en butero kaj kun vakcinia konfitaĵo. Dum ni sidis manĝante ĉe la kuireja tablo, ni ekaŭdis aŭton alveturi surstrate kaj deflankiĝi sur nian enirejan vojeton. Ni ambaŭ singarde gvatis tra la kuireja fenestro. El la aŭto, kiu trenis remorkon, aperis onklo Bengt.

"Neniu problemo", mallaŭtis al mi Heidi, dum Bengt ne frapinte malfermis la dompordon.

"Mi alportis stovon", li vokis el la vestiblo. "Uzitan sed en tute bona stato."

Onklo Bengt ne multe zorgis pri salutfrazoj.

Mi ekiris por laŭeble haltigi lin en la vestiblo. Heidi tamen ne kaŝis sin sed male aperis tuj post mi. Komprenedble ne indis kaŝiĝi. Bengt sendube tuj rekonis ŝian bluan Toyota Corolla starantan apud nia domo. Kredeble li juĝis ĝin senvalora rubo. La aŭtoj, kiujn li tenis en sia stalo por iam ripari, estis nur svedaj Volvo kaj Saab.

"Ĉu vi volas frititajn terpombulojn, Bengt?" ŝi gaje vokis. "Mi havis lecionojn en la vilaĝo kaj alportis ilin al Mehdi."

"Mi ne havas tempon", li diris. "Venu helpi enporti la aĵon. Ni certe iam trovos iun, kiu povos instali la fumtubon. Ja restas longe ĝis la vintro."

Nu, pri tio li pravis. En majo restas sufiĉe longe ĝis la vintro, eĉ en Norda Botnio.

La fera stovo aŭ hejtforno devos stari en la salono, apud la muro, kie eblos almeti tubon de ĝi en la fumŝakton, kiu forkondukas fumon de la lignera hejtilo en la kelo kaj supren al la tegmenta kamentubo. Sed por aranĝi tion ni bezonos profesian helpon, kaj dume mi ne volis ke ĝi staru senutile en la salono, do ni portis ĝin en la verandon.

Bertil nenion demandis pri la ĉeesto de Heidi. Fakte li ne estis tre scivolema persono. Espereble ankaŭ ne klaĉema. Ĉiuokaze mi ja rajtis gastigi mian bofratinon, kiam ŝi hazarde deĵoris en la sama vilaĝo. Tamen mi dubis, ĉu estos prudente plu akcepti tiajn vizitojn. Krome mi ja pasigis la merkredojn hejme por labori, ne por amori kaj manĝi regionajn specialaĵojn.

Frida ne aprezis ke la stovo staras en la verando.

"Ĝi ŝajnas tute ne stari stabile", ŝi plendis. "Se Alice tuŝos ĝin, povus okazi ke ĝi falos sur ŝin. Krome ĝi estas plena de fulgo."

"Jen kial mi ne volis tuj porti ĝin en la salonon."

"Sed kial ne en la ŝtipejon, ĝis ni povos instali ĝin?"

"Ĝi estas peza, eĉ por du viroj. Kaj kiam ĝi estos instalita, ĝi staros stabile. Ni fiksos ĝin al la planko kaj krome per la fumtubo al la muro."

"Sed kiam?" ŝi demandis.

"Mi ne scias. Ni bezonos helpon. Bertil promesis trovi iun. Sed ne urĝas. Baldaŭ estos somero."

"Do ni devos malhelpi al Alice veni en la verandon, dum ĝi restos tie. Tio estas maloportuna."

Ŝi ja pravis, sed mi ne volis koncedi tion. Provizore mi klopodis aranĝi ian barilon el seĝoj kaj ŝnuroj ĉirkaŭ la stovo, sed ĝi ne aspektis tre fidinda.

La dujaran naskiĝtagon de Alice ni festis kun la familio de Frida, en la bogepatra domo en Älvsbyn. Ŝi eble ne komprenis, kion signifas du jaroj, sed ŝi ĝuis la kremkukon, blovestinginte la du kandeletojn kun iom da helpa blovado de Frida. Oni rimarkis, ke ŝi jam alkutimiĝis esti la centro de ĉies atento.

"Kiam sekvos la dua?" demandis Lennart sufiĉe maldiskrete. "Jam estas tempo, ĉu ne?"

"Fakte du jaroj estas konvena intertempo inter gefratoj", diris Anita. "Ĉu ne, Frida? Aŭ maksimume tri. Tio estas por bone ludi kune kaj ĝenerale interrilati. Vi kaj Heidi bone amikis, sed Niklas estis ege tro aĝa por vi ambaŭ."

"Nu, por du jaroj ni jam malfruas", mi komentis, dum Frida nur paŭtis senvorte. "Do necesos atendi ankoraŭ iom."

Kiel lastatempe statis la aferoj, eĉ trijara intertempo estus malfacile atingebla. Sed tion mi kompreneble ne diris. Mi dediĉis min al Alice kaj klopodis ignori la aludojn. Same agis Frida, kaj ankaŭ Heidi, kiu partoprenis en la festo, evitis komenti la temon.

"Sed mi supozas ke geavoj ĉiam volas havi pli da genepoj", mi poste aldonis. "Ankaŭ miaj gepatroj scivolis, ĉu ne sekvos dua infano. Mia fratino ankoraŭ studas, do ili ne povas esperi kontribuon de ŝia flanko dum ankoraŭ kelka tempo."

Eble tio estis malkonvena mencio, ĉar ĝi iel tiris la atenton al Heidi, kiu lastjare festis sian tridekan naskiĝtagon kaj do atingis la nuntempan averaĝan aĝon de svedaj akuŝantoj. Sed neniu faris tiun eblan asociadon; aŭ ĉiuokaze neniu komentis ĝin laŭte. Kaj ankaŭ pri Niklas oni aludis nenion. Eble Lennart kaj Anita jam rezignis ĉiun esperon, ke li iam havigos al ili genepojn.

Survoje hejmen kaj same kiam ni revenis en nian domon, Frida mienis sufiĉe vinagre al mi. Mi timis ke ŝi rimarkis ion inter mi kaj Heidi, sed mi ne komprenis, kiel tio eblus. Vespere, kiam Alice jam dormis kaj ni ripozis post la ĉiamaj endomaj taskoj pri purigado kaj lavado, ŝi turnis sin al mi.

"Kial vi aludis al ili ke ni eble havos duan infanon?" ŝi diris iom agrese.

Mi rigardis ŝin konsternite.

"Mi tute ne!"

"Vi ja faris! Vi diris ke ili devos atendi iom. Tio sonis kvazaŭ mi jam estus graveda sed ankoraŭ ne volas rakonti."

"Certe ne. Mi klopodis eviti la temon, tutsimple."

"Nun ili sendube pensas ke ni klopodas havi duan", ŝi diris.

Mi pensis pri nia seksa kunvivado, kiu jam estis preskaŭ nula.

"Nu, tio estus eta troigo, ĉu ne? Sed vi mem silentis kiel fiŝo. Kial vi ne rakontis al ili, kiel statas?"

"Kiel statas pri kio? Mi silentis, ĉar mi volis ke oni ĉesu pri la temo. Kaj mi ne intencas havi duan infanon."

Denove mi konsterniĝis. Mi miris, kion signifas tiu sciigo.

"Ĉu entute? Pri tio vi jam diris nenion. Ŝajnas al mi ke tio estas afero, kiun ni devus decidi kune, ĉu ne?"

"Mi diras tion nun. Ne provu persvadi min. Vi ne komprenas, kion signifas naski. Nek esti graveda, nek mamnutri. Kaj eĉ nun vi ne prizorgas ŝin tre multe."

"Stultaĵo! Ni ja dividas ĉion tiel egale, kiel eblas!" Ŝi rikanis.

"Tiel, kiel eblas, ĉu? Ha! Tio signifas ke vi helpetas, kiam vi povas kaj volas. Mi ne eltenus vivi tiel kun pli da infanoj."

Mi ŝatus diri ke estas neniu risko, ke ŝi devos. Se ni neniam fikas, malgraŭ la permeso de la fekundo-komputilo, la geavoj devos eterne atendi duan nepon. Sed mi ne volis lanĉi tiun tiklan temon.

"Bone, ni lasu tion", mi anstataŭe diris. "Ni parolu pri tio iam aliokaze, kiam vi estas je pli bona humoro. Ĉiuokaze ne urĝas."

"Mia humoro estas tre bona, sed mi ne ŝatas ke vi promesas nepojn al viaj kaj miaj gepatroj."

"Neniu promesis al ili nepojn, Frida. Trankviliĝu, mi petas."

"Mi estas perfekte trankvila. Ne diru al mi, kia estas mia humoro."

"Bone, bone. Do ni ambaŭ estas plej trankvilaj kaj bonhumoraj. Perfekte!"

Heidi vizitis min en ankoraŭ unu merkredo, kaj ĉio ripetiĝis kiel antaŭe kun amorado kaj tagmanĝo. Mi jam devis konstati ke mi estas tia persono, kiun mi antaŭe trovis ridinda fiulo: edzo kun kroma amorantino. Tamen tio rapide fariĝis kvazaŭ rutina situacio, kaj mi ne sentis honton pri ĝi. Kompreneble la malbona rilato inter Frida kaj mi estis efika preteksto. Mi tamen plu estis nervoza, timante ke denove iu parenco, konato aŭ najbaro aperos en tikla momento. Plej katastrofe ja estus, se Frida mem ial revenus hejmen pro ne antaŭvidebla kialo, sed mi ne povis imagi, kiu estus tiu kialo.

Kun Heidi mi ne multe diskutis miajn antaŭtimojn. Ni interparolis pri niaj vivoj kaj spertoj, la nunaj kaj la antaŭaj, ekde la infanaĝo. Mi scivolis pri ŝia muzik-instruado kaj ŝi pri mia laboro, kio malofte okazis kun Frida. Ni diskutis filmojn kaj librojn. Kvankam ŝi ja legis pli multe kaj pli varie ol mi, ni ambaŭ ŝatis ekscitajn krimrakontojn kaj hororfilmojn sed ne akordiĝis pri tio, kiuj estas la plej pintaj el ili. Kaj ni planis. Ni tute ne planis komunan estontecon en ia daŭra senco, sed ja la venontan rendevuon, tamen ne plu ĉe mi, sed en ŝia apartamento. Kio fascinis min pri Heidi eble estis ŝia sendependeco, tio ke ŝi ŝajnis ne multe atenti la atendojn kaj antaŭjuĝojn de aliaj homoj. Logis min ŝia spirita libereco. Mi sentis sopiron je simila sinteno por mia propra vivo, kvankam mia situacio ja estis tute alia ol la ŝia. Mi devis pensi pri miaj respondecoj al Frida kaj Alice. Heidi male havis neniun.

Entute ni komencis kunteksi niajn vivojn, kvazaŭ Frida kaj Alice ne ekzistus. Estis frenezo, kompreneble, sed frenezo, kiun mi ĝuis.

Ĉapitro 15

Ne malfermu pordon kiun vi ne povos refermi

Pasis iom da tempo, sed en la mezo de junio onklo Bengt sukcesis plenumi sian promeson. Aperis ĉe ni Roland Svahn, ia onklo de kuzo de konato, kiu profesie estis taksiisto en Piteå sed krom tio amatora masonisto. Unue mi estis iom skeptika. Fakte mi neniam antaŭe aŭdis pri amatora masonisto. Masonado ŝajnis al mi stranga hobio. Li tamen faris sufiĉe fidindan impreson, kiam li esploris la fumŝakton de la kelo, observis la tegmenton kaj kamentubon de ekstere kaj esplore frapis al la muro en la salono. Poste li alportis siajn ilojn, mezuris la altecon de la stovo kaj ekatakis la muron. Li eligis brikon post briko el la muro de la ŝakto. Post nelonge li jam kreis truon pli grandan ol mi atendis, kaj ni kune alportis la stovon. Li alŝovis la tubon de la stovo al la truo de la muro kaj komencis miksi morteron kaj rompi la eligitajn brikojn en duonojn. Poste la remasonado okazis surprize rapide.

Kiam li estis preta pri ĝi, ni kunlabore fiksis la stovon per ŝraŭboj al la planko. La tuta amatora procedo daŭris apenaŭ kvar horojn.

"Bone", li diris. "Ĉu vi havas kelkajn sekajn ŝtipojn por fari provan lignofajron?"

Mi viŝis ŝviton el la frunto.

"Mi alportos. Tamen oni ne tre bezonas hejtadon hodiaŭ."

"Eble ne, sed mi ŝatus vidi la fumon eliĝi tra la tubo. Ni ne volas ke vi ĉiuj estu fumaĵitaj."

Mi ekbruligis paperon kaj almetis kelkajn ŝtipetojn. Ĉio ŝajnis en ordo. La flamoj avide lekis la brullignon, kaj la fumo preskaŭ nevideble malaperis en la tubon. Mi esperis ke ankaŭ la komunuma kamenpurigisto aprobos la aferon okaze de venonta inspektado, sed tio estis afero de la estonteco.

"Mi devas peti iomete da pago por la mortero kaj mia vojaĝkosto", li diris. "La laboro ne gravas. Mi ŝatas tiajn bagatelojn. Sed laŭdire vi okupiĝas pri komputiloj, ĉu ne? Ĉu vi povus ĵeti rigardon al mia hejma komputilo? Lastatempe ĝi iĝis diable malrapida."

Mi povus doni al li kelkajn konsilojn, kiel mem plibonigi ĝian kapaciton, sed tio estus iom maldankema.

"Certe", mi do diris. "Ĉu mi venu al via hejmo?"

Restis iom da laboro por rebeligi la muron kaj almeti protektan ladon surplanken sub la fornoklapo, sed pri tiuj aferoj mi kredis min mem kapabla.

Finiĝis la printempa semestro de la elementa lernejo, kaj Heidi ne plu venadis al nia vilaĝo en la merkredoj. Krome mi trovis iom riske plu renkonti ŝin en nia domo. Anstataŭe mi komencis de temp' al tempo fari same kiel ŝia iama lernejestro, do kromlabori vespere kaj loki tiun dejoradon al ŝia apartamento en Älvsbyn. Mi ne volis parkumi la aŭton apud ŝia domo sed lasis ĝin ĉe la ĉefa manĝaĵvendejo kaj promenis de tie cent kvindek metrojn al ŝi, timeme rigardante ĉirkaŭ mi. Estus malbonŝanca hazardo, se la bogepatroj samtempe butikumus tie kaj ekvidus min foriri en malĝusta direkto.

Dume mia interrilato kun Frida ne pliboniĝis, kaj tio ja apenaŭ estis surpriza. Ĉi-somere ni ne povis plani kunan feriadon, sed mi ne tre bedaŭris tion. Miaj ferioj okazos en julio, kiam la plej multaj el niaj klientoj ferios, sed Frida ĉi-jare havos siajn feriojn devige en aŭgusto, pro alternado inter la dungitoj.

"Se mi klarigos la problemon, mi eble povos havi unu semajnon en aŭgusto", mi diris. "Ĉu ni vojaĝu ien? Eble al Danio, kun halto ankaŭ en Malmö."

"Mi ne scias. Kion fari en Danio?"

"Alice certe amos la strandojn."

"Se ni vojaĝu al strandoj, prefere pli suden. Grekio aŭ Turkio, eble."

"Ĉu ne tro varme en aŭgusto?" mi diris.

"Ĉe la maro ne estos tro varme."

Ni prokrastis la decidon, kaj dume mi decidis fari la proponitan vojaĝon al Danio kaj Skanio en julio, kun Alice sed sen Frida. Kompreneble miaj gepatroj refoje kritikos, se mi alvenos sen la edzino, sed tio ne estis grava problemo.

Mi purigis kaj malfragmentigis la diskon kaj forigis malutilan kodon en la komputilo de Roland, la amatora masonisto, kaj li estis tre dankema. Tamen ĝenerale embarasis min ke ni ricevadas tiom da helpo de parencoj, konatoj kaj eĉ nekonatoj, sed malofte havas okazon reciproki. Laŭ Frida tamen ekzistis neniu kaŭzo por honti pri tio.

"Tio estas en ordo. Se ili ne volus helpi, ili simple ne farus tion. Tiu taksiisto eble ŝuldas ion al Bengt, aŭ li simple ne scias, kion fari en siaj liberaj horoj. Cetere vi ja helpis lin reciproke."

"Jes, sed kio pri ĉiuj aliaj?"

"Trankviliĝu."

Sur ĉi tiu kampo fakte ekzistis surpriza simileco inter la familio de Frida kaj miaj gepatroj, aŭ ĉiuokaze mia patro. Ankaŭ li ĉiam ripetadis ke estas favoro akcepti helpon de parencoj kaj amikoj, ĉar tio plifirmigas la amikecon. Ĉi tie temis eĉ pri nekonatoj, sed kredeble li ŝatus ankaŭ tion. Li ofte plendis pri tio ke la svedoj laŭ li komprenas nek donaci, nek akcepti donacojn. Kaj en ĉi tiu rilato mi sendube estis pursanga svedo.

"Estu ĝoja", li diris telefone, "ke la homoj tie ŝatas helpi. En Svedio neniu volas helpi iun ajn. Ĉiu devas zorgi nur pri si mem. Tio estas egoisma sinteno."

"Paĉjo, ankaŭ Norda Botnio estas Svedio", mi atentigis.

"Nu, eble, eble ne."

Ĉiuokaze mi ripetis la relative sukcesan vojaĝon kun Alice per nokta trajno, sed ĉi-foje ni pluiris en Danion, al la selanda marbordo. Mi rezervis ĉambron en gastejo proksime al strando, kaj ni restis tie preskaŭ dum semajno, farante nenion krom bani nin, vagadi laŭ la akvorando kaj konstrui sablokastelojn. Nu jes, dum unu tago mi luis tielnomatan skatolbiciklon kaj faris ekskurson per ĝi tra apuda arbaro, kun Alice sidanta en la skatolo inter la du antaŭaj radoj.

Poste ni kompreneble restadis ĉe la geavoj en Malmö, ĉi-foje tri tagojn, kaj faris viziton ankaŭ ĉe Nahid kaj Daniel en Lund. Ili nun kunloĝis en komuna apartamento, kio iom surprizis min.

"Kion diras la gepatroj pri tio ke vi kunvivas sen geedziĝo?" mi demandis.

"Kion ili diru?" ŝi respondis. "Ne kredu ke ĉiuj estas same filistraj kiel vi!"

Mi antaŭvidis ke Paĉjo denove plendos pri tio ke Frida ne akompanas nin, kaj mi pravis.

"Filo, ne lasu la edzinon hejme, kiam vi venas al ni. Tio estas malbona kutimo."

"Oni ne donis al ŝi libertempon en julio", mi klarigis. "Nur en aŭgusto ŝi ferios, kaj tiam mi laboros."

"Do venigu ŝin semajnfine, per aviadilo. Tiuj vagonaroj estas tro malrapidaj."

"Nu, ni vidos. Eble ni povos fari tian viziton iam aŭtune."

"Ne aŭtune. Venu nun, somere, dum estas varma vetero."

Efektive mi ŝatus anstataŭe inviti la gepatrojn al ni, sed pro la malbona rilato al Frida mi hezitis fari tion. Cetere, ili apenaŭ bezonus inviton, se ili decidus veni.

"Vi devas pensi pli multe pri la familianoj", li daŭrigis. "Sed vi ĉiam estis iomete stranga, kaj tio evidente pli malboniĝis kun la paso de jaroj.

Mi pensis pri Frida. Ĉu jam tro malfruis por savi nian rilaton? Kiam mi pensis pri tio, mi devis konfesi ke mi agis stulte kun Heidi. Sendube mi devos tuj fini tiun umadon kaj fari novan klopodon kun Frida. Aŭ se ne tuj, do almenaŭ sufiĉe baldaŭ. Post la ferioj, eble. Tiam ni povos reveni en normalan vivon. Eble la gepatroj kaj bogepatroj pravis; kio mankis al ni estis dua infano.

Sed en la proksima tempo nia geedzeco ne pliboniĝis. Dum la ferioj de Frida ankaŭ ŝi faris vojaĝon kun Alice, sed al ŝi ne sufiĉis Danio. Ŝi mendis vojaĝon al Sicilio kun sia kolegino Jenny, kiu antaŭ kelka tempo disiĝis de sia kunvivanto kaj nun vivis sola kun sia kvarjara filo. Do ili estis kvazaŭ du solaj patrinoj, ĉiu kun sia infano. Evidente ŝi preferis tiun akompanon ol vojaĝi kun mi.

Dum ŝia foresto mi uzis la okazon por semajnfine ekskursi kun Heidi al hotelo en la laponia montaro. Ni ne volis iri al loko, kie ni riskis renkonti konaton, sed en Ammarnäs la gastoj estis plejparte turistoj el suda Svedio. Neniu el ni tre emis je grimpado aŭ longa piedirado, do ni faris nur etajn promenojn en la ĉirkaŭaĵo kaj cetere pasigis la tempon en nia ĉambro kaj en la hotela restoracio. Sed tiu restado estis ege plaĉa. Necesis plu prokrasti la ideon ke mi rompu kun Heidi. Denove mi konstatis ke mi sentas min agrable libera kaj rilaksita, kiam ni kunestas. Kun ŝi mi ne rimarkis la devojn kaj pezojn de la ĉiutaga vivo.

"Ĉi-aŭtune mi ne plu deĵoros en Korsträsk", ŝi rakontis. "La ordinara instruisto revenos tien."

"Nu, tio eble estas plej bona", mi diris. "Precipe se viaj parencoj daŭre aperos tie kun diversaj aĵoj, kiujn ni eble bezonas."

Ŝi ridetis.

"Sed vi ja povos plu viziti min de temp' al tempo, ĉu ne?" ŝi diris.

"Sendube jes. Ne eblas rifuzi kromlaboron."

Ĝuste nun ne estis bona momento por diri ion alian. Unue mi devos konstati, ĉu eblas plibonigi la geedzan rilaton. Kaj pli grave mi devos decidi, ĉu indas klopodi por savi ĝin. Ĉi-momente mi tute ne certis pri tio.

"Mi scivolas, kiel pasas la muzikaj lecionoj sub via gvido", mi diris por konduki la pensojn alitemen. "Mi memoras ilin kiel grandan kaoson en mia elementa lernejo. Verŝajne ni uzis la okazon por brui kaj petoli, ĉar la instruisto tute ne sciis bridi nin."

Heidi ridetis.

"Kelkfoje povas ja esti iom brue", ŝi diris. "Muziko estas organizita bruo, ĉu ne? Mi ofte aranĝas ludojn pri kaj per muziko. Ideale ili devus lerni iom kaj samtempe havi okazon esprimi sentojn per muziko. Ekzemple mi ludas kelkajn tonojn de populara kanto, por ke ili divenu pri kiu temas kaj poste kantu ĝin en sia maniero. Sed necesas agi malsame depende de la aĝo de la lernantoj."

"Laŭ mia memoro ni rifuzis kanti. Almenaŭ la knaboj."

"Nu, tio okazas. Alifoje iu nur kriaĉas por ridigi la samklasanojn. Sed post iom da tempo, kiam mi ekkonas ilin, kutime fariĝas pli bone. Ĉiuj homoj havas bezonon moviĝi kaj aŭdiĝi, do mi klopodas utiligi kaj iomete kanaligi tiun bezonon."

Ni forlasis la montaran vilaĝon dimanĉe je la kvina por reveni hejmen antaŭ la vespera mallumo. Alproksimiĝis la fino de aŭgusto, kaj la blankaj noktoj jam estis pasintaj. Nia vojo sekvis la belan riveron Vindelälven, kies sovaĝaj torentoj alternis kun vastaj lagoj. Komence oni plu videtis montojn jen kaj jen en malproksimo. Post horo da aŭtado ni tamen devis adiaŭi kaj la riveron kaj la montojn por ekiri tra preskaŭ ducent kilometroj da monotona arbaro. Mi planis pasigi la nokton ĉe Heidi kaj matene iri rekte de tie al mia laborejo. Ankaŭ por ŝi la semestro komenciĝos.

"Mi verŝajne neniam alkutimiĝos al ĉi tiu pejzaĝo", mi plendetis. "Iam mi imagas ke mi povus pluiri ĉi tiel senhalte dum semajnoj, kaj fine atingi la Pacifikon ie ĉe Vladivostoko."

Heidi ridis.

"Ĝi eble ne estas pejzaĝo por pentristoj. Tamen ekzistas plaĉaj lokoj eĉ en la arbaro. Lagetoj, ekzemple. Aŭ montetoj kun vasta vidaĵo."

"Kia vidaĵo? Al pli da arbaro, sendube."

"Kaj ne forgesu la marĉojn. Baldaŭ estos tempo kolekti marĉajn rubusojn, la oron de la nordo."

Mi ne sciis, ĉu ŝi estas serioza aŭ ironia. Ĝis nun mi ne sukcesis ŝati tiujn pale flavajn berojn, kiuj laŭ mi havis guston de sia marĉa kreskoloko.

"Se mi veturus ĉi tian distancon el Malmö, mi povus jam trapasi Danion kaj trovi min en Germanio."

"Ĉu tio estus pli bona?" ŝi diris kun nova ekrido.

"Nu, almenaŭ estus ia vario. Kaj mi vidus homojn apud la vojo."

"Ĉi tiel aspektas la neloĝataj regionoj inter la riveroj. Se ni anstataŭe pluirus al Umeå, ni sekvus la riveron laŭ la tuta vojo. Tie situas vilaĝoj kaj bienetoj kun kulturata tero."

Mi kontemplis tion.

"Ĉu vi pripensas remigri al Umeå?"

Ŝi prokrastis la respondon.

"Ĉi-jare ne, evidente. Sed certe mi pripensas. Estas malfacile decidi. Dependas de pluraj aferoj."

"De kio, ekzemple?"

"Nu... de pluraj. Oni bezonas laboron kaj loĝejon, ĉu ne? Kio pri vi? Ĉu vi restos dumvive en Korsträsk?"

Kiam ŝi demandis tion, mi eksentis etan pikon de angoro. Dumvive en Korsträsk? Tio sonis terure. Mi supozis ke ŝi volis diri 'ĉu dumvive kun Frida?', sed mi ne povis respondi tion. Mi ne sciis, kion mi volas. Kaj kion ajn mi volis, nenio garantiis ke tio plenumiĝos. Mi eĉ ne sciis, kio okazus, se Frida malkaŝus mian umadon kun ŝia fratino.

"Cetere", ŝi aldonis, "mi povus ekloĝi pli sude ol Umeå, ĉu ne? Aŭ alilande. La muziko estas internacia lingvo."

"Mi supozas ke jes. Kien vi do volas iri?"

Ŝi tiris la ŝultrojn kaj faris mienon, kiun mi ne povis interpreti. Mi devis rigardi la ŝoseon antaŭ ni.

"Mi ne scias", ŝi diris post kelka tempo. "Verŝajne tio ne okazos.

Sed mi ja povus. Nenio malhelpus min. Cetere, mi trovas vin kuraĝa, ĉar vi ekloĝis ĉi tie sen antaŭa sperto de la nordo."

"Ĉu kuraĝa? Mi simple sekvis, kiam Frida tiris la ŝnuron."

Je tio Heidi ridis kore.

"Ĉu vi vere estas tia obeema hundeto? Mi pensas ke ne."

Tiam ankaŭ mi ridis.

"Eble ne", mi diris. "Sed mi ŝatas kompromisi. Tion ni faras en Svedio, ĉu ne?"

"Mi dubas, ĉu kompromisi estas aparte sveda. Sed vi pravas; necesas elekti siajn militojn."

"Aŭ eviti ilin. Almenaŭ tio estas sveda, ĉu ne?"

La aŭtuno alportis plej ofte grizan veteron. Septembro tamen estis relative seka, sed en oktobro vento el sudokcidento blovis al ni pluvadon, kiu ŝajnis neniam ĉesi. Unu dimanĉon mi staris en la verando post la matenmanĝo, rigardante tra la fenestroj al nia malgajaspekta ĝardeno, sen emo entrepreni ion ajn. Mi jam scivolis, kia estos la vintro, ĉu falos multe da neĝo aŭ ne, kiam granda malvarma akvoguto trafis mian nukon kaj ruliĝis plu suben laŭ mia dorso sub la ĉemizo. Mi frostotremis, plu starante samloke. Tiam sekvis dua guto al la sama celo.

Mi rigardis supren. Efektive gutis de la plafono en kelkaj lokoj. Ŝajnis al mi ke temas pri novaj lokoj kompare kun la antaŭa likado.

Mi eligis laŭtan krion de ĉagreniĝo kaj tediĝo. Ĉi tio ja estis koŝmaro!

Frida aperis el la salono.

"Kio okazas al vi?"

Mi fingromontris al la plafono, kvankam oni devis stari sub la gutado por rimarki ĝin.

"Ĉi tiu damnita domaĉo estas grandega kadukaĵo", mi grumblis.

"Pri kio vi parolas?"

"Pri la veranda tegmento. Ni devos riparadi ĝin eterne. La domo estas hantata. Oni trompis nin je la aĉeto."

"Stultaĵo! Ni ja riparis ĝin", diris Frida kun profesie pedagoga tono.

"Mi kaj Lennart riparis. Ĉi-foje eble vi faru tion."

"Mi ne vidas likon."

"Venu ĉi tien kaj vi sentos ĝin. Mi estis idioto, kiu akceptis aĉeti ĉi tiun domaĉon."

"Ĉesu babili stultaĵojn. Vi estis tiu, kiu preferis ĝin. Ĝi havas karakteron, vi diris. Do ne plendu."

"Vi scias tre bone, ke mi entute ne volis domon. Mi estis plene kontenta loĝi en apartamento."

"Ne rekomencu tion. Estas ridinde."

Mi devis esplori la aferon pli proksime. La veranda plafono konsistis el kvadrataj platoj el ia poroza materialo. Mi alŝovis tablon, stariĝis sur ĝin kaj malfiksis unu platon por ŝovi la kapon supren kaj rigardi, kiel statas inter la tegmento kaj la plafono. Mi alportis mian fruntlampon por vidi ion. Ŝajnis ke pluvakvo penetris ĉe la junto inter la veranda tegmento kaj la ĉefa muro de la domo. Poste ĝi fluetis laŭ la subaj traboj ĝis lokoj, kie estis fendo inter la plafonaj platoj. Jen kie la gutoj falis suben sur la plankon aŭ sur mian nukon. Evidente la horizontala strio de gudrokartono, kiun mi almetis post la lumbalgia atako de Lennart, kaj kiu devis protekti tiun junton, ne faris tion perfekte. Ĉiuokaze ne kiam forta vento blovis la pluvon al la muro, kiel sendube okazis dum la pasinta nokto.

Mi reiris suben kaj raportis, kion mi konstatis.

"Provizore eblas nenion fari", mi diris. "Ni sekigu la flaketojn surplanke kaj eble denove metu sitelojn. Poste, kiam estos seka vetero, mi provos alglui plian strion da gudrokartono, sed mi ne certas ke tio efikos."

"Do vi vidas ke vi eraris. Ni devus jam dekomence tegi per lado."

Mi miris ke ŝi volas denove aktualigi tiun diskuton. Mi tamen decidis ne incitiĝi.

"Mi dubas, ĉu tio helpus", mi diris. "La problemo estas la junto inter la verando kaj la ĉefdoma muro. Verŝajne la alkonstruo de verando estis malbone farita jam dekomence, sed mi ne scias, kiel ni povus solvi tion."

"Ni petu Paĉjon pri helpo. Li komprenas tiajn aferojn. Vi scias ke li iam estis ĉarpentisto, ĉu ne?"

"Tre bone, sed li neniam estis konstruinĝeniero, nek arkitekto", mi diris.

"Ĉu vi pensas ke nur inĝenieroj ion komprenas? Ĉi tio estas praktika problemo, nenia teoriaĵo!"

"Bone. Do mi trovos praktikajn viŝtukojn por sorbi la flakojn."

La seka vetero bezonata tamen prokrastiĝis. La pluvado daŭris ĝis la fino de novembro, kiam ĝi transiris en neĝadon. Feliĉe la nova liko ankoraŭ estis pli malgranda ol la iama, do sufiĉis ĉiutage viŝi la plankon per ĉifonoj. Mi tamen iom maltrankvilis, kio povos okazi en la interspaco inter la tegmento kaj la plafono, se ĝi restos senĉese humida. Ĉu povos ekkreski ŝimo tie? Aŭ ĉu la ĉevronoj povos ekputri?

Ĉiuokaze la frosta vetero kun neĝo estis pli bona ol la pluvado, kaj post kelka tempo la gutado ĉesis. Necesos atendi ĝis la printempo por refoje ripari la verandan tegmenton.

Pro tiu tegmenta afero kaj aro da aliaj ĝenoj pli-malpli gravaj, ankaŭ mia ambicio ripari la geedzecon prokrastiĝis. La ĉiutaga vivo ja ruliĝis sufiĉe glate kun hejmaj taskoj, laborado, lasado kaj venigado de Alice en la vartejo, dimanĉaj tagmanĝoj ĉe la bogepatroj, entute pli-malpli ĉio daŭris kiel kutime. Sed la spirita rilato inter Frida kaj mi estis same frosta kiel la ekstera vetero, kaj nia korpa intima vivo estis nula.

Do eble ne estis strange ke mi plu vizitadis Heidin en ŝia aparta-mento survoje hejmen de mia laboro. Mi ofte kombinis tiujn vizitojn kun butikumado, por la okazo ke iu konato ekvidus min. Tamen mi ja konsciis ke malfacilas esti anonima en urbeto, kaj ke sekreta vivo tie ne restos kaŝita por ĉiam.

Miaj vizitoj ĉe ŝi tamen ĉiam daŭris mallonge pro la neceso reveni hejmen ne tro malfrue.

"Mi bedaŭras neniam havi tempon interparoli tre multe", mi foje diris en la mezo de decembro, kiam mi sidis sur ŝia litorando, serĉante miajn vestaĵojn surplanke.

Ŝi ridetis, karesante mian vilan dorson.

"Ĉu tiom gravas babili? Mi kelkfoje laciĝas de vortoj."

"Nu, mi tamen ŝatus pli ekkoni vin. Ekscii, kio gravas al vi. Partopreni en via vivo. Mi neniam aŭdis vin ludi pianon, ekzemple."

Mi ne sciis, de kie mi ekhavis tiun ideon, sed ŝi ekridis, stariĝis kaj paŝis tutnuda al sia piano en la alia ĉambro. Ŝi sidiĝis tie kaj vokis al mi:

"Kion vi preferas? Ĉu Lunbrilan sonaton aŭ Hieraŭ nur?"

Mi timis ke ŝi ekludos ian longdaŭran muzikaĵon, pro kiu mi devos prokrasti mian ekiron hejmen. Evidente estis stulta ideo mencii ŝian pianon.

"Eble Hieraŭ nur", mi do respondis.

"Bone, mi konsentas. Prefere McCartney ol Beethoven."

Ŝi ekludis kelkajn akordojn kaj eĉ ekkantis ĝin:

> "Hieraŭ nur
> amo estis plaĉa aventur'."

Ŝi pluludis la strofon kaj voĉe zumis, kiam mankis al ŝi vortoj. Dume mi paŝis al ŝi, butonante mian ĉemizon. Mi haltis malantaŭ ŝi kaj kisis ŝian nukon kaj dorson, vertebron post vertebro, ĝis la lasta akordo formortis.

"Ĉu vi ĉiam aperas en tiu vesto okaze de koncertoj kaj lecionoj?"

"Nur en bonfaraj koncertoj", ŝi diris turnante sin al mi.

Mi komencis kisi ŝin ankaŭ tiuflanke sed devis haltigi min ĉe la mamoj. Ja estis tempo reiri hejmen al mia laŭleĝa edzino.

Kiam mi hastis for de tie tra la vespera mallumo, surprize kaptis min mia bopatrino meze inter la loĝejo de Heidi kaj la butika parkumejo, kie staris mia aŭto.

"Saluton Mehdi! Ĉu vi venas de Heidi?"

"Ho, saluton Anita! Mi ne rekonis vin en tiu vatita mantelo kaj la ĉapo. Jes, ŝi petis min helpi pri ŝia interreto, kiam mi preterpasis, kaj mi ĉiuokaze haltis por aĉeti iom da fruktoj."

"Bonege! Estas feliĉo havi tian kapablon en la familio. Tiuj telefonaj servoj estas preskaŭ senvaloraj."

Kiel iama profesiulo de tia servo mi devus kontesti tiun opinion, sed mi preferis gluti ĝin.

"Jes, sed ĉiam estas avantaĝo vidi la aferojn surloke", mi hipokritis, vidante en mi la nudan Heidin ĉe la piano. "Nu, mi eble ekiru. Frida kaj Alice atendas min. Donu mian saluton al Lennart!"

Sidante en la aŭto mi tuj mesaĝis al Heidi, ke mi ĵus vizitis ŝin pro interreta problemo. Eble utilus al ŝi scii tion. Samtempe mi sentis tre forte ke ĉi tio verŝajne ne povos daŭri tre longe antaŭ ol ĉio krevos. Se mi estus mia patro, mi sendube scius proverbon pri tio. Sed mi ne estis li. Mi apenaŭ sciis, kiu mi efektive estas.

Veturi inter la urbeto kaj la vilaĝo postulis apenaŭ dek minutojn. Dum tiu tempo mi enmense ŝanceliĝis tien-reen. Ĉu mi nuligas la ŝancon rebonigi la rilaton kun Frida per miaj vizitoj ĉe Heidi? Kion mi efektive volas? *Kiun* mi volas? Eble mi tro frue rezignis pri feliĉo en mia edzeco kaj ĝuste pro tio fuŝas ĝin? Sed mi trovis neniun respondon. La distanco simple ne sufiĉis por tio.

Ĉapitro 16

Se vi diros ke jogurto estas blanka, mi diros ke ĝi estas nigra

Alice evoluis en vere ĉarman personon. Ŝia humoro nuntempe preskaŭ ĉiam estis bona, kaj la iama timo de Frida, ke ŝi havos malfacilaĵojn pri sia parolo, nun ŝajnis ridinda. Fakte ŝi babilis senĉese, ekde la vekiĝo ĝis la endormiĝo. Kelkfoje ŝia gaja babilado enlite vekis min frumatene. Tiam ŝi interparolis kun si mem, aŭ eble kun la urseto Pu aŭ la pupo Angelika, ricevita de avino Anita. Se pasis tro da tempo antaŭ ol alvenis Panjo aŭ Paĉjo, ŝi ja povis eligi malkontentan aŭ instigan krieton, sed plej ofte ŝi estis eta sunradio.

Ŝi heredis la mezblondan hararon de Frida kaj miajn brunajn okulojn. De kiu ŝi ricevis la hirtajn har-tufojn kaj la pintan nazon, mi ne sciis, sed ili donis al ŝi aspekton de troleto, laŭ ĉiuj parencoj kaj konatoj. Ŝi baldaŭ atingos la altecon de unu metro kaj tre verŝajne iam superos ambaŭ gepatrojn almenaŭ el tiu vidpunkto.

Ni donis al ŝi ambaŭ niajn familiajn nomojn. Krome ŝi ricevis la nomon de unu el siaj praavinoj. Alice Signe Forsberg Ghaemian – jen ŝia kompleta nomo. Kelkfoje mi demandis min, kian vivon ŝi havos. Ĉu ŝi restos en ĉi tiu fora regiono? Ĉu ŝi migros suden, aŭ eĉ foren al alia lando, Britio, Germanio, Usono? Mi tamen estis tute certa ke ŝi neniam loĝos en la lando de alia praavino Fereŝteh, la patrino de mia panjo, kiu plu vivis en sia domo en Raŝt, ĉe Kaspia Maro, kien ŝi alvenis okaze de sia edziniĝo en la aĝo de dek du jaroj. Mi mem neniam renkontis ŝin, kaj ŝia edzo, mia avo, mortis antaŭ duona jarcento. Mi konis ilin nur per la rakontoj de Panjo, kaj Alice eble eĉ ne aŭdos ion ajn pri sia irana familio. Aŭ se jes, ĝi estos nur fabelo por ŝi.

Komprenenble mi devus iam vojaĝi tien por renkonti parencojn kaj sperti la lokojn kaj kondiĉojn, kiuj estis mia origino. Sed mi neniam antaŭe volis tion. La gepatroj neniam revojaĝis, ĉu pro timo ke ili havos problemojn, ĉu pro manko de intereso, mi ne sciis. Paĉjo kelkfoje diris, ke liaj plej fidelaj legantoj troviĝas en la irana sekureca polico, pli fidelaj ol la abonantoj de lia bulteno en Malmö. Sed mi ne sciis, ĉu tio estas ŝerco, fantazio aŭ realo.

Lastatempe mi tamen pli kaj pli ofte pensis ke mi iam ŝatus iri tien kun Alice. Eble estas nature pensi pli multe pri la prapatroj, kiam oni ekhavas idon. Komprenble Frida neniam permesus tion. Mi eĉ ne surpriziĝus, se ŝi timus ke mi restos tie, aŭ eble lasos la knabinon ĉe iu parenco tie. Frida plej ofte aperis kiel moderna, racie pensanta homo, sed sub tiu surfaco mi kelkfoje povis senti antaŭjuĝojn kaj malvastmensajn ideojn. Mi certe ne volis veki aŭ provoki tiujn flankojn de ŝia memo. Mi ankoraŭ tro bone memoris ŝiajn stultaĵojn pri cirkumcido, kiam ni ankoraŭ ne sciis ke nia Bulko estas la ĉarmulino Alice.

Ju pli mi pensis pri nia filineto, des pli mi konvinkiĝis ke mi devas iel ripari la rilaton al Frida kaj savi nian geedzecon. Mi memoris mian klason en la elementa lernejo. Pli ol duono el miaj samklasanoj havis divorcintajn gepatrojn, kaj multaj el ili devis migradi kiel navedoj inter siaj du hejmoj. Kvankam ili ĉiam diradis ke tio funkcias bone, mi neniam vere kredis ilin. Do, pro Alice mi devos retrovi mian iaman amon al Frida. Kaj komprenble la unua afero necesa estos rompi kun Heidi. Ne eblos fliki la malnovan amon kaj dume rifuĝi ĉe la nova. Mi decidis ke la venonta fojo kun Heidi estos la lasta.

Sed kiel do eblos ripari la geedzecon? Jam sufiĉe malfacilos ŝanĝi mian propran konduton, sed kiel mi povos ŝanĝi tiun de Frida? Kaj ĉu ŝi entute volas daŭrigi kun mi? Ĝis nun neniu el ni menciis eblan divorcon, sed mi ja ne povis eviti pensi pri ĝi. Ĉu ankaŭ ŝi jam faris tion, mi ne scias. Kaj nun mi hezitis, ĉu iniciati diskuton, kiel savi nian geedzecon, aŭ ĉu tia diskuto male riskus eĉ pli detrui ĝin. Verŝajne plej efike estus simple konduti al ŝi pli bone ol ĝis nun, esperante ke tio iom post iom kuracos la malsanan rilaton.

Neĝo falis, faladis, kaj ĝi enlitigis ĉion sub molan kovrilon el blanka senmakula vato. Sub tiu bela kovrilo nenio tamen ŝanĝiĝis, malgraŭ mia decido reboni la geedzecon. Mi vere volis eviti la ĉiamajn disputojn pri negravaĵoj, sed ŝajne ne eblis realigi tiun volon. Mi klopodis memori, kio iam logis min al Frida kaj kaŭzis mian enamiĝon al ŝi. Sed verŝajne oni neniam povas klarigi tion konkrete, kaj sekve ankaŭ ne memori tion.

Kelkfoje ŝajnis al mi ke ni plu akordiĝas pri absolute nenio ajn. Ni tamen evoluigis ian civilizitan manieron disputi, tiel ke niaj efektivaj malkonsentoj ne sonis kiel krudaj kvereloj. Evidente neniu el ni volis denove aŭdi admonojn de nia filino, ke ni 'ĉesu pri tio'. Feliĉe Alice ankoraŭ ne komprenis ironion, nek sarkasmon.

Kompreneble tiu strategio kelkfoje paneis, kaj mi aŭdis min mem laŭtigi la voĉon por gajni argumentan forton. Sed kutime mi tuj rimarkis tion kaj povis tuj returni la laŭtecbutonon al pli diskreta tono.

Poste mi kutime trovis la disputojn sensencaj kaj senutilaj. Efektive ili estis ne nur senutilaj, sed eĉ malutilaj. Ĉiu kverelo pli subfosis la iam falontan konstruaĵon de nia rilato. Fojfoje mi provis reakordiĝi kun Frida per karesoj, sed ĉiam montriĝis ke tio ne eblas. Por mi karesoj povus esti rimedo por atingi sekvan reamikiĝon, sed por ŝi la procedo devis iri laŭ kontraŭa direkto – unue necesis reamikiĝo, kaj poste tiu povus konduki al karesoj. Tio estis vera senelirejo.

Dum Alice entuziasme ludis en la neĝo, kaj mi komencis la unuan neĝoŝoveladon de la sezono, Frida proponis ke ni aĉetu neĝojetilon.

"Ĝi kostus almenaŭ dekmilon", mi diris.

"Tute ne! Ekzistas etaj, similaj al gazontondilo, por malpli ol tri mil kronoj."

"Bone, sed kie ni uzu ĝin? Ĉi tie ne ekzistas trotuaro, kaj niaj eniraj vojetoj de la strato al la dompordo kaj aŭtejo estas mallongaj. Krome iom da fizika ekzercado nur utilas."

"Tiel vi diras nun. Ĉu vi ne memoras vian plendadon antaŭ du jaroj?"

"Temis ĉefe pri la tegmento. Tie ni ne povus uzi neĝojetilon."

"Vi forgesas, kiom vi laciĝis de ŝovelado", insistis Frida.

"Nu, eble ankaŭ vi kelkfoje povus fosi iomete."

"Kiam oni loĝas ĉi tie, neĝojetilo estas baza utilaĵo."

"Sed al mi ŝajnas ridinde ke ĉiu domo ĉe la strato havu propran maŝinon por tiel specifa celo. Kiom da horoj ĝi estas uzata ĉiujare?"

"Do provu fondi kolektivan neĝojetilan rondon, se vi trovas tion ebla."

Fakte tio ja estus racia kaj prudenta ideo, sed mi sciis ke ĝi neniam estus realigebla. Mi povus same bone proponi kolektivan posedon de motorsledo. Ĉi tie la viroj sendube pli volonte kundividus la edzinon ol la motorsledon. Sed tion mi ne diris al Frida. Mi ne volis elvoki lupon el la arbaro.

Okaze de la jarfinaj festoj estus facile ricevi pli ol semajnon da ferioj. Kristnaskon ni festos kiel kutime ĉe ŝiaj gepatroj, kaj tial mi jam longe antaŭe proponis al Frida ke ni vizitu miajn gepatrojn dum Novjaro kaj Epifanio. Sed tion ŝi ne volis.

"Mi ne havos sufiĉan energion por vojaĝi tien", ŝi klarigis.

"Vi neniam volas iri tien. Kion vi efektive havas kontraŭ ili?" mi scivolis.

"Nenion. Mi simple bezonos ripozi."

"Eblus ripozi tie eĉ pli bone ol ĉi tie. Panjo ŝatus servi nin, kaj ili ĉiuj dorlotus Alicen. Nahid ĉeestos kelkan tempon kaj kredeble ankaŭ ŝia Daniel."

"Estus tro da homoj", ŝi diris. "Mi ne povus ripozi tie."

"Ni ja estos ĉe Anita kaj Lennart dum Kristnasko. Do kial ne en Malmö dum Novjaro?"

"Ne eblas kompari. Ni ne loĝos ĉe miaj gepatroj dum pluraj tagoj sed nur venos tien por festi kaj poste reiros hejmen. Ĉe la viaj ni ĉiuj kunpuŝiĝus senĉese en la apartamento."

Ŝi ja iel pravis pri tio, sed mi ne volis cedi.

"Ne necesus restadi tie senĉese. Eblus ekskursi al Kopenhago kaj Lund, aŭ ien ajn."

"Sed mi ne sopiras je ekskursoj. Mi volas havi trankvilajn feriojn kaj rekolekti energion por la posta laborado en la nova jaro."

Do el tiu propono fariĝis nenio. Kristnasko venis kaj pasis, kaj ĉi-jare Alice vere ĝuis ĉion pri tiu festo. La bakadon de spickuketoj kaj safranaj bulkoj, la festadon de la tago de Lucia en la vartejo, la kristnaskajn koboldojn, kiuj aperis ĉie kaj ĉiam, la amason da kandeloj kaj ornamaĵoj. Entute ĉio glimanta kaj brilanta tre plaĉis al ŝi. Kaj fine ŝi volis gustumi ĉiujn tradiciajn pladojn de la kristnaska tablo ĉe la geavoj, kvankam ŝi tuj elsputis la pecojn de marinita haringo kaj spicita porkrulaĵo. Sed la plej multaj pladoj ja plaĉis al ŝi – ŝinko, viandbuloj, kolbasetoj, hepata pasteĉo, ruĝbeta salato, brusela brasiketo. Ŝi aprobis eĉ la lesivan gadon, kiun manĝis krom ŝi nur Lennart, sed kiu tamen devis ĉiam aperi surtable.

En la tagoj post Kristnasko mi denove menciis mian proponon vojaĝi al miaj gepatroj por la Novjara festo, sed tiam kompreneble estis tro malfrue por entrepreni ion. Ĉi-jare mia ĉefo Kalle nenion aranĝis en Luleå, kaj neniu alia oportuno aperis. La fino estis ke Frida kaj mi pasigis la silvestran vesperon duope hejme, antaŭ la televidilo. La ŝaŭmvino je la dekdua horo gustis iom amare. Poste ni sidis tie, ne sciante kion fari. Alice jam delonge dormis en sia lito. Defore aŭdiĝis krakoj de petardoj, kaj jen kaj jen oni vidis etan raketon disigi siajn artfajrajn stelojn super la vilaĝo de Korsträsk. Ni baldaŭ deziris unu al la alia prosperan novan jaron kaj enlitiĝis ĉiu en sia lito.

Du tagojn post Novjaro ni pasigis tagon sur la proksima skideklivo. Alice ricevis siajn unuajn skiojn por kristnaska donaco, kaj nun ŝi provis ilin sur la dekliveto por infanoj. Ŝi ne kapablis skii sola, sed Frida kaj mi alternis teni ŝin antaŭ ni, inter la genuoj, kaj tion ŝi ŝatis dum kelka tempo. Poste ŝi preferis gliti per la plasta sledeto.

Mi jam alkutimiĝis al la deklivskiado kaj trovis nian monteton iom malalta. La plej proksima pli alta skideklivo tamen situis en Kåbdalis, pli ol okdek kilometrojn for. Kaj por Alice ĉi tiu ja restos tute sufiĉa almenaŭ dum kelkaj jaroj. Dum Frida helpis ŝin pri la sledeto, mi glitis malsupren en kvieta rapido, ekzercante min pri slalomaj turniĝoj. Mi sentis sopiron eskapi de tie por renkonti Heidin. Temis ne nur pri la seksumado. Mi vere trovis ke mi pli facile babilas kun ŝi pri ĉio ajn, kvankam la tempo kutime ne sufiĉis por longaj interparoloj. Eble tiun facilecon kaŭzis tio, ke ni ne havis ĉiutagajn devojn kaj taskojn, pri kiuj necesis interkonsenti.

Fakte mi eĉ ŝatus preni kun mi Alicen kaj ekiri por viziti Heidin. Ŝi kutime kondutis al Alice iomete alie ol la plej multaj homoj, kvazaŭ ŝi traktus ŝin pli multe kiel plenkreskulon ol kiel infaneton. Eble tion tutsimple kaŭzis ŝia manko de kutimo je infanetoj pli junaj ol ŝiaj lernantoj. Tamen tio ne malplaĉis al mi. Kaj ankaŭ Alice videble amis sian onklinon.

Sed komprenenble tio estis nur stulta revo. Mi ne povus realigi tiun vantan ideon. Male mi ja devus rompi kun Heidi. Frida, Alice kaj mi estis familio, kaj krevigi tiun alportus gravajn problemojn. Des pli, se tio okazus pro Heidi. Kredeble tio krevigus ne nur mian familion, sed krome ankaŭ tiun de la fratinoj.

"Mi estas lacega", plendis Frida post ankoraŭ horo kaj duono. "Mi ne havas forton kuiri. Ĉu ni iru al la burgerejo?"

"Jeees! Burrerro! Burrerro!" jubilis Alice kun tre trilantaj r-oj.

Ŝi ĵus lernis prononci ilin kaj nun fiere pavis antaŭ sia kartavanta patro. Ŝi jam estis granda fano de tiu plado. Kaj mi ne kontraŭdiris. Vere mi sentis ke mi devus diri ion pri vegetaĵoj kaj vitaminoj, sed ankaŭ al mi jam mankis energio por tio. Do, hodiaŭ ni voru burgerojn. Morgaŭ estos dimanĉa tagmanĝo ĉe la bogepatroj. Eble tiam ankaŭ Heidi ĉeestos.

La vizito al la burgerejo de Älvsbyn estis tipa rezigno de la gepatra ambicio, kiu devus esti escepto sed efektive okazis pli kaj pli ofte. La stranga afero estis ke ni ofte kverelis aŭ disputis pri bagatelaĵoj kiel manĝo aŭ vestaĵoj de Alice, kvankam ni esence havis tre similajn starpunktojn. Sed kiam mi pretis fari escepton, ŝi plej ofte rifuzis tion, kaj inverse. Nur kiam ni ambaŭ tre laciĝis, kiel post la sabata deklivskiado, ni sukcesis interkonsenti pri escepto de iu regulo.

La disputoj povis temi ekzemple pri konfitaĵo.

"Ĉu vere necesas tiom da?" mi diris, vidante la monton da fraga konfitaĵo sur la jogurto de Alice.

"Sen konfitaĵo ŝi ne manĝos ĝin."

"Sed tio ne estas jogurto kun konfitaĵo sed konfitaĵo kun jogurto!"

"Stultaĵo! Ĉi tio estas eko-konfitaĵo."

"Bone, sed ĝi tamen ja konsistas plejparte el sukero, ĉu ne?"

"Tio ne estas danĝera", insistis Frida.

"Eble ne, sed vi alkutimigos ŝin al tio ke ĉio devas gusti dolĉe."

"Tute ne. Kiam vi donas al ŝi jogurton, ŝi ne volas manĝi ĝin."

"Kompreneble, ĉar vi plenigas ŝin per sukero!"

Kaj tiel plu.

Ni jam bone regis la arton disputi en ŝajne amika tono, kaj Alice ride akompanis nin, batante la teleron per sia kulero, tiel ke la ruĝa konfitaĵo ŝprucis en ŝian vizaĝon.

Aliokaze temis pri miaj laborhoroj.

"Kiam vi revenas el Luleå, Alice jam estas dormema, sed vi vigligas ŝin kaj prokrastas la enlitiĝon. Kaj morgaŭ matene mi devos tiri ŝin dormantan el la lito por atingi la vartejon ĝustatempe."

"Vi troigas. Ĉar mi ofte laboras hejme, mi fakte pasigas malpli da horoj ĉiusemajne en la laborejo ol vi. Sed bedaŭrinde la vojaĝoj rabas preskaŭ du horojn ĉiutage."

"Kaj via kromlaborado", ŝi diris.

Tiun temon mi ne volis trakti tro detale. Do mi serĉis deflankiĝon.

"Tio estas esceptoj. Se ni loĝus en Luleå, ne estus tiaj vojaĝoj por mi. Vi certe trovus laboron tie."

"Ĉu vi nun volas transloĝiĝi? Vi estas freneza!"

"Mi ne volas, sed ĉar vi plendas pri miaj longaj vojaĝoj..."

Estis stultaĵoj, fakte. Bagateloj. Sed kompreneble sub ili kaŝiĝis io pli fundamenta. Ŝajne nia amo simple ne eltenis la premon de ĉiutagaj taskoj kaj dilemoj. Mi klopodis memori, kiel mi sentis en pli frua tempo, antaŭ Alice. Antaŭ Älvsbyn. Antaŭ Heidi. Sed ĉio malnova iĝis sufiĉe nebula en mia menso. La nuno iel forpuŝis ĉiujn bonajn memorojn. Kaj pri la estonteco mi eĉ ne kapablis pensi.

Ĉapitro 17

Muŝo facile flugas en la mielon sed malfacile eliras

La vintro daŭris kun varia vetero, iom da neĝado, iom da severa frosto, iom da nulgradaj tagoj. En februaro oni eĉ de temp' al tempo videtis la sunon tagmeze inter la arboj. La neĝoŝovelado ne superis kiom mi povis plenumi sen tute rompi la brakojn aŭ dorson, do la demando pri neĝoĵetilo ne reaperis inter Frida kaj mi.

Finfine mi decidis rompi kun Heidi, kaj mi ankaŭ sciigis tion al ŝi. Ŝi reagis al tio sufiĉe trankvile.

"Mi komprenas", ŝi diris mallaŭte, rigardante min iom oblikve. "Ĉu vi pensas ke ŝi suspektas ion?"

Mi sidis sur ŝia lito postkoite, kaj ŝi plu kuŝis apud mi. Ne eblis vidi, ĉu ŝi malĝojas, sed mi supozis ke jes. Mi mem preskaŭ sufokiĝis pro korpremo.

"Kredeble ne", mi diris. "Sed ĉi tio ja ne povos daŭri. Estas frenezo."

"Nu, vi eble pravas. Vi tre mankos al mi, Mehdi. Tamen, se vi certas pri tio, do faru kion vi devas."

Mi antaŭtimis koleron kaj minacojn de ŝia flanko, sed ŝi montris nenion tian. La sola afero estis ke ŝi poste brakumis min pli forte kaj longe ol kutime kaj poste turnis sin for, eble por ne montri al mi siajn okulojn.

Do, jen la fino, mi pensis, aŭtante for de tie. Jen la fino de la epizodo bofratino.

Sed mi eraris. Mi nenecese timis la reagon de Heidi, sed mian propran reagon mi ne antaŭvidis. Rompinte kun Heidi, mi vane klopodis konduti pli bone al Frida. Reale mi male fariĝis eĉ pli kverelema kaj incitiĝema ol antaŭe. Mi ne sukcesis fliki la geedzecon; eĉ male, mi plu ŝiradis ĝin.

Post du semajnoj mi denove telefonis al Heidi el mia laborejo.

"Ĉu mi povos viziti vin ĉi-vespere? Mi ne plu eltenas."

"Ne, Mehdi. Tio ne estas bona ideo."

Mi estis ŝokita. Kion mi faris?

"Sed ĉu ni ne povus renkontiĝi simple por interparoli?"

Ŝi pripensis dum kelka tempo.

"Eble pli malfrue. Ankoraŭ ne."

Ĉi tion mi ne antaŭvidis. Mi estis konfuzita kaj malespera. Mi ege sopiris je Heidi. La vivo kun Frida fariĝis neeltenebla, kvankam mi decidis ripari nian rilaton. Mi demandis min, ĉu mi estas tute malkapabla je amrilatoj. Fine en marda vespero mi haltis en Älvsbyn survoje hejmen. Mi eĉ ne zorgis singardi, sed parkumis surstrate apud la domo de Heidi.

"Mi devas paroli kun vi", mi diris, kiam ŝi malfermis la pordon de la apartamento.

Mi vidis ke ŝi hezitas kaj ŝajnis preta refermi la pordon.

"Ankoraŭ ne", ŝi diris. "Atendu kelkajn semajnojn, mi petas."

"Mi simple ne povas."

Dum momento ŝi staris senmova kaj silenta. Poste ni ekaŭdis sonojn de iu supreniranta sur la ŝtuparo ie sube. Tiam ŝi paŝis flanken kaj enlasis min.

Ni efektive interparolis. Mi provis priskribi al ŝi miajn sentojn, mian malesperon. Komprenebla ni ne nur parolis sed post nelonge denove trafis en la liton, kvazaŭ glitante tien sur glacia deklivo. Kaj per tio la afero rekomenciĝis.

Do, de temp' al tempo mi plu vizitadis Heidin en ŝia apartamento survoje hejmen de mia laboro. Miaj vizitoj tamen estis mallongaj kaj ne oftegaj, por ne tro riski malkovron kaj provoki la malkontenton de Frida. Mi ankoraŭ flegis la iluzion aŭ memtrompon ke mi riparos la geedzan rilaton, sed kiel realigi tion, mi ne imagis. Heidi ne plu provis malhelpi al mi venadi al ŝi, sed mi kredis rimarki ĉe ŝi ian rezignacian sintenon, kvazaŭ ŝi volus diri ke okazu kio okazos.

Unu lundon en la fino de februaro mi faris laŭkutiman viziton kaj poste hastis plu hejmen. Kontraŭ la kutimo nia domo estis sen lumaj fenestroj, kiam mi alvenis, kaj la aŭto de Frida ne staris en la aŭtejo. Mi haltigis la mian kaj eniris. Kiel mi supozis, la domo estis senhoma. Nu, mi pensis, ŝi verŝajne restis kun Alice ĉe siaj gepatroj, do mi iris kuirejen por pripensi, kian vespermanĝon mi faru. Kiam sonoris mia telefono, mi atendis aŭdi la voĉon de Frida, sed la ekraneto diris 'Heidi'.

"Frida malkovris ĉion", ŝi diris senspire, tuj kiam mi respondis la alvokon. "Ŝi gvatis pri vi kaj sonorigis ĉe mia pordo, tuj kiam vi foriris. Mi kompreneble supozis ke tio estas vi, kiu ion postlasis, do mi malfermis en subvestoj. Ŝi entrudis sin kaj vidis ĉion, la tasojn, la malordan liton, miajn pantalonon kaj bluzon surplanke. Mi ne povis elpensi provon de klarigo. Ĉio ja estis evidenta."

Ŝi parolis rapide, senhalte, sed poste ŝi silentis. Mi aŭdis ŝian spiradon. Fakte mi imagis ŝin anheli kontraŭ mia orelo, dum mi preskaŭ forgesis spiri. Mi klopodis imagi la scenon. Ĉu la du fratinoj komencis interbatali? Certe ne. Sendube Frida ĵetis al Heidi insultojn kaj akuzojn, sed fizikan perforton ŝi neniam aplikus. Nu, cetere, kiom mi vere konis ŝin? Se reaperus io el ilia infanaĝo, ne eblus scii, kiel ili reagus.

"Ĉu ŝi venis al vi kun Alice?" mi stulte demandis.

"Ne, tute ne. Ŝi estis sola. Verŝajne Alice estas ĉe Panjo, ĉe la geavoj. Kredeble ŝi vidis vin eniri kaj atendis en la ŝtuparejo, eble en la supra etaĝo. Povas esti ke ŝi eĉ subaŭskultis nin tra la leterfendo. Eblis nenion kaŝi."

"Bone."

Jen stulta komento, sed mi vere ne sciis, kion diri, krom tio. Bone ke almenaŭ Alice ne devis ĉeesti. Nu, ŝi ĉiuokaze nenion komprenus, sed ŝi ja ne ŝatis kverelojn.

"Ĉu vi kverelis?" mi demandis, denove sufiĉe stulte.

Heidi ridis. Aŭ eble rikanis.

"Kion vi do imagas? Ĉu fratinan brakumon?"

"Kompreneble ne. Mi ne povas imagi, kiel ŝi eksciis, aŭ eksuspektis ion. Ĉu via panjo denove vidis min tie?"

"Eble, sed povus esti ĉiu ajn. Iu el ŝiaj kolegoj en la vartejo, ekzemple. Ili sendube rekonas vin. Ĉi tie ĉiuj konas ĉiujn. Jen la malbeno de urbeto. Aŭ ŝi mem ial iris laŭ mia strato. Mi ne scias kiel okazis, kaj tio tute ne gravas. Ŝi ne diris kiel. Mi simple volas ke vi estu preparita, kiam ŝi revenos hejmen."

"Jes ja."

Kiam ŝi revenos hejmen. Se ŝi revenos hejmen. Mi tute ne sciis, kion atendi. Mi dankis Heidin pro la averto, kaj ni interkonsentis ke mi informos ŝin pri tio, kio okazos. Pri nia plua interrilato ni diris nenion. Ĉi-momente mi kapablis nenion pensi pri ĝi.

Do, mi preparis la vespermanĝon kvazaŭ zombie, ripetante al mi en la kapo, kion diros Frida, kiel mi klopodos respondi kaj tiel plu. Sed tio estis vana. Tiutage Frida kaj Alice ne revenis hejmen. La vespermanĝon mi glutis sola kun mi mem. Kompreneble ili restis ĉe Anita kaj Lennart. Mi longe cerbumadis, ĉu mi telefonu al ŝi aŭ ne, kaj finfine mi faris tion sufiĉe malfrue, je la naŭa kaj duono. Tiam Alice certe jam delonge dormis. Sed kompreneble Frida ne respondis mian alvokon. Tamen ŝi ja devis vidi ke mi provas kontakti ŝin.

Ankaŭ marde la domo estis malluma kaj senhoma, kiam mi venis hejmen. Sed tiam ŝi aperis vespere, sen Alice, por preni vestaĵojn kaj aliajn aferojn, kiujn ili bezonis. Interparoli ŝi tamen rifuzis.

"Frida", mi diris. "Mi faris stultaĵon, sed vi ne povas pro tio simple malaperi el la hejmo kun Alice."

Ŝi ĵetis al mi rigidan rigardon sed ne malfermis la buŝon. Mi vidis ŝin plu meti la aferojn, kiujn ŝi kolektis, en du valizojn kaj porti tiujn al la pordo.

"Atendu iomete!" mi vokis. "Almenaŭ pensu pri Alice! Vi ne rajtas forigi ŝin de ŝia hejmo."

Ŝi haltis kaj staris dum kelka tempo senmova antaŭ la pordo, senvorte, kun la dorso al mi.

"Ne zorgu", ŝi poste murmuris inter la dentoj kvazaŭ al la pordo, ne turnante sin. "Ni revenos, kaj vi malaperos de ĉi tie. Estu certa."

Poste ŝi eliris al sia aŭto kaj forveturis.

Kaj kiel ŝi diris, tiel efektive okazis, sed por tio necesis iom da tempo kaj multe da intertraktoj.

La procedo komenciĝis sabate antaŭtagmeze. Tiam mi jam pasigis kvin noktojn sola en la domo. Kvin noktojn kaj unu tagon, ĉar kiel kutime mi laboris hejme en la merkredo. Sabate alvenis ne Frida, sed ŝia patro. Mi aŭdis lian Volvo alveni kaj halti surstrate, kaj mi vidis lin alpaŝi al la dompordo iom malrapide, kvazaŭ hezite. Post paŭzo mi aŭdis frapojn al la dompordo, kaj mi iris por malfermi kaj enlasi lin. Li aspektis embarasita.

"Saluton, Lennart. Ĉu vi volas kafon?"

"Nu, ne necesas. Sed se vi jam kuiris..."

"Certe. Restas sufiĉe."

Ni ambaŭ eniris la kuirejon, kie staris vazaro nelavita de hieraŭ kaj restaĵoj de mia matenmanĝo. Mi verŝis kafon en du tasojn kaj metis ilin sur la tablon.

"Sidiĝu", mi diris. "Ĉu ili restas ĉe vi en Älvsbyn?"

"Jes, ili estas tie."

"Ŝi ja devos reveni. Ĉi tio estas la hejmo de Alice."

Li trinkis kafon, grakis kaj denove trinketis pli da kafo.

"Kion ŝi diras?" mi urĝis lin. "Ŝi ne respondas, kiam mi telefonas."

"Nu, ŝi diras ke ŝi kaj Alice revenos ĉi tien, sed... Ne dum vi restas. Ŝi volas divorcon, ŝi diras."

Divorcon. Mi klopodis digesti la vorton. Estis strange. Amaso da geedzoj divorcas. Amaso da kunvivantoj disiĝas. Mi ja mem delonge cerbumis, ĉu estus pli bone divorci, kvankam mi nenion diris pri tio al Frida. Sed nun tiu vorto subite sonis ege fremda. Mi tute ne povis rilatigi ĝin al mi mem. Antaŭ nelonge mi decidis ne divorci, sed male ĉesi kun Heidi kaj ripari la geedzecon. Vere mi ne tre sukcesis pri tio. Fakte ne eblus pli klare fiaski pri tiu plano. Mi estis eminenta fuŝulo.

Sed plej multe mi pensis pri Alice. Ke Frida tutsimple prenis ŝin kaj foriris, forigis ŝin de mi. Tion ŝi ja ne rajtas.

"Ŝi devas reveni por diskuti pri la aferro", mi diris iom senkonvinke. "Ni provu iel interkonsenti, ĉu ne?"

Li suspiris.

"Mi ne scias", li diris. "Se temus pri iu alia. Alia virino, mi volas diri. Sed kun Heidi... Oni ne faras tiel."

Mi gratis al mi la verton. Li ja pravis. Oni ne faras tiel. Tamen tio okazis. Kaj mi ne sciis, kion diri pri tio. Ne eblas klarigi tian aferon. Kaj certe ne al la bopatro. Mi scivolis, ĉu iu en la familio jam parolis kun Heidi, sed mi ne povis demandi pri tio. Tio iel ne koncernis min.

"Ĉu mi akompanu vin al Älvsbyn por paroli kun Frida?" mi demandis.

"Ne, ne. Tio ne estus bona. Ŝi ne volas vidi vin."

"Sed mi rajtas renkonti mian filinon!"

"Ĉu vere? Mi ne scias, sed ĉiuokaze atendu iom. Frida sendube bezonas iom da tempo. Ŝi diras ke ŝi tuj petos divorcon. Kaj ke ŝi volas resti en la domo. Ŝi plu loĝos ĉi tie sen vi, ŝi diras."

Mi sentis ian paralizon disvastiĝi en mia interno. Oni do volas rabi de mi la filinon kaj la hejmon. Tamen mi ne povis preni tion serioze. Kompreneble Frida nun estas furioza kaj diras aferojn, kiujn ŝi ne funde pripensis. Ŝi volas iel rebati kontraŭ mi. Tio ne estas mirinda. Kaj Lennart estas nur ŝia mesaĝisto. Ne indas pafi al la pianisto, se agacas la komponaĵo.

Tamen Lennart ŝajnis al mi pli malĝoja kaj konfuzita ol kolera. Li petis permeson preni kelkajn aferojn, kiujn Frida taskis al li alporti, kaj mi helpis al li trovi ilin. Kiam mi prenis ludilojn de Alice el ŝia ĉambro, mi preskaŭ kolapsis en ploratakon sed kun peno sukcesis regi min. Li foriris, kaj mi havis la reston de la semajnfino antaŭ mi, sola kun mi mem.

Mi volis telefoni al Heidi aŭ eĉ veturi al ŝi por resti tie anstataŭ en la dezerta domo. Tamen mi iel hontis fari tion. Do mi klopodis trovi ion gravan aŭ almenaŭ utilan por prizorgi, sed la vojetoj ĉe la domo jam estis zorge senneĝigitaj, kaj lavinte la vazaron, mi trovis ĉion alian malgrava kaj vana.

Fine, je la oka sabate vespere, mi telefonis al Heidi. Mi rakontis al ŝi pri la situacio, la vizitoj de Frida kaj Lennart, kaj pri la minaco de divorco. Poste mi demandis, ĉu mi povas veni al ŝi. Mi ne volis inviti ŝin al Korsträsk, por la okazo ke Frida aŭ iu alia subite aperus tie, kvankam mi ja supozis ke tio ne okazos.

"Mi dubas, ĉu tio estus bona ideo", respondis Heidi.

"Kial ne?"

"Mi pensas ke vi devas unue decidi, kion vi volas kun Frida."

"Jes, sed... Ŝajnas ke ŝi jam decidis, ĉu ne?"

"Sed kion volas vi, Mehdi?"

Mi ne tuj respondis. Mi sciis ke mi volas rehavi mian filinon. La domo sen Alice estis terura loko, iaspeca fantomejo. Mankegis ŝia kurado de ĉambro al ĉambro, ŝiaj ridoj, ŝia babilado, eĉ ŝia ploro en la nun malplenaj ĉambregoj. Sed kompreneble Heidi demandis ne pri tio, sed kion mi volas kun ŝi, kaj kun Frida.

"Ĝuste nun mi volas veni al vi", mi diris.

Ŝi suspiris tiel ke mi imagis senti ŝian elspiron en miaj oreloj tra la aŭdiletoj.

"Ne, Mehdi. Unue aranĝu kun Frida."

Mi pripensis kaj devis konsenti. Se pensi racie, ŝi pravis. Sed ĝuste nun malfacilis al mi pensi racie. Kaj kiel aranĝi kun iu, kiu rifuzas paroli kun mi?

"Ĉu vi parolis kun ŝi?" mi demandis.

"Ne. Ne post kiam ŝi estis ĉi tie kaj nomis min putino. Sed mi parolis kun Panjo kaj Paĉjo. Ili ne domaĝis min. Mi neniam vidis Paĉjon tiel furioza."

"Ĉu vere? Ĉi tie li estis surprize kvieta."

"Nu, evidente mi estas la ĉefa fiulo. Eĉ Niklas telefonis kaj kriaĉis al mi. Sed al li mi povis riposti senkompate. Lia propra vivo ne estas la plej regula, se temas pri inoj."

Mi ne volis diskuti la seksan vivon de mia bofrato, sed mi konsterniĝis pro ŝiaj vortoj pri Lennart. Verŝajne la familion trafis ŝoko, kiu influos ĉiujn dumlonge. Sed pri tio mi nun ne povis senti ion apartan.

Komprenble Heidi pravis. Mi devas antaŭ ĉio decidi, kion mi mem volas. Sed por fari tion, mi bezonus unue paroli kun Frida, poste renkontiĝi kaj paroli kun Heidi. Sola mi povis nenion ajn decidi. La pensoj simple cirkuladis en la kapo, senĉese kaj vane.

La sekva semajno pasis tute same. Nenio ŝanĝiĝis; neniu kontaktis min. Mi dediĉis kiom eble plej multe da tempo al laborado. Tamen la vesperoj estis teruraj. Ĉirkaŭis min la malplena domo. Mi staris en la ĉambro de Alice, rigardante al ŝiaj ludiloj, bestetoj, vestaĵoj, lito kaj bildoj surmure. Kaj poste, sola en mia lito, mi sopiris je Heidi. Ŝi vere mankis al mi. Kiu ĉasas du leporojn, kaptas neniun. Je tiu penso mi sentis ke mi vere freneziĝas. Ĉu mi nun jam komencas enpense reciti al mi mem proverbojn? Tio devas esti hereda malsano!

En tia deliro pasis la labortagoj, kaj poste denove estis sabato. Ankaŭ tiun duan semajnfinon mi pasigis sola en la domo. Por distri min mi faris fajron en la stovo per ŝtipoj el la faligitaj betuloj, kiuj nun jam estis perfekte sekaj kaj taŭgaj por lignofajro. Tamen ŝajnis al mi ke estas io profunde mizera pri solulo, kiu faras al si lignofajron kvazaŭ por havi akompanon.

Sed dimanĉe posttagmeze Frida revenis hejmen kun Alice. Ŝi estis tre trankvila kaj neŭtrala kaj komencis enporti siajn valizojn en la dormoĉambron. Alice dum momento ŝajnis timida sed post nelonge kuris en miajn brakojn. Mi ĉirkaŭprenis ŝin kun larmantaj okuloj tiel longe ke ŝi komencis barakti por liberiĝi.

"Ĉu vi povus dormi en la gastoĉambro?" demandis Frida seke el la pordo de la dormoĉambro.

Mi rigardis ŝin. Ŝi mienis kvazaŭ mi estus okaza vizitanto.

"Nu, se vi trovas tion necesa", mi respondis.

"Dankon."

Poste ŝi malaperis kaj baldaŭ revenis kun kelkaj paperoj enmane.

"Mi akiris formularon por la divorco. Fakte sufiĉas ke mi subskribu, sed eble vi ŝatus tralegi ĝin. Pro Alice la afero okazos kun sesmonata prokrasto."

"Atendu iomete", mi diris. "Ĉu ni ne devus pripensi kaj diskuti tion ankoraŭ iom?"

"Mi jam pripensis."

Mi lasis la temon ĉefe ĉar mi ne volis diskuti ĝin en la ĉeesto de Alice. Anstataŭe mi klopodis esti perfekta patro, ludante kaj babilante kun ŝi. Sed ŝajnis al mi ke ŝi pli interesiĝas pri la pupoj, bestetoj kaj aliaj ludiloj, kiuj restis orfaj en ŝia ĉambro dum preskaŭ du semajnoj.

"Ĉu vi ŝatis esti ĉe Avo kaj Avino?" mi scivolis.

"Mi faris katpupetojn kun Avino."

"Kion? Kiajn katpupetojn?"

"Kun kunfutajo."

"Ha, ĉu patkuketojn kun konfitaĵo? Ĉu vere? Do vi eble povos fari patkukojn ankaŭ kun mi."

"Ne. Ĉar Avino ne estas ĉi tie."

"Nu, sed ni tamen povos provi, ĉu ne?"

"Ĉe Avino mi kuŝis en la lito de Panjo."

"Nu, tio ja estis agrabla. Sed hejme vi dormos en via propra lito, mi pensas."

"Kun Angelika. Kaj Sabina. Kaj... kaj..."

Ŝi serĉis inter la bestetoj. Angelika kaj Sabina estis la plej amataj pupoj, kiuj ambaŭ akompanis ŝin ĉe la geavoj.

"Ĉu estis bone ankaŭ en la vartejo?" mi pluis.

Ŝi ne tuj respondis sed ekdediĉis sin al la bastonĉevalo, kiun ŝi ne kunhavis dum la forestado. Sed evidente ŝi aŭdis min, ĉar post paŭzo ŝi diris:

"Jesper estas stulta."

Mi ne rekonis la nomon sed supozis ke temas pri infano en la vartejo.

"Kial do? Kion li faris?"

"Mi *volas*..."

Ŝi tre emfazis tiun vorton, sed eble ŝia volo estis tiel intensa ke ŝi forgesis *kion* ŝi volas. Ĉiuokaze ŝia asociado plu fluis rapide laŭ nespureblaj vojoj.

"Avo rasis."

"Kion?"

Ŝi imitis zumadon kaj viŝis al si la vangojn.

"Ha, mi komprenas. Li razis sin per razaparato, ĉu ne?"

Mi mem ne uzis aparaton sed sendanĝeran razilon kaj volis klarigi ke la celo de tiu estas sama. Sed ŝia atento jam saltis pluen al la tigro Tigo, la plej impona el ŝiaj bestoj, iam preskaŭ samgranda kiel ŝi mem, sed ankoraŭ sufiĉe granda por improvizita luktado sur la matraco, kiu kovris la plankon apud ŝia lito. Mi iomete helpis Tigon permane, sed tiam ŝi malkontentiĝis.

"Mi povas mem!"

"Jes, mi scias. Sed eble Tigo bezonas helpon."

"Ne helpon! Mi estas fota."

Por substreki tion, ŝi kaptis la pluŝbeston kaj ĵetis ĝin sub la liton, poste enrampis kaj eltiris ĝin kun iom da polvo. Mi ja polvosuĉis hieraŭ, sed eble mi forgesis purigi sub la lito. Ĉiuokaze mi ĝojis ke ŝi ne fremdiĝis al mi. La dusemajna disiĝo ŝajnis rapide forgesita. Sed kiel ni interrilatos estonte? Mi ne povis ne pensi pri tio, dum mi plu ludis kaj babilis kun ŝi.

Vespere, kiam Alice jam dormis, mi faris novan provon diskuti kun Frida. Sed ŝi evidente ne trovis ke valoras la penon malŝpari multajn vortojn.

"Mi ja komprenas ke vi koleras", mi diris. "Sed ĉu ne estus pli bone prokrasti ĉiujn drastajn decidojn? Pensu pri Alice! Plej gravas ke ŝi plu havu ambaŭ gepatrojn, ĉu ne?"

"Pri tio vi devus pensi jam antaŭ ol elladigi tiujn haringojn."

"Kio?"

"Vi scias perfekte, pri kio mi parolas."

Kaj ŝi montris al la divorcaj paperoj surtable.

"Subskribu aŭ ne, tio faras nenian diferencon", ŝi seke deklaris. "Mi jam subskribis kaj sendos ĝin morgaŭ."

Evidente ŝi kredis ke Heidi kaj mi jam komencis nian rilaton antaŭ jaro, kiam ŝi alportis ĉi tien la doson da fermentintaj botniaj haringoj. Tio ja ne estis tute vera, sed iel mi ne trovis grave korekti ŝian ideon. La diferenco de kelkaj semajnoj efektive ne estis decida. Kaj en ia senco la afero eble komenciĝis jam pli frue, kvankam mi ne konsciis tion.

Frida sendis la divorcopeton al la distrikta tribunalo sen mia sub-skribo, sed laŭleĝe tio havis neniun signifon. Oni decidos pri di-vorco kun sesmonata prokrasto, ĉar ni havis komunan infanon. Dum tiu tempo ni devus ne kunvivi. Fakte ni ja ne plu kunvivis, nur kunloĝis, proksimume kiel mi iam faris kun Viktor kaj Filip.

Frida restis tre firme ĉe la opinio ke ŝi pluloĝos en la domo, dum mi devas forlasi ĝin. Mi efektive ne havis argumenton kontraŭ tio.

"Sed kiel vi sola plenumos ĉiujn praktikajn taskojn?" mi tamen diris por ne ŝajni tro cedema. "Neĝoŝoveladon, lignohakadon..."

"Ne zorgu. Mi kapablas pli ol vi pensas, kaj se ne, do mi havas familion. Vi ja ĉiam preferis apartamenton. Do vi povos havi laŭplaĉe."

Tiel sendube estis.

Sed kie mi do loĝu?

La kaŭzo de la divorco estis mia amrilato al Heidi. Aŭ ĉu vere? Se pli zorge konsideri la aferon, tiu eble estis nur simptomo de la mortiĝanta rilato inter Frida kaj mi. Kaj nun, ĉu mi deziris ansta-taŭigi Fridan per ŝia fratino? Ĉu Heidi mem volis anstataŭi sian fratinon? Ĉu mi entute volas resti en ĉi tiu regiono fora de ĉio? Eble ĝuste ĉi tiu estis konvena momento por reveni suden.

Ja estis multaj aferoj por kontempli kaj pri kiuj mi devus atingi ian decidon. Sed ĉio fariĝis malgrava kompare kun unu sola demando: Kiel mi sukcesos eviti perdi mian filinon? Ĉiu ajn loko, ĉiu ajn vivo estus vana sen Alice, kaj ĉiu loko kaj vivo estus en ordo kun ŝi. Kaj se mi ne povis igi mian edzinon ekloĝi sude, kiel mi do povus konvinki mian eksedzinon translokiĝi tien? Subite mi ekkonsciis ke post la divorco mi estos eĉ pli katenita al Frida ol antaŭe, pere de nia filino. Do, ĉar Frida sen ajna dubo restos en la regiono, ankaŭ mi devos resti, almenaŭ dum la proksimaj dek kvin jaroj. Ĝis Alice abituros, enamiĝos al ia aknoplena stultulo kaj mem transloĝiĝos suden aŭ ien ajn, mi restos kondamnita al vivo ĉi-norde.

Necesis rakonti al miaj familianoj pri la divorco. Mi komencis, telefonante al Nahid.

"Vi estas freneza!" ŝi elsputis. "Kial divorci de Frida?"

"Nu... Fakte ni jam de sufiĉe longe havas problemojn."

"Kompreneble! Ĉiuj havas problemojn. Tio estas normala. Ankaŭ mi kaj Daniel kelkfoje kondutas kiel hundo kun kato. Sed tion oni solvas, damne! Oni ne tuj diskuras ĉe la unua malkonsento. Precipe vi, kiuj havas infanon!"

"Jes, vi ja pravas. Ne pensu ke mi ne jam cerbumis pri tio. Sed ŝajnas neevitebla."

"Idioto! Nenio estus neevitebla, se vi pretus batali."

"Hm. Do vi proponas ke mi uzu perforton por konservi la geedzecon, ĉu?"

Tion mia fratino tamen ne komentis. Mi aŭdis nur ŝian ĝemon.

"Sed Nahid, ankoraŭ nenion diru al la gepatroj. Mi mem baldaŭ rakontos al ili."

Post kiam Frida sendis la divorcopeton, mi proponis al Heidi ke mi unuafoje pasigu nokton ĉe ŝi. Mi timis ke ŝi plu malakceptos min, sed tio ne okazis. Male ŝi tuj bonvenigis min. Kiam mi alvenis, ŝi longe brakumis min, kaŝante la kapon ĉe mia kolo. Mi ne memoris ke ŝi iam ajn antaŭe kondutis tiel ameme. Kutime ŝi estis sufiĉe afereca en sia rilato al mi.

"Mi tre kontentas ke vi venis", ŝi diris. "Sciu ke mi ege sopiris je vi dum la lasta tempo."

"Ankaŭ mi."

"Ĉu vi decidis, kiel fari pri Frida?"

"Nu, jes. Aŭ... pli ĝuste decidis ŝi, sendante la divorcopeton. Do, la afero jam estas decidita", mi klarigis al ŝi. "Ankoraŭ ne laŭleĝe, sed praktike."

"Bone. Sed kiel vi aranĝos pri Alice?"

"Nuntempe la tribunaloj aŭtomate donas egalajn rajtojn al ambaŭ gepatroj, se neniu postulas ion alian", mi raportis, kion mi mem ĵus eksciis. "La konkretaj aranĝoj dependos de kie mi loĝos, kaj kiel mi povos adapti miajn laborhorojn. Sed mi ŝatus ke ŝi estu ĉe mi ĉiun duan semajnon, se eble."

"Kaj ĉu vi volas plu renkonti min?"

"Kompreneble! Jen kial mi estas ĉi tie."

Mi ne demandis, kio kaŭzis ŝian ŝanĝitan sintenon. Eble temis tutsimple pri tio, kion ŝi diris, ke ŝi tre sopiris je mi dum la tempo, kiam ni ne renkontiĝis.

Tiuvespere ni longe interparolis, ne nur pri la familiaj problemoj, sed krome pri negravaj ĉiutagaĵoj, pri niaj ŝatataj vampirfilmoj, pri la vintro, kiu jam proksimiĝis al la degelsezono, kiam neĝokaĉo kaj koto kovras ĉion ĉi-regione. Meze de tiu babilado pri ĉio kaj nenio, ŝi silentiĝis kaj rigardis min fikse.

"Aŭskultu, Mehdi", ŝi diris post kelka tempo. "Ne timu, sed mi fakte pensas ke mi amas vin."

Mi rigardis ŝin. Ŝiaj palpebroj iom flirtis, sed la rigardo estis trankvila kaj la buŝo ŝajnis serioza. Mi kisis ŝin. Mi kisis la buŝon, la okulojn, la kolon, la mentonon.

"Ankaŭ mi", mi diris.

Ŝi ridetis preskaŭ nerimarkeble.

"Tio estas", mi aldonis, "ne min, sed vin."

La loĝejo de Heidi estis duĉambra, kaj tie mi ne povus daŭre loĝi, precipe ne kun Alice. Tio estis evidenta eĉ sen diskuto. Do mi kontaktis la komunuman loĝejkompanion, kaj bonŝance mi povis eklui precize similan apartamenton, kiel tiu, en kiu Frida kaj mi loĝis dum tri jaroj antaŭ la naskiĝo de Alice. Tiam nia adreso estis la Pado de Marĉaj Rubusoj; nun mi nestos ĉe Hallonstigen, la Pado de Framboj. Tio laŭ mi sonis pli bone. Frambojn mi trovis pli bongustaj. Oni ne plu havis vakajn apartamentojn, sed mi povos transloĝiĝi tien jam post kelkaj semajnoj, en aprilo, kiam liberiĝos unu apartamento.

Kiam la divorco realiĝos kaj nia disiĝo estos definitiva, Frida devos aĉeti de mi mian duonon de la domo. Kiel tio eblos, mi ankoraŭ ne sciis. Eble tio signifos nur ke ni ŝanĝos subskribojn sur la monpruntaj dokumentoj, ĉar efektive la banko ankoraŭ posedis preskaŭ la tutan domon.

Ĉapitro 18

Sperto estas kombilo donata al kalvulo

La tria de aprilo estis la Sankta Vendredo, kaj mi uzis la liberan tagon por transporti miajn aferojn al mia nova loĝejo. Miaj kolegoj Kristofer kaj Javier helpis min, kaj ankaŭ Heidi alvenis por helpi porti. Frida kaj mi disdividis aferojn komunajn, kiel vazaron kaj manĝilojn, librojn, littukojn kaj alion. Mi prenis ankaŭ kelkajn el la mebloj, sed plurajn aliajn aferojn mi devis akiri denove.

Estis stranga sento reveni al la konata kvartalo en Älvsbyn sen Frida. Kiam ĉio estis portita en la apartamenton, mi regalis la helpantojn per manĝo el loka restoracio, kaj poste miaj du kolegoj reveturis al Luleå. Heidi restis kaj helpis min forpeli la senton de vivofiasko, kiu nuntempe ĉiam insidis por superi min.

"Mi pensas ke vi bonfartos ĉi tie", ŝi provis kuraĝigi min. "Oni ĉiam sentas sin iom perdita en nova loko."

Mi ne konsentis. Male, je aliaj okazoj mi kutime ĝojis en nova loĝejo. Mi klopodis memori la senton de stimulo kaj atendoj, kiam mi unue eniris la domon en Korsträsk, la antaŭan apartamenton ĉi-kvartale kaj mian ĉambron en la Stokholma domturo. Mi eĉ nebule memoris la ekscitiĝon, kiam mi dekunujara eniris la senmeblan ontan apartamenton de mia familio en nova kvartalo.

"Kaj baldaŭ Alice venos al vi ĉi tien por kelkaj tagoj, ĉu ne?" daŭrigis Heidi. "Tiam vi havos pli hejmecan senton."

Mi sukcesis interkonsenti kun Frida ke Alice vizitos min dum kelkaj tagoj en la venonta semajno. Poste ni vidos, kiel fari. Kaj mi aranĝos kun mia laborejo, ke mi deĵoros malpli da horoj en la tagoj, kiam ŝi estos ĉe mi. Do restis nur sperti, kiel ŝi mem reagos en la nova hejmo.

Vespere Heidi akceptis pasigi la nokton ĉe mi. Kiam ni kuŝis enlite unu apud la alia, mi sentis kvazaŭ mi kuŝus kun ŝi unuafoje. Kaj la seksumado efektive estis iel prova, mallerta. Kutime ŝi estis tre sindona kaj intensa dum nia amorado, sed ĉi-foje mi trovis ŝin iom forestanta.

Poste ni kuŝis silentaj dum kelka tempo. Estis kvarono post noktomezo, sed mi ne povis rilaksiĝi. Ankaŭ Heidi ŝajnis iom streĉita.

"Kiel statas? Ĉu vi ne dormemas?" mi demandis.

"Ne tre. Mi pensas pri io, kion mi devus diri al vi. Sed mi ne scias, ĉu nun estas bona okazo."

Mi rigidiĝis, timante ion drastan. Ĉu ŝi intencas rompi nian rilaton?

"Bone. Diru, mi petas."

Ŝi plu prokrastis la aferon. Mi atendis kun ŝvelaĵo enbruste.

"Mi estas graveda", ŝi fine diris.

Mi levis min siden en la lito.

"Kiel tio eblas?" mi stulte balbutis.

Ŝi komencis ridi, malrapide kaj mallaŭte, nur per iaj ripetaj spir-puŝoj. Nu, bonŝance mi almenaŭ ne demandis, kiu faris tion al ŝi.

"Kiel tio eblas?" ŝi poste gaje elspiris. "Ĉu vi ne scias, kiel tio okazas?"

"Ni ja estadis singardaj, ĉu ne?"

"Nu, ne sufiĉe, evidente."

Mi devis konfesi ke ŝi pravas. Verŝajne Heidi havus pli da utilo de la fifama fekundo-komputilo ol ŝia fratino. Sed eble eĉ tiu magia ilo ne donus perfektan protekton.

"Do... kiel vi faros?" mi diris. "Ĉu vi jam decidis?"

"Jes. Mi naskos."

Kun leĝera sento de deĵavuo mi klopodis digesti la novaĵon. Komprenble mi devus diri al ŝi 'gratulon' aŭ ion similan, sed ŝajnis al mi ke mi jam maltrafis la ĝustan momenton. Mi rekuŝiĝis kaj brakumis ŝin, kisis ŝian kolon.

"Ĉu vi ĝojas pro tio?" mi flustris.

"Plejparte jes. Ĉu vi?"

"Se vi ĝojas, ankaŭ mi ĝojas. Diable, Alice ekhavos gefraton!"

"Aŭ gekuzon."

Mi pripensis niajn komplikajn familiajn interrilatojn.

"Ambaŭ pravas", mi konstatis. "Gekuzo-gefraton. Kiam tio okazos?"

"Nu, aŭtune. En la fino de oktobro."

Mi klopodis retrokalkuli, kiam tiu infano estiĝis, sed mi ne certis, kiel pensi. Do mi refoje kisis ŝin kaj karesis ŝian ebenan ventron.

"Kia novaĵo!" mi diris. "Mi apenaŭ scias, kion diri, sed mi estas feliĉa. Kiel longe vi sciis tion?"

"Mi suspektis dum kelka tempo, sed lastsemajne mi finfine testis min."

"Kial vi ne tuj sciigis tion al mi?"

"Nu, mi volis unue decidi, kion fari. Krome mi pensis ke vi havas sufiĉe da zorgoj jam sen tio. Kaj mi volis rakonti tion en via nova hejmo."

"Bone. Vi sendube faris prudente, Heidi. Kaj vi estos bonega patrino. Mi certas pri tio."

"Mi ne scias. Nu, restas tempo por prepariĝi, ĉu ne?"

Jes ja, restis tempo. Ankoraŭ neniu krom ŝi kaj mi sciis. Heidi ne havis intiman amikinon, kun kiu ŝi dividis ĉiujn zorgojn. Kaj ne eblis antaŭvidi, kiel reagos ŝia familio. Kiel ni mem aranĝos nian vivon, aŭ niajn vivojn, ni ankaŭ ne diskutis, ankoraŭ ne. Ĉu ni kunloĝos, kaj se jes, do kie? Ni prokrastis tion ĝis pli proksime al la tago, kiam naskiĝos tiu nova familiano.

Dume mi havis sufiĉe por prizorgi eĉ sen tiu novaĵo. La tribunalo faris decidon la dudekduan de aprilo, laŭ kiu la divorco plenumiĝos post ses monatoj, do en oktobro. Tio estos samtempe, kiam oni antaŭvidis la akuŝon de Heidi. La koincido ŝajnis al mi preskaŭ timige supernatura.

Frida kaj mi faris provizoran aranĝon pri Alice. Ĉiun duan semajnon, ekde merkredo ĝis dimanĉo, ŝi loĝos ĉe mi, ĉe la Pado de Framboj. Pli ol tiom mi simple ne sukcesis adapti miajn laborhorojn, konsiderante ke ankaŭ la vojaĝoj tien-reen al Luleå rabas tempon. Ĉar ŝi do estos pli longe ĉe Frida ol ĉe mi, mi pagos etan alimenton, sed la grandajn kostojn, kiel por vestaĵoj, ni dividos egale.

La domo provizore restos kune posedata. La fakto estis ke ni neniam amortizis la monŝuldon sed pagis nur interezon, kaj mi do plu pagos duonon de ĝi. Feliĉe la interezo restis malalta. Mi vere ne sciis, kiel Frida elturniĝus, se ŝi ekposedus la tutan domon kaj la banka interezo altiĝus, aŭ se oni ekpostulus amortizadon. Ŝia salajro de infanvarteja pedagogo estis sufiĉe multe pli malalta ol la mia. Kaj mi jam konstatis ke por solvivanto estas multege da kostoj, kiujn oni ne plu povas kundividi sed devas pagi sola per sia sola salajro. Mi komencis sperti ke la divorco vere estis multekosta afero, ne nur emocie.

Kiam Alice unuafoje venis en la apartamenton, ŝi unue gaje kaj scivole komencis esplori la ĉambrojn. Mi akiris ĉion bezonatan kaj jam elspezis sufiĉe multe por novaj ludiloj, ĉar mi ne volis riski malkontentigi ŝin, rabante ion el ŝiaj aferoj en la malnova hejmo. Do, dum la unua vizito ŝi estis plene okupata ludi per tiuj novaĵoj. Mi kuiris ŝian favoratan manĝon, spagetojn kun bolonja raguo, sed ŝi apenaŭ havis tempon manĝi ion. Vespere mi reveturigis ŝin al Frida, ĉar mi volis ke ŝi alkutimiĝu iom post iom. Ŝi kunportis unu el la novaj bestetoj, hirtan leonon, kiun ŝi pro ia asociado nomis Bengt laŭ sia praonklo.

"La aliaj bestetoj kaj pupoj atendos vin ĉi tie, kiam vi venos venontfoje. Tiam vi eble dormos ĉi tie ĉe Paĉjo, ĉu ne?"

"Kaj Panjo!"

"Nu, mi pensas ke Panjo ne havos tempon dormi ĉi tie."

"Mi volas kuŝi en la lito de Panjo."

"Ĉu ankoraŭ? Sed vi jam estas granda knabino kun propra lito."

"Kaj Angelika. Kaj... kaj... kaj Bengt."

"Bone. Ni vidos."

Do mi timis ke estos malfacile konvinki ŝin tranokti ĉe mi, sed finfine tio okazis pli-malpli senprobleme. Mi aranĝis ke ŝi tiam kunportis ne nur Bengton, sed krome Angelikan kaj Sabinan, kaj post vespero da intensa ludado, ŝi estingiĝis kiel kandelo en miaj brakoj, kaj mi kuŝigis ŝin inter gregon da pluŝbestetoj en ŝia nova lito. Matene ŝi ja ekploris, vekiĝante en la nekutima ejo, sed kiam mi alkuris ĵusvekite, ŝi tuj trankviliĝis. En la dua vespero ŝi ploris petante pri sia panjo, sed tio ne daŭris longe. Ekde la tria tago, ŝi ŝajnis tute hejma ĉe mi.

Al la avantaĝoj de la nova hejmo apartenis ekstera ludejo kun balanciloj, sablejo, grimpejo kaj neidentigebla risorta rajdbesto, sur kiu Alice tuj ekŝatis balanciĝi. Kaj tie estis aliaj infanoj, kun kiuj ŝi baldaŭ povos ludi. Ŝi ja kutimis je kunludantoj en la vartejo kaj ne estis timema. Fakte la tero de la ludejo estis iom kota en la fino de aprilo, sed iom post iom ĝi ja sekiĝos, kaj post ankoraŭ monato la ĉirkaŭaj arbustoj sendube ekverdos.

Se mi ne jam antaŭe ĉesus pensi pri transloĝiĝo suden, mi devus definitive forlasi tiun ideon, post kiam Heidi rakontis ke ŝi gravedas. Mi memoris la aludojn kaj malfermajn proponojn de la gepatroj kaj bogepatroj, ke jam estas tempo por dua infano. Ankoraŭ ne estis tempo malkaŝi al ili, ke okazos, kiel ili volis. Nu, eble tamen ne precize, kiel ili volis. Mi vere ne sciis, kiel reagos Panjo kaj Paĉjo al la aferoj, en kiujn mi impliciĝis.

Nahid telefonis por demandi, ĉu la divorco vere okazos, kaj ĉu mi jam informis la gepatrojn.

"Mi ne ŝatas sekreti", ŝi plendis. "Kiam ili parolas pri vi kaj Frida, mi ĉiam devas mordi al mi la langon. Do, rakontu al ili, damne, aŭ mi faros tion!"

"Bone, mi faros je okazo. Sed krome aldoniĝis io. Mi faris stult-aĵon."

"Kion do? Liku la aferon, damne!"

Do mi devis malkaŝi mian rilaton kun Heidi. Tamen mi ne menciis ŝian gravedecon. Ĝi restu sekreta dum tio eblos.

"Sed provizore diru nenion al la gepatroj", mi finis mian kon-feson. "Mi mem volas rakonti al ili. Baldaŭ."

Ŝi suspiris.

"Vi estas grandioza fuŝulo, Mehdi. Sed eĉ tia idiotaĵo ja devas esti iel solvebla. Simple donu al Frida tempon digesti la aferon, kaj zorgu neniam plu renkonti ŝian fratinon. Ĉiuokaze ne sola. Certe post kelkaj monatoj eblos ripari la rilaton, ĉu ne?"

"Estas iom pli komplike. Fakte, mi pensas ke ĝi finiĝis definitive."

Ŝi silentis dum kelkaj sekundoj. Poste ŝi suspiris.

"Nu", ŝi ekparolis. "Kiu kaĉon kuiris, tiu ĝin manĝu."

Mi konsterniĝis, ne kredante miajn orelojn. Ĉu jen ankaŭ mia fratineto komencos pri tiaj tedaĵoj?

"Povas esti ke Frida ne vere konvenis al vi", ŝi poste diris. "Ŝi ĉiam ŝajnis al mi iom filistra. Sed kial do elekti ŝian fratinon? Ĉu loĝas tiel malmulte da homoj tie norde, ke vi ne trovis alian?"

"Ne temas pri tio. Cetere, ili ne tre similas unu la alian."

"Bone. Do, Mehdi-stultulo, nun estas tempo decidi, kiun el ili vi efektive amas. Se vi fakte scias, kion signifas tiu vorto."

"Mi ja scias. Prefere zorgu pri vi mem kaj Daniel!"

"Ne ŝanĝu la temon!"

"Nu, mi vere amis Fridan, sed iel tiu sento ne travivis la ĉiutagan kunvivadon. Mi supozas ke okazis same al ŝi. Fakte, kun Heidi estas tute alia afero. Almenaŭ tion mi pensas."

Ŝi denove suspiris, tiel ke mi imagis senti la aerpuŝon kontraŭ mia orelo.

"Kion diri ankoraŭ?" ŝi poste diris. "Mi ripetas duafoje: decidu, kiun vi amas! Damne, tian aferon oni ja sentas! Ne eblas erari pri tio!"

Ni diris 'ĝis reaŭdo' kaj mi klopodis digesti ŝiajn vortojn. Kion ŝi diris, tio ja ŝajnis tute prudenta. Oni sendube scias, kion oni sentas kaj kiun oni amas. Necesas nur esti sincera al si mem kaj al aliaj. Kaj mi ne plu povis dubi pri tio. Antaŭ kelka tempo Heidi diris al mi ke ŝi amas min, kaj mi reciprokis ŝiajn vortojn. Nun mi jam komencis kompreni pli funde ke mi tiam diris la veron.

Post kelkaj tagoj mi parolis ankaŭ kun Panjo. Ŝi reagis pli trankvile ol Nahid, sed mi rimarkis ke ŝi tre malĝojas, kvankam mi ne menciis Heidin sed parolis nur pri mia divorco de Frida.

"Nu, mi supozis ke io misas, kiam ŝi ne volis veni vizite al ni", ŝi diris. "Mi tamen esperas ke ni plu povos renkonti la nepinon."

"Jes, komprenble. Somere ni certe faros vojaĝon al Skanio."

Mi efektive ankoraŭ ne pensis pri tio, des malpli planis ion, sed la ideo aperis al mi aŭtomate. Komprenble Alice kaj mi plu venados al Malmö, ĉu trajne, ĉu aviadile. Ni eĉ povus fari aŭtovojaĝon tra la lando, haltante en diversaj lokoj. Mi ne dubis ke ekzistas amaso da vidindaĵoj taŭgaj por trijarulo. Mi ne konis ilin, sed sufiĉus iom gugli.

Mi demandis min, ĉu Heidi volos fari feriajn vojaĝojn kun mi. Ĉiuokaze mi sentis ke ne urĝas prezenti ŝin al miaj gepatroj. Des pli ĉar somere ŝi sendube jam estos videble graveda. Mi preferus malkaŝi la aferojn iom post iom, ŝtupo post ŝtupo.

Ĉapitro 19

Da kvar aferoj ĉiu homo havas pli ol li scias: pekoj, ŝuldoj, jaroj kaj malamikoj

Iom post iom alvenis la printempo. La salikoj jam plene helverdis. La betuloj unue alprenis sian aparte violan nuancon, pri kiu mi ne sciis, kio ĝin kaŭzas. Nek en mia hejmurbo Malmö, nek en la skania kamparo mi iam pensis pri ĝi, eble ĉar betuloj tie ne dominas la pejzaĝon. Sed poste ili ekverdis, kaj sekvis tremoloj, sorparboj kaj aliaj. Kompreneble ĉion kadris la ĉiamverdaj piceoj, sed ilia malhela nuanco kaj trista figuro ne vere gajigis la etoson.

La rilato inter Frida kaj mi baldaŭ fariĝis surprize afereca. Ni sufiĉe ofte renkontiĝis pro Alice, sed kutime nur starante en la vestiblo, ĉu de la domo, ĉu de mia apartamento. Ni staris tie por diskuti ion pri aĉetoj aŭ datoj, kiam ni translasis inter ni la knabineton, kun valizeto plena de ŝiaj plej karaj aferoj, kiuj devis ĉiam akompani ŝin en ŝia nomada vivo.

Meze de ĉio ĉi okazis mia tridekjara naskiĝtago. Antaŭ longe mi havis la intencon peti Fridan, ke ŝi aranĝu por mi feston ne tro grandan, tamen kun familianoj, amikoj kaj kolegoj de ni ambaŭ. Sed pro la problemoj inter ni, mi prokrastis tion, kaj kiam la tago nun alvenis, kompreneble montriĝis ke neniu preparis ion ajn, nek ŝi, nek Heidi, nek mi mem. Vere okazis absolute nenio. Neniu eĉ komentis ĝin, kaj mi ekkonsciis ke Heidi ja ne konas mian naskiĝdaton, dum mi proksimume memoras la ŝian pro ŝia tridekjariĝo antaŭ du jaroj. Tra mia kapo flugis la ideo malgraŭ ĉio inviti ŝin festi la tagon kun mi en restoracio, sed mi hontis fari tion, ĉar mi antaŭe nenion diris.

Oni ofte parolas pri krizo de la tridekaj jaroj. Fakte mi tre miris ke mi aĝas tridek. Mi sentis min pli juna. Tio estis iom paradoksa, ĉar dum la lastaj jaroj mia vivo ŝanĝiĝis tiom, ke tio sufiĉus por du jardekoj, ŝajnis al mi. Ĉiuokaze la naskiĝtago pasis absolute nerimarkate en ordinara merkredo, kiam mi kiel kutime laboris hejme. En la sekva ĵaŭdo miaj kolegoj tamen kondukis min al bona restoracio en Luleå, ĉar la dato videblis en miaj dungo-dokumentoj.

"Ĉu vi hieraŭ havis grandan feston hejme?" scivolis Kristofer.

"Tute ne. Mi ja havas iom da problemoj, ĉar mi kaj mia edzino divorcos, do ne estis konvena momento por festi."

"Damne! Mi supozis ke vi festis en via nova loĝejo. Do, ni devus aranĝi pli bone ĉi tie!"

"Dankon, sed mi ne bone scias, kiel estos pri ĉio. Ĝuste nun mi ne povas pensi pri naskiĝtago kaj festado."

La regalo estis bona, sed mi ne povis drinki, pro la sesdek kilometroj da aŭtado hejmen. Kristofer ja proponis ke mi tranoktu ĉe li, sed mi ne trovis tion alloga. Do, ankaŭ la etoso restis relative kvieta.

Heidi tranoktis ĉe mi aŭ mi ĉe ŝi du-trifoje semajne, kiam Alice estis ĉe Frida. Post monato ŝi unuafoje restis ĉe mi ankaŭ en semajnfino, kiam Alice ĉeestis. Tio estis senproblema; ili ja delonge konis unu la alian, kaj por Alice la ĉeesto de la onklino estis tute natura. Laŭ mi Heidi eĉ havis bonan influon al Alice, eble ĉar ŝi ja plej kutimis je pli aĝaj infanoj, dum Frida emis daŭre rigardi Alicen iomete kiel bebon.

La gravedeco de Heidi estis sen gravaj problemoj, se ne mencii kelktempan matenan naŭziĝon. Sed ankoraŭ ĝi restis nevidebla kaj do sekreta al la cetera mondo.

"Iam frusomere mi tamen devos informi mian ĉefon", ŝi diris, kiam ni foje diskutis la aferon.

"Kial la ĉefon? Ĉu ne la familio pli gravas?"

"Jes, sed ŝi devos plani por mia foresto en la fino de la aŭtuna semestro kaj plue."

Pri tio mi ne pensis, sed mi opiniis ke tio ne estas respondeco de Heidi. Ĉiuokaze tio signifis ke ŝi devos malkaŝi la aferon ankaŭ al la familio, ĉar la nova lernejestro estis konata kiel sufiĉe klaĉema persono, kaj de la instruistaro tia novaĵo rapide disvastiĝos en la tutan urbeton.

Mia rilato al la cetera familio Forsberg restis frostigita. Heidi plu regule tagmanĝis ĉe la gepatroj, tamen nur en ĉiu dua dimanĉo. Supozeble Frida kaj Alice venadis en la aliaj dimanĉoj. Mi mem ĉeestis neniam, sed post siaj vizitoj Heidi raportis al mi pri la etoso. Laŭ ŝi ĉiuj zorge evitis mencii la tiklan situacion, kiam ŝi ĉeestis. Kia etoso regis en la dimanĉoj de Frida, ni kompreneble ne povis scii.

La trijara naskiĝtago de Alice okazis, kiam ŝi loĝis en la domo en Korsträsk. Frida aranĝis feston kun siaj gepatroj kaj najbaroj, sed mi kaj Heidi ne estis invititaj. Do, mi pretigis duan festeton kun kremkuko kaj donacoj, kiam Alice venis al mi, kaj ŝi tute ne malŝatis festi sian trijariĝon duafoje.

En la komenco de junio Heidi revenis al mi post dimanĉa familia tagmanĝo, kaj tiufoje akompanis ŝin Anita. Tio signifis ke ŝi unuafoje vidos mian apartamenton. Alice tuj alkuris, ĝoja pro la vizito de la avino.

"Avino! Venu al mia ĉambro!" ŝi gaje vokis, jam antaŭ ol Anita havis tempon senŝuiĝi kaj demeti sian mantelon.

"Bonvenon! Mi tre ĝojas vidi vin", mi diris iom embarasite kaj nervoze. "Alice kaj mi faris ĉokoladajn kuketojn, do ni tuj kafumos. Bonvolu rigardi la loĝejon. Alice sendube montros ĉefe siajn pupojn kaj bestetojn."

Ŝi enpaŝis kaj ŝajnis al mi preskaŭ kiel antaŭe. Komence Alice okupis ŝian plenan atenton, sed poste ĉe la kafotablo ni povis iom interparoli.

"Mi ĝojas vidi ke Alice bonfartas", ŝi diris. "Ĉu ŝi ne sopiras hejmen, kiam ŝi estas ĉi tie?"

"Ankaŭ ĉi tio estas ŝia hejmo", rapide intervenis Heidi, antaŭ ol mi havis tempon respondi. "Laŭ mi ŝi sentas sin bone ĉi tie, ĉu ne?"

"Jes, certe. Ne estas problemo", mi konsentis. "Kaj ŝi jam komencis ludi kun najbaraj infanoj", mi aldonis post mallonga paŭzo.

Tio verdire estis duona troigo. Ŝi ja unufoje ludis kun la samaĝa Fatima, dum supervido de mi kaj juna somalino, la patrino de tiu knabineto. Sed mi esperis ke tio okazos pli ofte.

"Nu, mi ne scias, kion diri pri ĉio ĉi", murmuris Anita. "Frida ne volas paroli pri ĝi, do ni ne povis ekscii, kio fakte okazis. Estas malfacile kompreni, sed kion fari?"

Neniu komentis tion. Alice prenis duan ĉokoladan kuketon kaj unue provis enbuŝigi ĝin al Anita, sed poste ŝi ŝanĝis opinion kaj mem ekmordis ĝin.

"Ĉu estas kutimo ĉe vi, havi rilatojn al fratinoj?" tiam scivolis Anita.

Verŝajne ŝi simple volis ekscii pli multe pri strangaj moroj de ekzotaj homoj, sed Heidi tuj suspiris, sendis al mi signifoplenan rigardon kaj poste diris, turnite al Anita:

"Panjo, klopodu unufoje esti racia homo. Rezervu viajn antaŭ-juĝojn al viaj amikinoj, mi petas."

Dum momento mi pripensis, ĉu ankoraŭfoje alpreni mian ŝajn-igitan persan akĉenton por diri: 'jes, sed en Irano ni edziĝas al eĉiuj feratinoj zamtempe', aŭ ion similan. Aŭ eble en troigita skania dia-lekto: 'en Malmö estas tejom da alleogaj knabejnoj ke tejo ne nece-sas'. Sed mi decidis ke estus pli bone por la etoso, se mi silentus.

"Pardonu min", diris Anita. "Mi celis nenion malbonan. Kaj ne estas antaŭjuĝoj. Mi legis pri tio ke inter la kurdoj estas tre ofta afero edziniĝi al sia kuzo. Do... mi pensis..."

Ŝi ne sukcesis precizigi, kion ŝi pensis. Heidi plu suspiris, Alice jam havis plene ĉokoladan mentonon, kaj mi verŝis pli da kafo al ĉiuj krom Alice.

"Mia stokholma kuzino Roŝan estis nazmukulino, kiam mi last-foje vidis ŝin", mi diris. "Fakte mi havas du kuzinojn ankaŭ en Bri-tio, sed ili verŝajne aĝas inter dek kaj dek kvin. Mi eĉ ne memoras la nomon de la pli juna."

"Nu, mi ne celis precize vin..."

"Kaj mi pensas ke por la plimulto de irananoj, kiel miaj gepatroj, la kurdoj estas iomete kiel la sameoj por vi. Do, iaj montaranoj kun bunta vesto kaj ekzotaj kutimoj."

"Aha, interese", diris Anita.

"Sed sen boacoj, komprenebla", mi aldonis.

Ŝi ekridis. La etoso ne estis plej amika, sed ankaŭ ne tro alttensia.

"Ĉiuokaze", ŝi refoje ekparolis, "mi pensas ke estus bona afero, se ni ĉiuj povus denove renkontiĝi. Almenaŭ por Alice tio estus bona, ĉu ne? Ĉu vi ne povus veni venontan dimanĉon por tagmanĝi ĉe ni?"

"Mi volonte venus", mi diris. "Sed ĉu vi demandis Fridan?"

"Ankoraŭ ne, sed se vi venus, kaj ankaŭ Heidi, mi proponos tion al Frida. Kion vi opinias, Heidi?"

"Bone, en ordo. Sed la hoko en la ezoko sendube estas Frida, ĉu ne? Ĉu Paĉjo jam konsentis?"

"Nu, unue mi demandos Fridan. Lennart certe akceptos tion, se ŝi konsentos."

La familia tagmanĝo okazis en iom rigida etoso. Ĉiuj ĉeestis krom Niklas, kiu ŝajne ankoraŭ koleris kontraŭ Heidi pro ia nespurebla kialo. Ni manĝis koregonojn, kiujn Lennart mem kaptis en la proksima rivero. Tre bonguste, fakte. Sed la konversacio estis avara. Lennart diris nenion; Frida same malmulte. Plej vigle babilis Alice pri siaj ŝatataj temoj: la pupoj kaj pluŝbestoj, ŝia plej bona amikino Saga en la vartejo, kaj la glaciaĵo, kiun Avino promesis, se ŝi manĝos sian fiŝaĵon. Anita faris provojn paroli pri neŭtralaj temoj. Interalie ŝi komplimentis Heidin, ke ŝi videble tre bonfartas. Pro tio ŝi tamen rikoltis malamikan rigardon de Frida, do la bonfarto de unu filino ne estis sufiĉe neŭtrala temo.

Mi ektimis ke ŝi rimarkos, el kio fakte konsistas tiu bonfarto; ĉar pro la gravedeco Heidi iĝis iom pli rondeta, kaj ŝiaj negrandaj mamoj rimarkeble kreskis. Sekve mi timis ankaŭ ke Heidi mem elektos ĉi tiun okazon por ĵeti la bebo-bombon. Tion ŝi ja ne faris, sed post nelonge tio jam estos neevitebla.

Supozeble por malpezigi la etoson Anita rakontis pri nia inter-parolo antaŭ kelkaj tagoj. Laŭ ŝi, mi tiam diris ke kurdoj similas sameojn en bunta vesto sed sen boacoj. Ŝi vere gajnis iom da ridoj pri tio, sed Lennart provis korekti mian vidpunkton pri la sameoj.

"Ne pensu ke ili ĉiam vestas sin tiel", li diris. "Tio estas nur mas-kerado por melki la turistojn je pli da mono."

"Tio ne estas vera, Paĉjo", kontraŭis Heidi. "Estas tradicia vesto uzata je geedziĝoj kaj aliaj festaj okazoj, kiam ĉeestas neniu turisto."

"Nu, ĉiuokaze ili scias kiel profiti de aliaj kaj akiri privilegiojn", li insistis.

"Vi babilas sensencaĵojn. Efektive ili perdis preskaŭ ĉion iom post iom. La teron, la riverojn, la paŝtejojn de la boacoj, la rajton je ĉaso kaj tiel plu."

"Nu, kial ili havu pli da rajtoj ol mi? Tio estus rasismo!"

"Ĉar la sameoj estas pralogantoj en ĉi tiu parto de la mondo."

"Prefere lasu tion", nun intervenis Anita. "Ni jam scias ke vi neniam interkonsentos pri tiu temo. Mi devus neniam mencii la aferon, sed mi trovis ĝin amuza. Ĉu iu volas pli da glaciaĵo?"

"Mi volas!" kriis Alice, kvazaŭ ŝi delonge atendus tiun proponon.

"Bone, vi ricevos, sed ankoraŭ restas sufiĉe sur via telero, ĉu ne?"

Mi mem ne volis enmiksiĝi en la diskuton de Heidi kaj Lennart. Kvankam la bogepatroj ĉiam faradis komentojn kaj demandojn pri Irano, mi ĝis nun neniam sentis eĉ grajnon da malamikeco pro la deveno de mia familio. Sed en la nuna situacio, kaj kun la ŝerca komparo inter kurdoj kaj sameoj kiel elirpunkto, mi timis nun eble veki frostajn sentojn.

Nu, ĉiuokaze oni ne kverelis, nek interbatalis. Mi vere ne sciis, ĉu la aranĝo de kuna tagmanĝo estis nur hipokrita kuliso, aŭ ĉu ĝi povos iel utili. Eble se oni ŝajnigas esti amikoj, oni efektive pli amikiĝas? Se jes, ni povus proponi tiun strategion al pluraj konflikto-zonoj en la mondo.

Frida sufiĉe frue post la manĝo foriris kun Alice. Ankaŭ mi komencis prepari min por reiri hejmen. Mi supozis ke Heidi akompanos min, eĉ se ni antaŭe nenion interkonsentis pri tio. Sed ŝi evidente volis resti pli longe, do mi sola dankis pro la regalo kaj forlasis la domon de Lennart kaj Anita.

Post horo kaj duono Heidi telefonis al mi por rakonti ke ŝi restis ĉe la gepatroj ĝuste por sciigi al ili la novaĵon ke ŝi gravedas.

"Mi pli-malpli atendis tion", mi diris. "Kiel ili reagis?"

"Paĉjo neniel ajn. Panjo kvazaŭ pendolis tien-reen. Jen ŝi trovis tion eĉ pli granda katastrofo ol la divorco de Frida, jen ŝi antaŭĝojis pro la dua nepino."

Mi konsterniĝis.

"Ĉu nepino? Povos esti nepo, ĉu ne?"

"Ne, mi forgesis diri. En la lasta sonografio mi eksciis ke estas knabino."

Mi restis silenta dum kelka tempo, kontemplante tion.

"Mehdi, ĉu vi restas?" ŝi diris post iom.

"Jes. Mi restas. Ĉu mi ne rajtis ekscii tion?"

"Vi ja diris ke vi ne volas scii, sed mi volis."

"Tamen, se vi scias, kompreneble ankaŭ mi volas scii."

"Bone. Pardonu, vi pravas ke mi devus rakonti al vi, sed mi prokrastis tion. Ne koleru pro tio."

"Mi ne koleras, mi nur trovas min iom ekstera. Nu, do nun ili scias. Kiel pri Frida?"

"Kio pri Frida?" demandis Heidi.

"Ĉu vi diros ankaŭ al ŝi?"

"Eble vi povus rakonti al ŝi? Vi ja renkontas ŝin pli ofte ol mi."

Mi pripensis tion.

"Prave, sed ĉiam nur kun Alice. Mi ne ŝatus diri tion antaŭ ŝi."

Heidi ridis. Mi pensis ankoraŭ iom.

"Bone", mi diris. "Iel mi solvos tion. Do, en ordo, mi rakontos al ŝi."

Fine de junio komenciĝis io simila al somero. Heidi kaj mi faris ban-ekskurson al lago oriente de la urbeto, kies akvo kutime estis iom pli varma ol la lago de Korsträsk. Mi tamen kontentiĝis enakvigi la krurojn, dum ŝi ĵetis sin enen kaj mane aspergis min per laga akvo.

Alice plurfoje menciis iun Kevin, parolante pri Frida, kaj unue mi komencis suspekti ke ŝi jam trovis novan kunulon. Dum momento mi sentis pikon de ĵaluzo, tute senrajte, kompreneble, sed poste mi komprenis ke temas pri la vilaĝanoj Kevin kaj Elin. Evidente ili ofte vizitis Fridan kun siaj infanoj, kaj Kevin kelkfoje helpis ŝin pri praktikaj aferoj de la domo. Tiam mi anstataŭe ekhontis. Tio ja devus esti mia tasko. Sed kompreneble estis esence bona afero, se Frida havas amikajn interrilatojn kaj ricevas helpon de najbaroj.

Post ses jaroj en la nordo mi devus delonge alkutimiĝi al la blankaj noktoj de junio. Sed mi ankoraŭ trovis tiun senĉesan tag-lumon nenormala. Eĉ pli strange estis ke Alice, kiu ja naskiĝis ĉi tie, ŝajne ne adaptiĝis. Fojfoje ŝi vekiĝis, alpaŝis en mian ĉambron en sia piĵamo, aŭ eĉ sen ĝi, preta por matenmanĝi kaj vesti sin.

"Paĉjo! Vekiĝu! Kiun veston mi havos, kiam mi iros al la vartejo?" ŝi demandis unu fojon.

Mi saltis el la lito, certa ke mi transdormis la signalon de la vekhorloĝo, ĉar la suno brilis tra la fendoj de la latkurteno. Sed kiam mi rigardis la horloĝon, mi devis pensi dum kelka tempo por kompreni ke ĝi montras dudek post la dua, kaj ke temas ne pri posttagmezo, sed nokto.

Aŭ eble Alice efektive adaptiĝis al la kutimoj de la regiono, ĉar parto de la ĉiutaga vivo en ĉi tiu sezono ne tre respektis normalan horaron. Butikoj kaj laborejoj ja plu funkciis laŭ Mezeŭropa somera tempo, sed la cetera vivo en bizara maniero liberiĝis el la katenoj de fiksa horaro. Mi ofte konstatis ke manĝoj, privataj vizitoj, festetoj, ekskursoj en la naturon, entute la societuma vivo okazas pli-malpli je ĉiuj horoj dum la tagnokto.

"Tio estas malnova kutimo", klarigis Heidi, kiam mi esprimis mian miron pri tiu tempa anarkio. "Iam oni ne havis elektran lumon sed vivis pli-malpli laŭ la taglumo. Kaj tio signifis ke oni dormis ege pli longe dum la vintroj. Ĉi-sezone oni nur dormetis jen kaj jen je bezono. En la terkulturado ĝi ja estis urĝa sezono, kaj eble la kutimo restis ankaŭ en la urbetoj."

"Kial do ne sekvi la ekzemplon de la ursoj kaj tradormi la tutan vintron?" mi diris.

Ŝi nur ridetis.

"Nu, vi devos alkutimiĝi. Kial ne vidi la avantaĝojn? La somero tiel mallongas ke ne indas foruzi ĝin dormante."

Heidi estis ano de koruso en Piteå kaj regule iris tien por ekzerci sin kaj kanti en koncertoj. Somere tiu koruso dum semajno turneis en Germanio kaj Nederlando. Dume mi pasigis kelkajn tagojn kun Alice ĉe miaj gepatroj.

Krom tiuj vojaĝoj Heidi kaj mi ne planis komunan feriadon. Ni tamen ja havis sufiĉe multe da komuna libertempo, kun kaj sen Alice. Duope ni ripetis la ekskurson al la montara hotelo. Mi havis apartan kialon ne fari tro multekostajn vojaĝojn. Mia ekonomio iom suferis de mia nova vivo kun propra loĝejo kaj tamen pluaj interezopagoj por la domo. Se ni iam vendos ĝin, mi espereble rericevos tiun monon. Kiel ni aranĝos tion, se Frida iam transprenos ĝin tute, mi ankoraŭ ne komprenis. Aldone al tiuj aferoj, mi devus iom plani por la dua infano.

Ni ankoraŭ ne decidis, kiel fari pri kunloĝado. Pli ĝuste, mi supozis ke ni kunloĝos, aŭ en mia nuna apartamento, aŭ en alia, eble kvarĉambra. Sed Heidi ne volis seniĝi de sia propra loĝejo. Do, restis sufiĉe da aferoj por diskuti kaj organizi. Ĉiuokaze mia ekonomio sendube baldaŭ eĉ pli suferos ol ĝis nun.

Ĉapitro 20

Dio donu saĝon al viaj idoj, ĉar por vi jam tro malfruas

Kiel antaŭdiris Heidi en junio, la somero estis ege mallonga. Jam en la mezo de aŭgusto la vesperoj iĝis mallumaj kaj nevarmaj. Ŝi rekomencis labori en la ĉefa lernejo de la urbeto, kaj nun ĉiuj povis vidi ke ŝi baldaŭ estos patrino. La ventro dumsomere ege ŝvelis, kaj ŝi nun jam paŝis digne, senurĝe kaj kvazaŭ kun nova konscio pri sia valoro.

"Se mi ne jam vidus la sonografian bildon, mi timus ke estas ĝemeloj", mi diris.

Ŝi ridetis.

"Kiel ni nomu ŝin?" ŝi demandis. "Ĉu vi volas ke ŝi havu ankaŭ persan nomon?"

"Ne, tio ne necesas. Se Alice ne havas, do ankaŭ la kuzinfratino ne havu tion. Kion vi opinias pri Susanna? Aŭ simple Anna?"

"Hm. Tio sonas iom eksmode, laŭ mi. Nu, ni pripensu plu."

Alice havis duan nomon Signe, kiu venis de ŝia praavino, la mortinta patrino de Anita. Sed Heidi ne volis doni al sia filino nomon de parenco. De temp' al tempo ni gustumis diversajn nomojn, sed sen granda urĝo.

"Mi ŝatus ion nek tre kutiman, nek tro maloftan", ŝi diris. "Kaj nenion, kio provokus mokadon fare de samaĝuloj."

"Ne eblas malhelpi tion. Se iuj volas moki, ili ĉiam trovos ion mokindan. Mi estis la arabo kaj la nigrulo, kaj poste la simio kaj la profesoro."

Ŝi rigardis min.

"Kial simio?"

"Vi ja konas mian felon, ĉu ne? Ĝi ekkreskis jam en la elementa lernejo, kiam aliaj knaboj estis glataj kiel beboj."

Ŝi ridis kaj karesis mian brakon.

"Mi ne memoras apartan mokadon kontraŭ mi", ŝi diris penseme. "Sed mi ja estis iom soleca. Mi nun ne scias, ĉu tio estis propra elekto aŭ ia malakcepto flanke de la aliaj."

"Espereble nia filino estos forta kaj memfida. Pri Alice ŝajnas ke estos tiel. Sed malfacilas aŭguri. Precipe pri la estonteco."

Ĉi-jare mi ne estis invitita al manĝado de fermentintaj haringoj, kaj ankaŭ Heidi rezignis ĝin.

"Mi decidis eĉ ne gustumi haringon dum mi estas graveda", ŝi klarigis al mi.

"Tio ŝajnas prudenta", mi respondis. "Alie nia filino eble naskiĝos kiel marvirineto kun haringa vosto."

Ŝi nur grimacetis ironie.

"Nu, bedaŭrinde mi jam longe antaŭe manĝis haringojn sufiĉe malmodere. Mi ja ne planis ĉi tion."

"Ne timu", mi diris. "Eble oni troigis la riskojn. Preskaŭ ĉiuj homoj ja manĝas ĉiaspecajn haringojn. Ĉiuokaze nun jam tro malfruas por malmanĝi ilin."

La aŭtuno estis varmeta kaj ni devis longe atendi la unuajn frostajn noktojn. Meze de la aŭtuno komenciĝis tre ampleksa migrado de rifuĝantoj el Sirio, Afganio kaj aliloke, kiuj ĉiel trairis Eŭropon de sudoriento al nordo. Eĉ al Älvsbyn venis grupo da azilpetantoj, kaj oni transformis iaman tendumejon kun dometoj por turistoj en provizoran rifuĝejon. En la lernejo de Heidi oni kreis novan klason por ĵus alvenintaj infanoj diversaĝaj, kiuj ne sciis eĉ unu svedan vorton. Ŝi kelkfoje rakontis al mi ke ŝiaj lecionoj de muziko kaj kantado estis tre ŝatataj de tiuj infanoj. Verŝajne komuna kantado estis bona maniero ekkoni novan lingvon, lerni vortojn kaj ties prononcon kaj eble eksenti ĝojon unuafoje en longa tempo.

Mia rilato al Frida restis senŝanĝa. Ŝajnis ke ni ambaŭ malpacience atendas la daton, kiam la divorco estos definitiva. Alice same kiel antaŭe loĝis ĉe mi dum kvin tagoj, poste ĉe Frida dum naŭ. Ŝi jam plene akceptis ke ŝi havas du hejmojn; almenaŭ tiel ŝajnis al mi. Problemo estis ĉefe tio ke de temp' al tempo io esenca estis postlasita en la alia hejmo, kaj ĝuste pro tiu fakto ĝi kompreneble fariĝis absolute vivnecesa. Do ni devis kelkfoje fari savekspediciojn tien-reen laŭ la ok kilometroj inter la urbeto kaj la vilaĝo.

La etoso en la familio de la fratinoj plu restis frosta, sed Anita faris ripetatajn provojn degeligi ĝin. Okazis kelkaj dimanĉaj tagmanĝoj kun la familianoj, kie ĉeestis Frida, Heidi kaj mi. Unufoje eĉ Niklas alvenis el Luleå. Laŭdire li nun havis novan koramikinon tie, sed li supozeble ne volis enmiksi ŝin en la familian dramon. Ĝenerale la atmosfero dum tiuj renkontiĝoj estis malserena, sed iom post iom la homoj eble alkutimiĝis al la situacio. La babilado, se uzi tiun vorton, temis multe pri la benita stato de Heidi.

"Ĉu ŝi multe baraktas dumnokte kaj vekas vin?" scivolis Anita.

"Ne tre. Sed unufoje mi sonĝis ke mi estas graveda, kaj poste vekiĝante mi surpriziĝis rememori ke mi ja estas tia ankaŭ reale."

"Ha, strange. Kaj ĉu ŝi kreskas normale?"

"Supozeble jes. Nu, oni ne faris plian sonografion, sed la akuŝistino mezuras la ventron per mezurbendo je ĉiu konsultvizito."

Nun ankaŭ Alice sciis ke ŝi havas fratinon en la ventro de Heidi, kaj ŝi kelkfoje metis la buŝon al tiu ventro por paroli al ŝi.

"Kiam vi elvenos ni ludos kune", ŝi mesaĝis kaj poste almetis la orelon.

"Ĉu ŝi respondas?" mi scivolis.

Alice serioze kapjesis.

"Do kion ŝi diris?"

"Tio estas sekreto."

Ankaŭ miaj gepatroj estis informitaj, kaj ili esprimis deziron baldaŭ renkonti Heidin kaj la bebon, kaj kompreneble ankaŭ Alicen. Heidin ili ne revidis post la enloĝiĝa festo en Korsträsk antaŭ tri jaroj kaj duono.

Mia dua filino naskiĝis la deksesan de oktobro, semajnon antaŭ la plano. Ĉi-foje mi estis en mia laborejo, ĉar la naskodoloroj de Heidi komenciĝis tagmeze en ĵaŭdo, do Lennart veturigis ŝin al la hospitalo, kaj kiam ili alvenis, mi jam de kelka tempo estis surloke, trotante tien-reen ege nervoze. Poste pasis nur tri horoj ĝis la akuŝo estis finita. Mi ĉeestis, sentante min eĉ pli senutila ol la antaŭan fojon, kaj nun estis la vico de Lennart nervoze trotadi tien-reen en ekstera ejo, ĝis ĉio estis preta kaj li rajtis enveni por mallonge vidi la miraklan nepinon.

Dum la paso de la aŭtuno ni jam proponis kaj rifuzis vicon da nomoj, sed post ŝia naskiĝo ni preskaŭ tuj interkonsentis pri Nelli. Ŝi estis longa kaj iom maldika sed havis tre decideman mienon kaj fortan voĉon. Ŝi estis evidenta Nelli, tutsimple.

Kun Nelli ĉio estis en ordo, krom eble ke la patrina lakto de Heidi neniam estis tute sufiĉa, do ni devis kompletigi per arta lakto.

Aliflanke tio donis al mi la ŝancon jam dekomence partopreni en la nutrado, same kiel mi iam faris per la elpumpita patrina lakto por Alice. Cetere la aferoj pasis bone.

Alice komprenenle iom elreviĝis pro la senkapablo de Nelli. Ŝia ludado kun la fratino devis esti prokrastita. Verŝajne la sekretaj respondoj el la ventro de Heidi estis iom trompaj. Feliĉe ja restis la amikoj en la infanvartejo kaj en la semajnoj ĉe mi ankaŭ la najbarino Fatima.

Heidi jam pli-malpli konstante loĝadis ĉe mi, sed ŝi insistis ke ŝi volas konservi ankaŭ sian propran apartamenton por la estonteco. Kiam ŝi ne plu estos same ligita de la mamnutrado kaj ĉio alia, ŝi povos de temp' al tempo retiriĝi tie, lasante la filinon al mi. Kaj kiam ŝi denove ekinstruos, ĝi estos bona loko por labori kaj prepari la lecionojn. Sian pianon ŝi lasis resti tie. Ŝi eĉ proponis ke mi iru tien por labori neĝenate en la merkredoj, sed mi ankoraŭ ne trovis tion necesa.

Meze de novembro Anita elkovis novan ideon por plibonigi la interrilatojn en la familio. Temis pri Kristnasko.

Ŝi volis aranĝi grandan komunan festadon por ĉiuj familianoj, kaj al tiu ŝi proponis inviti ankaŭ miajn gepatrojn kaj fratinon.

"Mi esperas ke ili ne rifuzos veni", ŝi diris timeme. "Ni ja faras nenion religian. Eble eĉ ne necesas diri ke estas Kristnasko."

Mi ridis pri ŝiaj skrupuloj.

"Anita", mi diris, "mi supozas ke ili rimarkos ke estas Kristnasko, eĉ se neniu mencios ĝin. Fakte ili ŝatas Kristnaskon. Sed via domo estus ege plenplena de homoj, ĉu ne? Precipe se venus ankaŭ mia fratino, kaj eble ŝia koramiko."

Sed Anita jam pensis ankaŭ pri tio.

"Mi planis peti Fridan ke ni loku la feston en ŝia domo. Ĝi ja estas pli granda, kaj mi memoras vian enloĝiĝan feston tie kiel tre simpatian."

Fakte mi tute ne atendis ke Frida akceptos tiun frenezan ideon, kaj mi dubis ankaŭ pri la vojaĝemo de miaj familianoj, precipe ĉar temis pri vojaĝo norden en decembro. Sed komprenenle ni havis nerezisteblan logaĵon en formo de Nelli.

Ekde la mezo de novembro kuŝis maldika neĝotavolo surtere, sed kelkajn tagojn antaŭ Kristnasko la vetero ŝanĝiĝis al kelkaj gradoj super nulo, vipa vento kaj de temp' al tempo pluvado. Baldaŭ la bela blanka kovraĵo estis for kaj ĉio aperis nuda, kota, malluma kaj trista. Mi alveturigis Panjon kaj Paĉjon el la flughaveno de Luleå tra nigra pluvo ne tre densa sed sufiĉe deprima.

Ni do kolektiĝis vespere la 23-an de decembro en la apartamento ĉe la Pado de Framboj. Panjo kaj Paĉjo ĝentile salutis Heidin kaj komencis laŭte kaj flate admiri la novan nepinon. Alice ĉi-semajne estis ĉe Frida, do ŝin ili renkontos nur morgaŭ en la granda festo.

Post la vespermanĝo Paĉjo prenis min flanken, evidente por ke Heidi ne aŭdu, kion li diros. Tio cetere estis iom superflua, ĉar li demandis perse, kiel statas pri mia divorco de Frida.

"Ĝi estas preta de du monatoj", mi respondis. "Do mi denove estas fraŭlo."

"Bone, bone. Kaj kiam estos la geedziĝo?"

"Kiu geedziĝo?" mi diris, ŝajnigante min stulta.

"Kiam vi edziĝos al Heidi? Vi devas konduti honeste, knabo!"

"Nu, ni fakte neniam parolis pri geedziĝo. Tio verŝajne ne necesos, ĉiuokaze ne dum ni ne aĉetos domon, kaj tio ne okazos."

"Sed Mehdi, vi devas iom ordigi vian vivon! Vi ne plu estas junulo. Tamen vi ĉiam agas kvazaŭ sen respondecoj. Aŭskultu la jenan iranan diraĵon: 'Dio donu saĝon al viaj idoj, ĉar por vi jam tro malfruas'."

Mi rigardis al Nelli, kiu kuŝis sur plejdo kun suĉumo enbuŝe, rigardante al la homoj ĉirkaŭ ŝi. Malfacilis scii, kiom ŝi rimarkas de tio, kio videblas ĉirkaŭe. Ĉu ŝi jam scii diferencigi inter si mem kaj ĉio alia? Dubinde. Nu, espereble ŝi iam estos pli saĝa kaj komprenos konduti en prudenta maniero. Ĉu ŝi estos pli saĝa ol sia patro? Tio tute ne surprizus min.

Kiam mi invitis la gepatrojn al la kristnaska festo, Paĉjo demandis en kiu tago ĝi okazos, kio tiam ŝajnis al mi iom ridinda. La ĉefa kristnaska festo kompreneble okazas en la antaŭtago de Kristnasko. Mi neniam antaŭe pensis pri tio, sed nun mi ekkonsciis ke ni en

Svedio efektive okazigas ĉiujn festadojn en la antaŭtagoj – de Kristnasko, de Novjaro, de Pasko, de Valpurgo kaj de Somermezo. Mi ĉiam trovis tion evidenta afero, kvankam mi tute ne sciis, kial ni tiel malprokrastas la festadon, kompare kun aliaj landoj. Ĉu ni tutsimple estas pli malpaciencaj? Aŭ ĉu kulpas nia senscio pri la signifo de la festoj?

Matene en tiu antaŭtago, la 24-an de decembro, alvenis Nahid kaj Daniel per nokta trajno. Ŝi nun deĵoris kiel kuracisto dum trejnado en la neŭrologia kliniko de Lund. Mi renkontis ilin ĉe la stacidomo de Älvsbyn kaj venigis ilin unue al la apartamento.

"Damne, mi ne imagas kial vi tiom laŭdis tiun trajnon", plendis Nahid. "Ĝi estas terura. Mi dormis apenaŭ iom ajn. Estis tro varme, mankis aero, la vagono skuiĝis kaj grincis, tra la vando eĥiĝis ronkado, fi – vera torturo!"

Ankaŭ Daniel atestis ke la vojaĝo estis suferiga, kvankam li malpli elokventis ol mia fratino. En mia hejmo ni prezentis al ili matenmanĝon, kaj ili eĉ povis dormi du horojn, antaŭ ol estis tempo ekiri denove.

La pluvado rekomenciĝis, kiam ni veturis per du aŭtoj sur la vojo okcidenten. Je nia alveno la vilaĝeto aspektis eĉ pli mizera kaj malgaja ol kutime. Kaj la unua afero, kiu renkontis nin en la domo, estis aro da diverskoloraj plastaj siteloj dismetitaj surplanke en la verando. Evidente la likado plu daŭris, aŭ eble rekomenciĝis. Jen kaj jen oni videtis kaj aŭdetis akvogutojn fali de la plafono en la sitelojn.

"Nu, ni ĉiuokaze ne restados en la verando", mi diris.

Sed fakte mi hontis pro la likanta veranda tegmento, kvankam mi verdire ne plu respondecis pri ĝi.

Jen komenciĝis ampleksa salutado kaj prezentado de homoj, kiuj ne konis unu la alian. Krom la familianoj, kiujn mi atendis, ĉeestis ankaŭ Niklas kaj lia koramikino Laura, kiun mi nun renkontis unuafoje, kaj eĉ onklo Bengt. Alice komence estis sufiĉe timida antaŭ la personoj nekonataj aŭ delonge ne vidataj. Sed iom post iom ŝi revenis al sia kutima vigla kaj fidema memo.

Mi antaŭe klopodis persvadi Anitan ke ĉiuj gastoj alportu siajn kontribuaĵojn al la kristnaska tagmanĝa tablo. Ŝi tamen opiniis ke nek Heidi kaj mi, nek Frida havus tempon fari tion.

"Kaj kiel alporti pladojn, vojaĝante per aviadilo?" ŝi diris. "Oni sendube konfiskus ilin en la sekurec-kontrolo. Ne, tio ne estas bona ideo. Mi volonte preparos ĉion."

Fakte, post ŝia emeritiĝo antaŭ duonjaro ŝi kelkfoje plendis pri manko de taskoj. Do, ĉi-foje ŝi vere prenis sian taskon serioze. La tablo havis grandan amason da tradiciaj pladoj, kun aldono de kelkaj modernaĵoj. Interalie ŝi guglis pri iranaj manĝoj kaj provis fari ian melongenan miksaĵon, kiun verŝajne neniu iranano rekonus, sed tio ne gravis, ĉar ĝi dronis inter la granda sortimento.

Komprenelbe la manĝadon akompanis kelkaj tostoj, kaj neeviteble kelkaj kliŝaj demandoj, kiujn ĉiuj irananoj kaj irananidoj en Svedio devas respondi dum ĉiu manĝado kun indiĝenoj – ĉu vi manĝas porkaĵon, haringon, hepatan pasteĉon, ĉu vi trinkas alkoholon kaj tiel plu. Sed al tio ni ja tre kutimis. Feliĉe inter la diversaj marinitaj haringoj estis neniu fermentinta, ĉar tio povus iom dampi la festan etoson.

Tiu etoso cetere estis surprize bona. Panjo alternigis sian atenton inter Alice kaj Nelli, kaj intertempe ŝi interparolis kun Heidi. Mi havis la impreson ke ŝi pli facile interrilatas kun Heidi ol iam antaŭe kun Frida, kaj nun ŝia kontakto kun Frida jam estis preskaŭ nula, pro natura kialo. Paĉjo tamen rilatis same gaje al ĉiuj, laŭ sia kutimo citante proverbojn. Novaĵo estis ke li nun kompletigis la iranajn per svedaj, kiujn li tamen ne ĉiam konis perfekte. Kiam Alice akcidente renversis mian glason da biero, li trankvilige asertis ke 'bovinoj ne iras sur glacio', kio eble ne havis kristale klaran sencon por ĉiuj ĉeestantoj, sed liaj vortoj pli-malpli perdiĝis en la ĝenerala tohuvabohuo.

Komprenelbe la ĉefa prizorganto de bona akordiĝo inter ĉiuj estis Anita. Iel ŝi sukcesis samtempe babili, manĝi kaj kuradi tienreen inter la tablo en la salono kaj la kuirejo por alporti pladojn kaj trinkaĵojn. Oni facile prenus ŝin por la mastrino de la domo. Frida eble estis la malplej gaja el ĉiuj, sed ŝi dediĉis sin ĉefe al Alice, kiu sidis inter ŝi kaj mi, ĉiuokaze kiam mia patrino ne okupiĝis pri ŝi. Post la enloĝiĝa festo antaŭ preskaŭ kvar jaroj, ĉi tio estis la unua okazo, kiam la salono vere estis plena de homoj, kaj nun lignofajro en la stovo kontribuis al la gemuto.

Kelkan tempon post la manĝo Niklas havis ian aferon, kiun li devis plenumi eksterdome. Iom strange je tia festa okazo, ŝajnis al mi, sed baldaŭ ankaŭ tio malkaŝiĝis kiel tradicia programero. En la antaŭa Kristnasko Alice ja ricevis donacojn de Frida, mi kaj aliaj familianoj, sed tiam ni simple transdonis ilin tute senceremonie. En ĉi tiu grandioza festo ĉio tamen devis okazi en la ĝusta maniero.

Do, baldaŭ ni povis montri al Alice tra fenestro ke ia luma punkto moviĝas tie ekstere. Meze de la humida nigro moviĝis eĉ pli nigra figuro, feliĉe tamen kun lanterneto enmane, kiu iomete lumigis lian blankan barbon kaj ruĝan pintan ĉapon. Li paŝis tra la ĝardeno kaj alproksimiĝis al la domo kun sako surŝultre. Sendube la plano estis ke li paŝadu tra blanka netuŝita neĝo, sed pro la ŝanĝo de vetero li nun alplaŭdis sur kota tero sub duŝo el nulgrada pluvo.

Jen do la sveda Kristnaska Viro aŭ Avo Frosto aŭ Sankta Nikolao, kiu tute ne veturas post aro da boacoj, kvankam tiaj ja estus troveblaj en la regiono je ĉi tiu sezono. Li ankaŭ neniam ekhavus la frenezan ideon eniri ies domon tra la kamentubo meze de la nokto, sed kiel normala persono li frapas al la pordo kaj eniras tra tiu, kiam oni malfermas ĝin. Kaj ĉar li estas svedo, li komprenenble alvenas jam posttagmeze en la antaŭtago por ke la infanoj renkontu lin.

"Bonan vesperon al ĉiuj en la dometo!" krietis la barbulo veninte en la vestiblon. "Ĉu estas iuj bonaj infanoj ĉi tie?"

"Tio estas Niklas!" respondis unu el la bonaj infanoj surprizite.

La dua dormis en sia ĉaro kaj maltrafis la tutan spektaklon.

Jes, fakte, la malseka Sankta Nikolao efektive estis Sankta Niklas. Sed tio ne estis malavantaĝo, ĉar tio signifis ke Alice kuraĝis alpaŝi lin kaj eĉ grimpi en lian sinon, post kiam li metis sian sakon surplanken kaj sidiĝis sur la sofo. Tie ŝi klopodis fortiri de li la blankan barbon, tiel ke li devis defendi sin.

Post iom da kaoso li tamen povis malfermi la sakon kaj komenci distribui donacojn, kiujn Anita jam antaŭe kolektis de ĉiuj kontribuantoj. La plej multaj estis por Alice, sed ankaŭ pluraj aliaj ricevis paketojn, kaj baldaŭ komenciĝis ŝirado de papero kaj tondado de ŝnuroj por malfermi ilin.

Sekvis kafo kaj kukoj, kaj pli malfrue ankoraŭ pli da manĝo en formo de rizkaĉo kaj ŝinkosandviĉoj. Tiam onklo Bengt post kelkaj glasoj da brando jam dormis sidante en angulo de la sofo, kaj ankaŭ Alice dormis, sen helpo de brando, espereble. Vespere ni reveturis al Älvsbyn, ne tute sobraj, sed preskaŭ certe la plej proksima policisto estis kvindek kilometrojn for kaj kredeble mem festis la antaŭvesperon de Kristnasko. Ni loĝigis Nahidon kaj Danielon en la apartamento de Heidi, dum ni ceteraj revenis al la Pado de Framboj. Morgaŭ, en la vera tago de Kristnasko, ni sendube devos komenci novan vivon pli sanan kaj pli trankvilan.

Ne-PIV-aj vortoj kaj nomoj

Bolonjo AC ACN BK EDK EW G GW LA PM TS V
itala urbo *Bologna*

deĵavuo BK V
falsa sento ke tio, kio okazas nun, okazis jam antaŭe

doso AC EV HV KVE MG OA PBE
cilindra ladskatolo, precipe por trinkaĵo aŭ manĝaĵo

enkursigilo V
ret-alirilo, aparato por kunligi plurajn komputilajn retojn, ekzemple privatan reton al Interreto

falaflo G V
(arabe فلافل) kikerbulo, fritita bulo el pistitaj kikeroj kun spicoj

folio-pano
senfermenta pano mola aŭ malmola, 2 mm dika

Gotenburgo ACN EDK EV G JLG V
(Göteborg) havenurbo en sudokcidenta Svedio

gugli BK BL G
serĉi en Interreto per *Google* aŭ alia serĉilo

hiĝabo ACE G RV V
(arabe حجاب) tuko kiu kovras la hararon kaj la kolon de virino

karpaĉjo
(itale *carpaccio*) maldikaj trancâĵoj de kruda bovaĵo aŭ alio, marinitaj kaj prezentataj kun legomoj kiel antaŭmanĝo

kunbopatro CM FD G V
bopatro de fil(in)o

logopedo FD
pedagogo, kiu helpas personojn kun parolaj kaj lingvaj malfacilaĵoj (logopediisto CM V)

marĉa rubuso EDK EV EV3 JLG
Rubus chamaemorus L, arbusto kun flava bero kreskanta sur malseka tero (kamemoro NPIV)

motorsledo BE BK BSL G V
malgranda veturilo kun antaŭaj glitiloj kaj posta raŭpo por irado sur neĝo (neĝoskotero EV)

Norda Botnio EDK EV — (*Norrbotten*) provinco en nordorienta Svedio

Nordlando EDK SE — (*Norrland*), norda parto de Svedio

Noruzo V — Novjaro festata je la printempa ekvinokso de irananoj k.a.

Okcidenta Botnio EV JLG — (*Västerbotten*) provinco en norda Svedio

pereno ACE BK CM EDK EV FD PIV1 — plurjara planto (staŭdo NPIV)

pojnduelo FD G RV V — duelo inter duopo, kiuj kun kubuto sur tablo klopodas premi la manon unu de la alia flanken sur la tablon (braklukto EV)

sancentro — loko de primara prizorgo kaj poliklinika flegado de malsanuloj

Selando AC ACN BSL EDK EV G LF — la dana insulo *Sjælland*, sur kiu situas Kopenhago

skajpi BK G V — telefoni interrete per komputilo

Skanio AC ACN BSL EDK EV JLG LF PN V — (*Skåne*) la plej suda provinco de Svedio

somalo AE BK BSL EV FD G RV V — somaliano NPIV

sonografio G RV V — bildigo de internaj strukturoj aŭ organoj per ultrasono

suĉumo G JL — cicoforma suĉilo por trankviligi bebon

vicdomo G — unu el vico da identaj familiaj domoj kunkonstruitaj, envica domo BE V, vicodomo BE

zombio BSL G V — vekita mortinto, vivanta homa kadavro

Fontoj:

AC	André Cherpillod: NePIVaj vortoj, 1988
ACE	André Cherpillod: Konciza Etimologia Vortaro, 2003
ACN	André Cherpillod: Etimologia Vortaro de la propraj nomoj, 2005
AE	Akademio de Esperanto
BE	Bildvortaro en Esperanto, 2012
BK	Boris Kondratjev: Esperanto-rusa vortaro, http://eoru.ru/ 2006
BL	www.bonalingvo.org
BSL	Eckhard Bick, Jens S. Larsen: Dansk-Esperanto Ordbog, 2010
CM	Carlo Minnaja: Vocabolario italiano-esperanto, 1996
EDK	Erich-Dieter Krause: Großes Wörterbuch Esperanto-Deutsch, 1999
EV	Vilborg: Ordbok Svenska-Esperanto, 1992
EV3	Ebbe Vilborg: Lilla esperanto-ordboken, 3-a eldono, 2016
EW	E. Wüster: Esperanto-Germana Vortaro, 1920
FD	Fernando de Diego: Gran Diccionario Español-Esperanto, 2003
G	Glosbe, https://glosbe.com/
GW	Gaston Waringhien: Grand Dictionnaire Espéranto-Français, 1955/76/94
HV	Henri Vatré: Neologisma glosaro, 1989
JL	Jouko Lindstedt: Hejma Vortaro, 1999
JLG	Sam Owen Jansson, Fritz Lindén, Birger Gerdman: Svensk-esperantisk ordbok, 1934
KVE	Kreuz-Mazzolini: Komerca Vortaro en Esperanto, 1927
LA	Léger-Albault: Dictionnaire Français-Espéranto, 1961
LF	L. Friis: Esperanto-Dana Vortaro, 1969
MG	Marinko Gjivoje: Esperanto-Serbokroata Vortaro, 1958
NPIV	Nova Plena Ilustrita Vortaro, 2002
OA	O. Avsec: Esperanto-Slovena Vortaro, 1957
PBE	Praktika Bildvortaro de Esperanto, 1979
PIV1	Plena Ilustrita Vortaro, 1981, sed ne en NPIV 2002
PM	Poŝatlaso de la Mondo, 1971

RV   Reta Vortaro, http://www.reta-vortaro.de/revo/

SE   Stellan Engholm: Homoj sur la tero, 1931

TS   Tibor Sekelj: Mondmapo, aŭ Nepalo malfermas la pordon, 1958

V   Vikipedio

VF   Joel Vilkki, Heljä Favén: Suomi-esperanto-suomi taskusanakirja, 1982

Citaĵo

Paĝo 61, *Hieraŭ nur / amo estis plaĉa aventur'*. El Paul McCartney: *Yesterday*, 1965, en traduko de Franko Luin.

Dankoj

Pro valoraj kritikoj kaj proponoj pri la romano mi volas esprimi dankon al Kalle Kniivilä kaj Anina Stecay.